KB073863

한국 오백년 야사 (1)

이명수 저

지성문화사

모락산에서 바라본 관악산의 모습

지성문화사

■ 책 머리에

　전통사회에서의 한국인은 충효(忠孝)와 신의(信義)를 바탕으로 하는 윤리적 도덕정신을 최고의 가치로 여겼습니다.

　그러나 개화기를 기점으로 하여 오늘에 이르는 동안, 시대의 조류가 크게 변했습니다. 구미문화(歐美文化)의 범람으로 인하여 가치관 및 생활 양태에 상전벽해(桑田碧海)와 같은 변화가 생긴 것입니다.

　이런 변화를 어떤 말로 표현할 수 있을까요? 한마디로 정신적인 가치 존중에서 물질적인 가치 존중으로 잠시 자리를 옮겼다고 해야 할 것입니다.

　굳이 '잠시'라는 말에 방점을 찍은 이유는 다름이 아닙니다. 그것은 시대 사조(思潮)라는 것이 고정 불변하는 것이 아니라 끊임없이 부침하여 유전(流轉)하는 까닭입니다.

　작금은 서구의 물질 문명에 길들여진 사람들, 그것을 잘 이용하는 사람들이 떵떵거리고 사는 세상인 것은 분명합니다. 그래서 사람들은 그것을 얻기 위해 아득바득 현실에 영합하고, 도도한 시대의 흐름에서 벗어나지 않으려고 무던히도 애를 씁니다.

　그렇지만 과연 오늘을 지배하는 사조가 옳은 것일까요? 우리는 여기에서 인생의 참된 의의를 찾고 행복할 수 있을까요?

　이런 물음에 대해서는 사람마다 견해가 다를 수 있겠지

만, 저는 우리의 고유 정서와 동떨어져 있다고 생각합니다.

세계 각 민족에게는 그 민족만이 강하게 지닌 어떤 고유한 자질을 어떤 형태로든 심성 속에 내재하고 있는데, 그것은 시대가 아무리 바뀌어도 쉽사리 변질되지 않습니다.

그리고 인간은 본디 고유성을 추구함으로써 만족과 행복을 느끼는 존재입니다. 다시 말해서 문화의 동질성을 공유하고, 보편적인 사고 방식이 자신과 비슷한 인간 집단에 속할 때 삶의 보람과 재미를 느끼는 것입니다.

그렇다면 한국인의 의식에 깊이 잠재된 순수한 본질은 무엇일까요? 또 그것을 어디에서 확인할 수 있을까요?

저는 오랜 세월을 두고 맥맥이 이어 온 문화적 전통 속에 그것이 있다고 믿습니다. 특히 역사 속에는 옛 조상들의 생각과 행동이 고스란히 담겨 있습니다.

어떤 상황에 처했을 때, 옛 사람이나 지금 사람이 비슷한 생각과 행동을 하게 되는 것이 바로 그 민족의 고유한 자질인 것입니다.

이 고유성이 항상 문화의 기초에 자리잡고 있으며, 국가를 지탱하고 발전시키는 원동력이 되는 것은 물론입니다.

이 책은 가치관의 혼란 시대에 사는 오늘의 한국인이 잠시 잊고 사는 민족성을 되살리자는 취지에서 기획한 작품입니다. 여기에 실린 조상들의 숨결은 국적없이 흔들리는 한국인의 영혼이 가야할 길을 밝혀주리라 믿습니다.

李明洙

인정 가화
人情佳話

미덕쾌담
美德快談

사화정담
史話情談

1

인정 가화
人情佳話

인과응보

이대감(李大監)은 사랑마루에 앉아 우수에 잠긴 시선으로 먼 하늘만을 말없이 바라보고 있었다. 한없이 푸르기만 한 하늘은 구름 한점 없이 맑고 쾌청했다. 한낮의 황금빛 햇살이 무더기로 쏟아지는 화살처럼 이대감의 눈을 찌르고 들었다.

"휴우……!"

이대감은 지그시 눈을 감으며 한숨을 내쉬었다.

백발이 성성한 이대감의 얼굴은 몹시 쓸쓸하게 보였다. 부귀영화가 뜬구름 같다고 하더니, 인생의 황혼녘에 이르고 보니 그 말을 가슴으로 실감할 수 있었다.

약관(弱冠)의 나이에 벼슬길에 올라 50이 다되도록 비교적 순탄한 벼슬살이를 했다. 비록 정승의 반열에는 오르지 못했지만, 육판서(六判書)를 두루 지냈다.

이조판서를 끝으로 관직을 내놓고 고향인 조치원(鳥致院)

으로 낙향하여 책읽기로 소일한 지도 벌써 몇 해가 지났다.

나날이 몸은 늙어 가고, 집안에 우환이 겹쳐 가세도 하루
가 다르게 기울었다. 그래서 눈이 부시게 좋은 날씨임에도
불구하고, 이대감의 가슴에는 만가지 시름과 함께 스산한
바람이 불고 있는 것이었다.

"여봐라, 이리 오너라!"

이대감은 사랑마루에 도사리고 앉아서 위엄있게 하인을
불렀다.

"예이!"

돌쇠라고 불리우는 하인 박서방이 쪼르르 달려와 공손히
고개를 조아렸다.

"대감마님, 부르셨사옵니까?"

"……."

이대감은 말없이 하인의 얼굴을 내려다보았다. 주인과 하
인의 시선이 허공에서 마주쳤다.

'왜 부르셔놓고 말씀이 없으실까?'

돌쇠는 이미 형형(炯炯)한 안광을 잃고 노쇠한 이대감의
시선을 올려다보며, 주인의 마음을 헤아리려고 노력했다.

'내가 아침에 늦잠을 잔 것에 노하셨나?'

간밤에 돌쇠는 잠을 이루지 못하고 몸을 뒤척였다. 기울
어지기만 하는 주인집의 가세가 걱정이 되어 그랬던 것인
데, 새벽녘에야 잠이 들어 늦게 일어났던 것이다.

"죄송하옵니다, 대감마님! 소인이 오늘 아침 너무 늦잠
을 잤습니다. 앞으로는 절대 오늘과 같은 잘못을 저지르지
않겠으니……."

돌쇠는 상전에 대한 예의를 깍듯이 지키며 사죄했다.

"……."

그러나 이대감은 여전히 말이 없었다.

'그놈의 늦잠, 그놈의 늦잠…….'

돌쇠는 이렇게 후회하며 고개를 푹 떨구었다.

마흔을 넘긴 돌쇠는 천애고아(天涯孤兒)로 떠돌다가 어릴 때 이 집에 들어와 이대감을 섬겼다. 이대감은 아랫사람들에게 자상하게 대했는데, 특히 돌쇠를 아꼈다. 그래서 돌쇠에게 있어서는 이대감이 부모와 같은 어른이었다. 게다가 이대감은 달래라는 예쁜 여종을 다른 대감집에서 데려와 성혼까지 시켜주었다.

아무튼 돌쇠는 이대감의 그늘 아래서 아무런 부족함을 느끼지 않고 행복하게 지내왔다.

"한 번만 용서해 주십시오. 다시는……."

돌쇠는 손을 부벼대며 숙이고 있던 고개를 살며시 들었다.

"억!"

이대감의 얼굴을 본 돌쇠는 깜짝 놀라 자기도 모르게 감탄사를 토했다. 이대감의 눈에서는 뜨거운 눈물이 방울져 여윈 뺨을 타고 흘러내리고 있었던 것이다.

열루(熱淚)를 흘리고 있는 이대감의 가슴에는 만감이 교차하고 있었다. 나날이 기울어져만 가는 가세, 그리고 언제 죽을지 모르는 자신의 몸이었다. 그런 처지에 옛날과 같은 호세(豪勢)를 계속 부릴 수 없는 일이라고 생각하여 돌쇠를 부른 것이었다.

"잘 들어라."

"예이."

돌쇠는 심상치 않은 기분을 느끼며 이대감을 보았다.

"너도 알다시피 나는 오랜 벼슬살이를 했지만 가난한 사람이었다. 몇해전 벼슬을 물러난 후로는 더욱 가세가 기울어 이제는 호구(糊口)를 걱정할 지경에 이르게 되었다. 그러니……."

이대감은 말을 하다가 목이 메이는 듯 꿀꺽 침을 삼켰다.

"으흠!"

가볍게 헛기침을 한 번 하고 나서 계속 말을 이었다.

"너도 이제 이 집에서 더 있을 생각 말고 나가서 살아 보아라."

"아니, 대감마님……!"

돌쇠는 깜짝 놀라 이대감을 보았다.

"놀라지 마라. 내가 남은 논마지기라도 팔아서 돈 천 냥을 마련해 줄 테니, 그걸 가지고 어디 좋은 곳에 가서 자리를 잡고 살도록 해라."

이 말을 들은 돌쇠는 코끝이 시큰해지고 눈시울이 뜨거워졌다. 말씀이야 한없이 고맙지만, 옳거니 좋다 하며 그 분부를 따를 수는 없다고 생각했다.

"대감마님, 이 집에서 잔뼈가 굵은 소인놈이 가면 어디로 갈 것이며, 또 잘 살면 얼마나 더 잘 살겠사옵니까? 그러니 제발 그런 말씀은 거두어 주십시오. 밥이면 밥, 죽이면 죽을 먹더라도 좋으니 이 목숨 다할 때까지 대감마님 곁에 있게 하여 주시옵소서."

돌쇠는 손등으로 눈시울을 닦아내며 계속 말을 이었다.

"잘 살면 섬기고 못 살면 떠나가는 하인이 세상에 어디에 있단 말씀입니까? 진정 소인이 간청하오니, 나가라는 말씀은 거두어 주십시오."

돌쇠는 털썩 바닥에 주저앉아 무릎을 꿇고 눈물을 흘리며 이대감을 올려다보았다.

"너의 뜻은 가상하다. 그러나 내 욕심을 부려 너를 더 이상 고생시킬 수는 없다."

이대감은 사랑마루에서 내려와서 흐느끼고 있는 돌쇠의 등을 부드럽게 두드렸다.

"흑……! 대감마님, 소인은 어릴 적부터 이 집을 소인의 집이라 생각하고 살아왔습니다. 그리고 대감마님을 친부모 이상으로 생각하였습니다. 그런데 이 집을 떠나라니, 차라리 소인을 죽여 주시옵소서. 으흐흑……."

돌쇠의 눈에서는 눈물이 비오듯 했다.

그러나 한번 정한 이대감의 마음은 돌아서지 않았다.

돌쇠가 이대감의 집을 떠나온 지도 어언 5년이라는 세월이 흘렀다. 떠나지 않으려고 울며불며 애원을 했지만, 이대감은 떠다내밀듯하여 돌쇠 부부를 속량(贖良)시켰다.

살 곳을 찾아 남으로 남으로 내려온 돌쇠 부부는 전라도 해남(海南)에다 뿌리를 내렸다. 이대감이 마련해 준 천 냥으로 땅을 사서 초가삼간을 짓고, 약간의 땅마지기를 장만했다. 그러고도 얼마간의 돈이 남았다.

천성이 부지런한 돌쇠는 나머지 돈으로 술도가를 차렸다. 그것이 운이 트였던지 손님이 바글바글 끓어 불과 수년 이내에 만냥이 넘는 재산을 모을 수 있었다.

남 부러울 것이 없을만큼 부자가 된 돌쇠는 항상 조치원에 있는 이대감이 궁금했다. 그래서 한양길을 가는 사람이 있으면 안부를 물었지만, 누구 한 사람 소식을 전해주지 않았다.

"아무래도 내가 한 번 다녀와야 할 것 같소."

"그러십시오. 우리가 이렇게 사는 것은 모두 그 어르신 덕택이 아닙니까?"

"암, 죽어서라도 그 은혜는 잊지 말아야지."

돌쇠 부부는 이대감을 하늘 같은 은인으로 알고, 은혜를 갚으려는 마음을 하루도 잊지 않고 있었다. 그러나 떠난다 떠난다 하면서도 쉽게 떠나지지가 않았다.

한편, 이대감은 돌쇠가 집을 나간 후로 더욱 가세가 기울어져서 이제는 끼니를 걱정할 지경에 이르렀다. 게다가 병까지 얻어 자리를 보전하게 되었으니, 실로 딱한 처지에 놓여 있었다.

그러던 어느 하루, 이대감의 아들 석민(錫玟)이가 아버지 머리맡에 조용히 꿇어 앉았다. 학문에 재능이 없어 마흔이 훨씬 넘도록 벼슬길에 나가지 못했지만, 효성 하나는 지극했다.

석민은 못난 자기 때문에 가세가 기울었다고 항상 자책하였다. 또 병든 아버지에게 약 한첩 지어 올리지 못한 자신의 무능을 한탄했지만, 그런다고 하늘에서 약이 뚝 떨어질 리는 만무했다.

그러던 차에 돌쇠의 소식을 들었다. 석민도 자기보다 두 살 아래인 돌쇠를 친동생처럼 아꼈었다.

'돌쇠에게 부탁하면……. '

심성이 착한 돌쇠가 절대로 모른 척하지는 않을 것이라는 생각이 들었다. 그러나 성품이 대쪽 같은 아버지가 허락할는지가 문제였다.

"아버지, 여쭐 말씀이 있습니다."

석민은 조심스럽게 입을 열었다.

이대감은 잠시 눈을 뜨고 아들의 얼굴을 살피다가 이내 다시 눈을 스르르 감았다. 눈을 뜨고 있는 것마저도 힘이 든 모양이었다.

석민은 가슴이 아렸다. 더 이상 대책없이 보고 있다가는 꼼짝없이 아버지를 잃을 것만 같았다. 용기를 내어 입을 열었다.

"저어 다름이 아니오라……, 전에 우리집에 있던 돌쇠가 ……."

이 말에 이대감은 다시 눈을 떴다.

"돌쇠? 그래, 돌쇠가 어떻다고?"

"예, 돌쇠가 전라도 해남 땅에서 살고 있다며 소식을 전해 왔습니다. 아버지의 안부를 묻고 있었습니다."

"음, 어떻게 산다고 하더냐?"

"예, 아주 잘 살고 있다 하옵니다."

"그래, ……그래야지."

이대감의 얼굴에 잠시 흐뭇한 표정이 감돌았다. 마치 자식이 어디 가서 잘 살고 있다는 말을 들은 어버이의 표정이 그러하리라.

석민은 아버지의 그런 표정을 조심스럽게 살피며 말을 머뭇거리고만 있었다.

"너 무슨 할말이 있나 보구나?"

"저……."

"어서 해보아라."

"아버지께 여쭙기는 죄송스럽습니다만……, 한번 돌쇠에게 찾아가서 약간이나마 도움을…….."

"뭐, 돌쇠의 도움을?"

이대감의 목청이 갑자기 높아지며 아들의 말허리를 끊었다.

"……."

석민은 뜨끔하여 입을 다물었다.

"안 된다. 내가 전날 그를 후대하지 못했다. 그런데 이제 와서 무슨 염치로 그의 도움을 받는단 말이냐. 다시는 그런 말을 입 밖에 내지 말아라."

"아버지, 급한대로 약값만이라도…….."

석민도 사정이 사정인지라 굽히지 않았다.

"약값? 설혹 내가 약을 못쓰고 죽는 한이 있더라도……."

이대감은 채 말끝을 맺지 못하고 도리질을 했다.

"아버지! 소자가 그냥 돌쇠의 도움을 받겠다는 것은 아닙니다. 우선 아버지의 병환과 집안의 끼니 걱정이나 면한 다음, 그 집의 농사일을 해서라도 빚을 갚겠습니다. 그러니 제발 한 번만 허락하여 주십시오."

"……."

이대감은 숫제 입을 다물어 버렸다. 눈을 질금 감고 새차게 도리질을 할 뿐이었다.

"아버님, 죄송합니다."

석민도 이제 더 이상 아버지의 비위를 거슬릴 수는 없었다. 병색이 완연한 깡마른 아버지의 얼굴을 한참이나 내려다보다가 방을 나왔다.

"어쩐단 말이냐!"

석민은 하늘을 우러르며 혼자말로 중얼거렸다.

이럴 수도 없고 저럴 수도 없었다. 아버지의 말씀을 거역할 수도, 그렇다고 병환과 굶주림을 그대로 방치할 수도 없는 노릇이었다.

'이런 경우를 두고 진퇴양난(進退兩難)이라 하는가!'

며칠을 두고 고민했다. 그러다가 마침내 결심을 했다.

'무엇보다 사람의 목숨이 중요하다!'

석민은 어머니와 아내에게만 말을 하고 아버지 몰래 집을 나섰다. 나중에 어떤 꾸지람이라도 달게 받겠다고 작정하고 나선 길이었다.

초행길이라 어디가 어딘지도 몰랐다. 그러나 묻고 또 묻고 하여 남쪽으로 남쪽으로 열심히 걸음을 옮겼다.

여러 날 만에 해남 땅에 접어들었다. 험악한 우슬재를 넘으니 사면이 산으로 둘러싸인 아늑한 고을이 나왔다.

"아름다운 곳이구나!"

해는 서산마루로 뉘엿뉘엿 숨어가고 있었다.

"돌쇠네 술도가가 어디에 있습니까?"

지나가는 사람에게 물으니, 친절하게 가르쳐 주었다.

'과연 돌쇠가…….'

석민은 적잖이 걱정되기도 했다. 그럴 리는 없겠지만, 만에 하나 모른 척한다면 보통 낭패가 아닐 수 없었다. 없는 살림에 열 냥의 빚을 내어 먼 길을 찾아왔던 것이다.

'아쉬운 대로 백 냥만 도와 줘도…….'

돌쇠의 집으로 향하는 석민의 마음은 불안과 기대가 뒤엉켜서 몹시 복잡했다.

마침내 돌쇠의 집 앞에 당도했다. 과연 듣던 바와 같이 좋은 집을 지어놓고 살고 있었다.

'워낙 성실한 사람이니까…….'

석민은 술도가 안으로 들어가서 기웃거렸다. 똥배가 툭튀어나온 중년 사내가 술을 거르고 있었다.

"누구쇼?"

그가 이마에 흐르는 땀을 손등으로 쓱 닦으며 물었다.

"이 집 주인이 돌쇠, 아니 박서방이 맞지요?"

"예, 그란디…….."

"조치원에서 사람이 찾아왔다고 좀 전해 주십시오."

"아, 그렇다면 이대감 댁……?"

똥배 사나이는 환한 얼굴로 반문했다.

"그렇습니다."

"말씀은 많이 들었지라! 쪼깨 기다리시오."

똥배는 급히 안채로 들어갔다. 이윽고 돌쇠가 뛰어나왔다.

"아이쿠, 조치원 서방님이 아니십니까?"

몹시 반갑게 맞이하는 돌쇠의 모습을 보고 석민은 적잖이 안심이 되었다.

"그래, 잘 있었소?"

"그럼요, 그럼요! 어서 안으로 드십시오."

돌쇠는 너무 반가워 어쩔 줄을 모르고 귀한 손님맞이에 동분서주했다.

이날 밤 저녁상은 참으로 진수성찬이었다. 교자상에 그릇그릇마다 먹음직스런 음식이 가득 담겨 있었다.

"서방님, 시장하실 텐데 어서 드십시오."

돌쇠의 처도 반가움을 가득 담은 얼굴로 석민을 접대
했다. 석민은 돌쇠 부부의 환대에 가슴 뭉클한 감동을 느
꼈다.

"그렇지 않아도 소인이 한 번 올라가 대감마님께 인사 올
리려고 했지만……, 차일피일 미루다가 오늘에 이르렀습
니다. 그래, 대감마님께옵선 옥체만안 하옵신지요? 그리고
집안은……."

그렇지 않아도 석민이 말을 꺼내려고 기회를 엿보고 있는
참인데, 돌쇠가 먼저 물어 주니 고마운 일이었다.

"아버님은 병석에 누워 계시는데 집안 사정은……."

"어쩌시다, 무슨 병환으로……?"

갑자기 돌쇠의 얼굴에 먹구름이 가득 끼었다.

"노환이시겠지만, 약 한첩 변변히 지어 올리지도 못하고
……."

"쯧쯧!"

돌쇠는 자신도 모르게 혀를 차며 말을 이었다.

"집안 형편이 그렇게……? 그렇지 않아도 소인이 대감마
님께 크게 입은 은혜를 조금이나마 갚으려고 항상 마음에
두고 있었는데, 이렇게 서방님께서 오셨으니 우선 소인이
받아가지고 온 돈 천 냥이나마 가지고 가십시오."

흔쾌히 천 냥의 돈을 주겠다는 돌쇠의 말에 석민은 눈시
울이 뜨거워졌다. 그리고 자기의 입으로 구차스러운 말을
하지 않도록 세심하게 배려를 하는 그 마음이 그렇게 고마
울 수가 없었다.

"별 말을 다 하시오. 내가 여기에 온 것은 그냥 다니러 온
것이지……."

 석민은 그래도 양반의 체면이 있어서 이렇게 마음에도 없는 소리를 했다. 그러나 천 냥의 돈이면 한결 살림이 펴고, 아버지의 약도 충분히 지어 올릴 수 있다는 생각이 들어 가슴이 흐뭇했다.

 석민이 돌쇠의 집에 온 지도 벌써 닷새가 지났다. 돌쇠 부부의 대접은 어느 한구석 나무랄 데가 없었다.

 그러나 석민의 마음은 편치 않았다. 일각이 여삼추 같아서 기름지고 영양가 있는 음식도 제맛을 느낄 수 없었다.

 '어서 준다는 천 냥을 주었으면…….'

 석민의 마음은 오직 돌쇠가 돈을 주기를 학수고대하고 있었다. 그런데 돌쇠는 그런 마음을 추호도 모르고 이것저것 대접하기에 마음을 쏟고 있었다.

 "서방님, 이것을 좀 드십시오. 용봉탕(龍鳳湯)인데, 보약으로는 그만입니다."

 석민은 시무룩한 표정으로 닭다리를 뜯었다.

 "아니, 무슨 언짢은 일이라도 있으십니까?"

 돌쇠의 물음에 석민은 '옳거니'하면서 슬쩍 변죽을 울렸다.

 "요새 아버지의 병환은 어떠하신지, 또 양식이나 떨어지지 않았는지 걱정이 되어서…….."

 돌쇠도 아주 벽창호는 아니었다. 석민이 무엇 때문에 불안해하고 있는지, .그 이유를 짐작하고 입을 열었다.

 "이왕에 오셨으니 며칠 더 푹 쉬었다가 가셨으면 소인의 마음이 편안하겠습니다만……, 오래 머무를 처지가 못되신다면 내일이라도 떠나십시오."

 이 말에 석민은 귀가 확 뚫리는 느낌이었다.

이날 밤, 석민은 꿈을 꾸었다. 어디선가 말을 한 필 얻었는데, 그 말을 강물에 빠뜨리는 꿈이었다.

다음날 아침에 일어나서 간밤의 몽사(夢事)를 곰곰이 생각해 보니, 아무래도 무슨 불길한 일을 예고하는 꿈인듯 하여 기분이 언짢았다.

그러나 석민은 곧 그 생각을 머리를 흔들어 지우고 밖으로 나왔다. 먼 길을 떠나려면 일찍 서둘러야 한다는 마음이 앞서 그대로 자리에 누워 있을 수가 없었던 것이다.

아침상을 물리고 밖으로 나왔을 때, 지금까지는 없었던 말 한 필이 마당가 감나무에 매어져 있었다. 윤기가 자르르 흐르는 것으로 보아 꽤 좋은 말이었다.

'웬 말?'

석민이 의아한 생각이 들어 돌쇠를 보자, 그가 빙그레 웃으며 말했다.

"먼 길에 타고 가시라고 준비했습니다."

"이렇게까지 안해도 되는데……."

말은 이렇게 했지만, 기쁜 마음을 금할 수가 없었다.

돌쇠는 방으로 들어가서 큼직한 전대(纏帶) 하나를 가지고 나왔다. 묵직하게 보이는 것으로 보아서 자기에게 준다는 천 냥이 들어 있을 것이라고 석민은 생각했다.

"아니, 그것이 무엇이오?"

돌쇠가 그 전대를 말 잔등에 싣는 것을 보고 석민은 능청스럽게 물었다.

"허허……. 얼마 안 되지만 대감마님 약값에 보태 쓰십시오. 소인이 속량되면서 받아 가지고 나왔던 천 냥이옵니다."

24

"허, 그 돈을 왜 나에게 준단 말이오? 아버지가 이 일을 아시면 불호령을 내릴 것이오. 그러니 어서 내리시오."

석민은 겸양의 말을 하였다.

"아닙니다, 서방님! 소인이 대감마님의 하늘 같은 은혜를 어찌 다 갚을 수 있겠습니까? 아무 말씀 마시고 약값에 보태 쓰십시오."

"허어 참! 이래서는 안 되는데……."

못이기는 척하고 더 이상 거절을 하지 않았다.

"대감마님께 안부 여쭈어 주십시오. 소인이 조만간에 한번 찾아가 뵙겠다고요."

"알겠소. 그리고 너무 고맙소."

돌쇠 부부는 눈물까지 글썽이며 이별을 아쉬워했다.

오곡백과가 무르익어 가는 청명한 가을, 말을 타고 호남평야(湖南平野)를 지나고 있는 석민은 깊은 감회에 잠겼다. 어린 시절부터 형제처럼 지냈던 돌쇠와의 추억이 주마등처럼 뇌리를 스쳐 지나가고 있었다.

"돌쇠! 돌쇠야말로 의리의 사나이다!"

석민은 이렇게 중얼거리며 황금물결이 춤추는 들판을 바라보았다. 곡우(穀雨) 때 담갔던 볍씨 낱알 하나하나가 어느덧 일립만배(一粒萬倍)하고 있는 들판은, 참으로 보기에도 좋았다.

이틀 만에 공주에 도착하여 금강(錦江) 나루터로 향하여 말을 달렸다. 그런데 어디선가 석민의 고막을 어지럽게 울리는 소리가 들려왔다.

"무슨 소리?"

석민은 잠시 말을 멈추게 하고 소리가 나는 쪽으로 시선을 던졌다.

"아이고, 아이고……! 이 개만도 못한 놈의 팔자를 어쩐
단 말이고. 전생에 무슨 죄가 많다고……."

늙은 남자의 절규였다. 그 목소리는 꽉 잠겨 있었는데, 구
곡간장(九曲肝腸)으로부터 끓어오르는 것처럼 들렸다.

'음, 예삿일이 아니구나!'

석민은 눈을 크게 뜨고 천천히 말을 몰아 소리가 나는 쪽
으로 갔다. 얼마쯤 더 가니 강변 가까이에 나룻배 한 척이
떠 있는 것이 보였다.

"으흐흑……. 제가 먼저 죽는 것이……."

"아니다. 내가 먼저 죽어야만……."

젊은 여자가 물에 뛰어들려고 하자 노인이 치맛자락을 잡
고 말리면서 대신 뛰어들려고 했다.

"왜들 이러세요. 차라리 내가……."

이번에는 노파가 기를 쓰고 노인의 허리를 붙잡고 늘어지
며 물에 뛰어들지 못하게 말렸다.

세 사람은 서로를 밀치고 당기며 먼저 물에 뛰어들려고
하고 있었다. 그러면서 토해내는 절규가 애절하기 그지없
었다.

"대체 무슨 일로……?"

석민은 남의 일이지만 화들짝 놀라 급히 말을 달려 그쪽
으로 다가가며 소리쳤다.

"여보시오! 제발 참으시오!"

세 사람이 동시에 석민 쪽으로 시선을 던졌다. 석민은 강
변에 말을 멈추고 훌쩍 뛰어내리며 입을 열었다.

"지나가는 나그네가 남의 일에 참견하는 것은 도리가 아

26

닌 줄은 압니다. 하지만 지금 세 분께서 하는 행동으로 보아
서 필히 말못할 딱한 사정이 있는 듯합니다. 그 사정을 이
사람에게 들려 주실 수는 없겠습니까?"

이렇게 말하며 유심히 세 사람의 안색을 살폈다. 그들은
얼마나 울었는지 모두 눈이 퉁퉁 부어 있었고, 눈알이 충혈
되어 붉게 빛나고 있었다.

"남의 일에 참견 말고 가던 길이나 어서 가시오!"

노인이 후려치는 듯한 소리를 토해냈다.

"보니까 목숨이라도 끊을 듯한 기세인데, 사람으로서 어
찌 그냥 지나칠 수가 있겠습니까? 세상에 사람의 목숨보다
귀한 것이 어디에 있다고, 그렇게 생목숨을 끊으려 하신단
말씀입니까? 제발 고정하시고 이 사람에게 전후 사연을 들
려 주십시오."

석민은 한걸음 더 배가 있는 쪽으로 다가섰다.

"참견 말고 가라는데 왜 그러시오?"

노인의 목소리는 한탄과 짜증이 뒤섞여 있었다.

"인명은 재천이라 하지 않았습니까? 사람의 일이란 알
수 없는 일이니, 어서 전후 사정을 말씀해 보십시오. 혹시라
도 이 사람에게 좋은 방도가 있을지 누가 알겠습니까?"

석민의 목소리는 정중하면서도 간절했다.

"어흐흥……!"

노인은 자기의 가슴을 탕탕 치며 한바탕 울음을 터뜨
렸다. 그러자 노파와 젊은 여자는 부둥켜안고 구슬프게 울
었다.

한참 동안이나 넋놓고 울던 노인은, 무슨 생각을 했는지,
노를 저어 석민이 서 있는 강가에 배를 대었다.

"뉘신지는 모르오나 말씀만은 고맙소. 이 늙은놈의 팔자가 기구하여 억지로 목숨을 끊기에 이르렀는데, 무슨 묘책이 있겠소?"

노인은 하늘을 쳐다보며 힘없이 말했다.

"어서 속시원히 말씀이나 해보십시오. 말씀을 들어야 무슨 수가 생겨도 생길 것이 아니겠습니까?"

석민의 말에 노인은 고개를 저으며 눈물을 주르륵 흘렸다. 그러다가 한결 차분해진 음성으로 사연을 이야기했다.

"허, 그런 일이……."

전후 사정을 들은 석민은 세 사람의 얼굴을 번갈아 보았다. 눈물로 뒤범벅이 된 얼굴을 보니 연민의 정이 끓어오르며 가슴이 아렸다.

"그, 그러니까……, 천 냥의 돈만 있으면 노인장의 자제분이 관에서 풀려나게 된다는 말씀이군요?"

"휴우, 그렇지요."

"천 냥만 있으면 목숨을 끊을 까닭도 없고요?"

"그렇지요. 이제라도 그 돈 천 냥만 내 수중에 있다면 구태여 죽음을 택할 이유가 없지요. 물론 아들도 살아나오고요. ……하지만 이 놈의 처지에 그런 큰 돈이 있어야 말이지요. 휴우……!"

노인은 땅이 꺼져라 하고 한숨을 길게 쉬었다.

"노인장, 이제 걱정을 놓으십시오!"

석민은 자기의 입에서 나온 소리를 듣고 자기도 놀랐다. '이 돈이 어떤 돈인데' 하면서도 성큼성큼 걸어가서 말 잔등에 묶여 있는 전대를 풀었다.

"노인장, 이것을 받으십시오."

석민은 조금도 주저하지 않고 노인 앞에 전대를 내려놓았다.

"그, 그게 뭐요?"

노인의 눈이 휘둥그레졌다.

"하하……. 딱 천 냥입니다. 지체하지 마시고 어서 관가로 가서 바치고 아드님을 구하십시오."

석민은 호기롭게 말하고 나서 손을 탁탁 털었다.

"그럼, 저는 이만……."

석민이 말에 오르려고 하자, 그때까지 넋을 놓고 있던 노인이 말고삐를 가로채며 말했다.

"아니, 세상에 이럴 수가 있소? 댁이 누구시길래 생면부지의 이 늙은이에게 이렇게 막대한 돈을 준단 말씀이오?"

"아무 뜻은 없습니다. 다만 사람의 목숨이 죽어 가는 판국에 그냥 두고 볼 수가 없어서 그러니 부담없이 받아 주십시오."

"허어, 아무리 그래도…."

노인은 말고삐를 꽉 잡으며 뒤를 돌아다보았다. 옆에서 모든 것을 지켜보고 있던 노파와 며느리도 반쯤 얼이 빠진 얼굴로 석민을 바라보고 있었다.

"시간이 늦기 전에 어서 가십시오."

석민의 이 말에 노파와 젊은 여인이 동시에 땅에 개구리처럼 넓죽 엎드려 절을 했다.

"뉘신지는 모르오나 베푸신 이 은혜 백골난망이로소이다. 죽어서라도 결초보은하겠습니다."

"허, 그러시면 이 사람이 몸둘 바를 모르겠습니다. 어서

일어나십시오. 나는 다만 죽어 가는 사람을 구하는 것일 뿐
입니다.”

석민은 겸연쩍게 말하며 재빨리 노인의 손에서 말고삐를
빼앗아 들었다. 그리고 채찍을 휘둘러 말을 달려 나루터로
향했다.

“보셔요! 어디에 사시는 뉘신지 이름 석 자만이라도 가
르쳐 주옵소서!”

젊은 여자가 허둥지둥 말을 따라 달려오며 외쳤다. 석민
은 돌아다보면서 빙그레 웃기만 하였다.

나룻배를 타고 금강을 건너고 있는 석민은 마음이 한없이
흐뭇했다. 한 사람도 아닌 무려 네 사람의 목숨을 구한 자신
이 그렇게 대견할 수가 없었다.

그러나 그 흐뭇한 마음도 잠깐이었다. 빈손으로 집에 돌
아갈 생각을 하니 눈앞이 깜깜해지는 것이었다.

“아아, 내가 무슨 짓을……!”

넋두리처럼 중얼거리며 자신의 행동을 후회했다. 아버지
의 약은 무엇으로 짓고, 가족들의 굶주림은 또 무슨 돈으로
해결한단 말인가!

“내가 미쳤지, 미쳤어…….”

석민은 이렇게 중얼거리며 푸른 가을하늘을 우러러보
았다. 자신의 행동이 후회가 되면서도 마음이 뿌듯한 것은
감출 수가 없었다.

“꿈자리가 이상하다 했더니…….”

간밤 꿈을 생각하니 묘하게 맞아떨어졌다.

“어쨌든 죽을 목숨은 구했으니…….”

스스로를 위안하며 모든 것을 잊으려고 했다. 그러나 노

인이 했던 말이 귓전에 쟁쟁했다.

"내 아들은 공주감영에서 아전으로 일했소. 그런데 그놈
이 노름에 빠져 공금(公金)을 무려 천 냥씩이나 없애 버렸
소. 그것으로 사또의 노여움을 받아 옥에 갇히고, 수차에 걸
쳐서 문책을 당했소. 오늘 신시(申時)까지 그 돈을 내놓지
않으면 효수(梟首)를 처한다는 엄명을 내렸는데, 백방으로
돈을 구하려고 했지만 이 늙은이의 힘으로는 도저히 구할
수가 없었소. 애비로서 두 눈을 빤히 뜨고 자식놈이 죽는 꼴
을 어떻게 보겠소? 차라리 내가 죽는 것이 나을 것 같아 강
으로 뛰어나왔는데, 마누라와 며늘아기가 따라와 서로 먼저
죽겠다고 이러고 있는 것이오."

석민은 지그시 어금니를 깨물었다. 어차피 일은 저지른
후였다. 아무리 후회한들 소용없는 일이었다.

"하늘이 시킨 일이다!"

석민은 나룻배에서 내려 말을 달렸다. 집으로 향하는 도
중 그의 손은 연신 전대 놓였던 자리를 더듬고 있었다.

다음날 해질 무렵에 조치원에 도착했다. 민가의 굴뚝에서
밥짓는 연기가 피어오르고 있었다.

'아버지의 병환이 더 심해지지나 않았는지? 양식이 떨어
져 굶고 있지나 않은지…….'

집을 향하여 걸음을 옮기는 석민의 마음은 한없이 무거
웠다.

집 앞에 도착했을 때는 해가 서산마루로 완전히 넘어간
후였다. 어스름한 땅거미가 석민의 무거운 마음만큼이나 진
하게 깔려 있었다.

아버지와 가족들을 뵐 낯이 없어 싸리문가를 서성이며 집

안을 기웃거렸다. 굳게 닫힌 방 문은 은은한 불빛이 비추고
있었다.

"그래, 그놈은 오늘도 소식이 없단 말이냐? 애비가 몸져
누운 것을 알고 내려간 놈이 대체 무얼 하느라고 여태……."

방 문을 통해 새어나오는 소리는 분명 아버지의 목소리
였다. 그런데 그 소리는 성한 사람처럼 힘이 서려 있었다.

'어쩐 일일까?'

석민은 반가운 마음이 들어 급히 싸리문을 열고 마당으로
들어섰다. 그러자 부엌에 있던 어머니가 밖으로 나왔다.

"소자 이제야 돌아왔습니다."

"그래, 잘 다녀 왔느냐?"

"예."

"호랑이도 제말하면 온다고 하더니, 그러잖아도 네 아버
지가 방금 네 말을 하셨다."

"참, 어머니. 아버지의 병환은 좀……."

석민은 흘깃 방 문을 쳐다본 후에 목소리를 낮추어 물
었다.

"그래, 신기하게도 많이 좋아졌단다."

"신기하게도요?"

석민은 그 말뜻을 알아듣지 못하고 반문했다.

"그래, 어제 새벽까지만 해도 정신을 차리시지 못하더니
……, 아침나절에 갑자기 일어나 음식을 잡숫고 기력을 회
복하지 않았겠니. 참 이상하기도 하지……."

"어제 아침나절에……."

이렇게 중얼거리는 석민의 가슴은 이상하게 흥분되었다.
어제 아침나절이라면, 자신이 천 냥을 주어 네 목숨을 구해

32

준 바로 그 무렵이었다.

'하늘이 도우심인가!'

석민은 이런 생각을 떨칠 수가 없었다.

"애야, 뭘하고 있니? 어서 들어가 아버지께 인사드리지 않고."

"예, 예."

석민은 불안한 마음으로 방으로 들어가 아버지의 기색을 살피며 절을 했다.

"아버지, 그간 안녕하셨습니까?"

"오냐. 그런데 왜 이리 늦었느냐?"

아버지의 음성은 부드러웠다. 석민이 보니 화색이 감돌고 있는 아버지의 얼굴은 화난 표정이 아니었다. 그래서 속으로 안도의 한숨을 쉬고 입을 열었다.

"초행길인데다가 오가는 시간이 많이 걸렸습니다. 그리고 박서방 내외가 하도 대접을 잘해 주어서 그만 여러 날 묵었습니다."

"그래, 그들은 잘 살고 있더냐?"

"예."

석민은 돌쇠가 사는 형편을 세세하게 여쭈었다.

"허허……. 반가운 소리로구나! 암, 그렇게 살아야지."

이대감은 흐뭇한 표정을 감추지 않았다.

"그런데 이렇게 아버지께서 건강을 되찾으셔서 소자의 마음이 몹시 기쁩니다."

"그래, 내가 아직 죽을 때가 되지 않았나보다. 어제 새벽까지만 해도 꼭 죽는 줄 알았다만……."

"……."

석민은 아까부터 망설이고 있었다. 돌쇠가 천 냥을 준 것에 대하여 사실대로 이야기하느냐, 아니면 대충 꾸며서 이야기하느냐를 놓고 생각을 거듭하고 있었다.

'돌쇠의 절절한 마음을 숨겨서는 안 된다!'

이렇게 생각한 석민은 조심스럽게 돌쇠가 준 천 냥을 금강변에서 만난 사람에게 준 사실을 이야기했다.

"흠, 그런 일이 있었구나!"

"죄송하옵니다, 아버님."

석민은 용서를 비는 마음으로 안절부절못했다. 그러나 아버지의 안색은 크게 흡족한 표정을 하고 자기의 얼굴을 물끄러미 보고 있지 않은가!

"소자가 철없는 짓을 하였사옵니다."

석민의 이 말에 아버지는 고개를 절레절레 흔들며 입을 열었다.

"아니다. 그 돈으로 사람 목숨을 구한 것은 잘한 일이다. 만일 네가 그 돈을 그냥 가져왔다면 애비가 크게 꾸짖었을 것이다. 그리고 너의 그런 선행으로 말미암아 죽을 뻔한 애비 목숨이 부지할 수 있었다는 생각이 드는구나."

이대감은 잠시 말을 끊었다가 헛기침을 한 번하고 말을 이었다.

"세상에는 인과응보(因果應報)라는 것이 있어서 좋은 일에는 반드시 좋은 결과가 따르는 법이니라."

이대감은 참으로 아들의 마음 씀씀이가 대견스러웠고, 석민 또한 아버지의 너그럽고 자상한 성품이 더욱 존경스러웠다.

세상에서 가장 빠른 것은 무엇일까? 아마도 그것은 세월일 것이다. 순간순간은 정말 더디게 흐르는 것 같지만, 지내 놓고 보면 세월처럼 빠른 것은 없다. 또 인명은 재천이라는 말이 있는 것처럼, 사람의 수(壽)는 예측할 수 없었다.

저승 문턱까지 갔다가 구사일생으로 살아난 이대감은 수 년 동안 기력 좋게 살았다. 그런데 또 갑자기 시름시름 앓기 시작하여 자리보전하는 처지가 되었다.

그동안 석민의 살림 형편도 많이 펴졌다. 양반의 체면을 버리고 저자에 점포를 열고 인삼 장사를 시작하여 어느 정도 기반을 잡아가고 있는 터였다.

그런데 덜컥 아버지가 병석에 누우니 마음이 안타깝기가 이루 말할 수 없었다.

'이제서야 자식된 도리를 좀 하겠거니 했는데…….'

석민은 점포문을 닫고 좋다는 약을 찾아 이리저리 헤매였다. 그러나 백방으로 노력을 했지만, 좀처럼 차도가 없었다.

"아버지, 이 약을 드시고 좀 기운을 내십시오."

석민은 강원도 양구 땅에서 손수 구해온 산삼 세 뿌리를 정성스럽게 달여 아버지께 올렸다.

"이제 죽을 날이 다 되었는데 무슨 보약이 필요하겠느 냐! 더 이상 헛돈 쓰지 말고 묏자리나 알아보아라."

이대감은 힘없이 말하며 손을 내저었다.

"아버지, 무슨 말씀을 그렇게 하십니까? 이 약은 구하기 힘든 약이오니 어서 드십시오. 당장 기력을 회복하실 것입 니다."

아들의 정성에 못이겨 아버지는 힘겹게 약을 마시고 깊은 잠에 빠져 들었다.

석민은 잠든 아버지의 황갈색 얼굴을 물끄러미 내려다보았다. 깡마른 얼굴 군데군데 보기에도 흉한 저승꽃이 피어 있었다.

'이제는 정말 가실 때가 다 되었구나!'

아버지의 죽음을 예감하자 눈물이 핑 돌았다.

며칠 후, 석민은 소문난 지관 신두병(申斗柄)을 앞세우고 구산(求山)의 길을 나섰다. 그럴듯한 산을 이리저리 넘어다니면서 연사흘 동안이나 유심히 살폈다.

그러나 좌청룡 우백호(左靑龍右白虎)의 자호(子壺)가 박힌 명당은 눈에 띄지 않았다. 좌맥(左脈)이 승(勝)하면 우맥(右脈)이 졸(拙)하고, 우맥이 승하면 또 좌맥의 맥혈(脈血)이 끊어졌다.

석민은 차차 초조해지는 마음을 가눌 길이 없어서 넌지시 지관 신두병의 마음을 떠보았다.

"어르신께서 점을 찍어두신 곳은 없습니까? 제가 사례를 두둑이 하겠으니 그런 곳이 있다면 일러 주십시오."

"허허허……!"

신두병은 공허한 웃음을 날리다가 입을 열었다.

"자네는 내가 사례 때문에 이러는 줄 아는가? 이대감의 어지신 덕행을 보아서 후손이 크게 발복할 자리를 찾아주려고 내 나름대로 애쓰고 있다네. 내일은 방향을 돌려서 광주(廣州) 쪽으로 가보기로 하세."

다음날, 날이 밝기가 무섭게 두 사람은 다시 묏자리를 찾아 나섰다. 소슬바람에 우수수 낙엽이 떨어지는 만추였다.

광주 근방의 산을 연이틀 동안 세세히 살펴보았지만, 역시 좋은 자리는 나오지 않았다.

"쉽게 구해지면 명당이 아니지."

신두병은 한탄하듯 혼자말로 중얼거렸다.

"날이 저물기 전에 산을 내려가 묵을 곳을 정하는 것이 좋겠습니다. 아마 내일은 좋은 자리가 찾아지겠지요."

석민은 낙심한 표정을 짓고 있는 지관을 위로했다.

"허허……. 자네가 오히려 나를 위로하는구먼."

산을 내려오면서 석민은 문득 생각에 잠겼다. 곧 눈보라가 몰아치는 겨울이 올 것이고, 그때쯤이면 아버지는 차디찬 산에 묻혀 있을 것이라는, 슬프고 우울한 생각이 머리에서 떠나질 않았다.

'아, 누가 천명을 이겨낼 수 있었던가! 불로초를 구하던 진시황제도 또 역발산기개세(力拔山氣蓋世)의 담력과 용력을 가진 이태조도 결국 수(壽)에 지고 말지 않았는가! 천명에는 오직 순종이 있을 뿐이리라.'

석민은 이런 생각을 하면서 인생무상을 뼈저리게 느끼고 있었다.

들 근처의 나지막한 산에 이르렀을 때, 저쪽 산기슭에 외롭게 웅크리고 있는 주막이 보였다.

"저기 주막이 보입니다."

석민은 이렇게 말하며 지관을 보았다. 그런데 신두병은 몇 걸음 뒤에서 유심히 지형을 살피고 있었다.

"이런 야산에서 멀 그렇게 살피십니까?"

"허어, 세상에! 허어, 세상에……!"

신두병은 무엇을 발견한 사람처럼 연신 묘한 감탄사를 토해내고 있었다.

"어르신, 대체 왜 그러십니까?"

석민이 가까이 다가가자 신두병은 환하게 웃으며 외치듯
이 입을 열었다.

"바로 찾았어!"

"예?"

석민은 영문을 몰라 신두병의 얼굴을 물끄러미 보았다.

"명당이야, 명당! 천하에 다시 없는……. 그런데 어째서
이런 명당이 여태 이런 곳에 묵어 있었는지…….”

신두병은 감탄하여 목소리까지 떨고 있었다.

"며, 명당이라고요? 제가 보기에는 그저 야산으로밖에
보이지 않습니다만…….”

"어허, 야산이라니? 자아, 내 손이 가리키는 곳을 잘 보
시게. 좌(左)는 청룡이고, 우(右)는 백호일세. 또 앞에는 남
산이 부채같이 둘러막고 중봉(中峰)은 영기 있게 머리를 들
고 있지 않은가?"

"그, 그런 것도 같군요.”

석민은 어눌하게 대답했다. 신두병의 말을 듣고 보니 과
연 그렇게 보이는 것도 같았다.

"묏자리는 주인이 정해져 있는 법이지. 자네 아버지께서
그토록 덕을 베풀고 사셨으니 이런 명당이…….”

호기롭게 말을 하던 신두병의 얼굴이 갑자기 굳어졌다.

"아뿔싸!”

느닷없이 토해내는 한탄에 석민은 가슴이 철렁 내려앉
았다.

"아니, 무엇이 잘못 되었습니까?"

"그래, 하필이면 그 자리가 바로 저기 보이는 주막의 뒤뜰
일세. 저집에서 과연 그 자리를 허락해 줄는지…….”

석민은 풍수지리에 밝은 사람이 아니다. 그러나 신두병의 말을 듣고 보니 그곳이 명당처럼 느껴졌다.

"어쨌든 오늘은 주막에서 묵어가야 하니, 주인이나 한번 만나 이야기를 해보는 것이 좋겠습니다. 명당이 틀림없다면 값을 후하게 주어 주막을 사 버리는 방도라도 취해야 하지 않겠습니까?"

"잘 될는지는 모르지만 어디 한번 가보세."

이리하여 두 사람은 걸음을 재촉하여 주막으로 갔다. 주막에 들어섰을 때는 이미 해가 뉘엿뉘엿 지고 있었다. 방을 하나 얻고 밥을 시켰다.

"저녁을 지으려면 한참 시간이 걸릴 것이고, 출출하실 텐데 약주부터 한잔 하시는 것이 어떻겠습니까?"

석민은 뻐근한 다리를 주무르면서 신두병을 보고 말했다.

"아닐세. 쇠뿔도 단김에 빼라는 말이 있듯 주인을 청하여 할 말부터 하는 것이 좋겠네."

"천천히 하시지요, 뭐……."

석민은 말을 꺼내는 것이 두려웠다. 섣불리 말을 꺼냈다가 거절이라도 당하면 어쩔까, 그것이 두려웠던 것이다.

"여보, 주모!"

석민의 이런 마음도 모르고 신두병은 호기롭게 주모를 불렀다.

"부르셨습니까, 손님!"

스무 살 남짓한 계집종이 달려와 문을 열었다.

"주인 좀 뵙자고 하여라."

"왜 그러시는데요?"

눈이 귀엽고 입매가 깔끔한 계집종은 짐짓 눈을 크게

떴다.

"긴히 드릴 말씀이 있느니라."

이윽고 주모가 인기척을 하고 방 문을 열었다. 삼십 중반의 다소곳해 보이는 인상이었다.

"부르셨습니까?"

"예, 좀 들어오십시오."

신두병의 이 말을 급히 석민이 가로막았다.

"아, 아닙니다. 술이나 한상 봐다 주시오."

"허, 이사람이 왜 이러나?"

"목부터 축이는 것이 좋겠습니다."

"망설일 것이 뭐 있겠나?"

"그래두요……."

두 사람의 작은 실랑이질을 본 주모는 손으로 입을 가리고 작은 소리로 웃었다.

"안주는 뭘로 하시렵니까?"

"예, 아무거나 맛있는 것으로 주시오."

"흑산도 홍어회가 있습니다만……."

"그것이 좋겠소."

"잠시만 기다려……."

주모는 갑자기 말을 뚝 멈추고 무엇에 놀랐는지 눈을 크게 떴다. 석민은 재빨리 뒤를 돌아다보았다. 쥐라도 나와 그렇게 놀란 줄로 알았는데, 쥐가 나온 것은 아니었다.

'엉? 나를 보고 있잖아!'

주모는 분명히 자신의 얼굴을 뚫어져라 바라보고 있었다. 석민은 자기의 속마음이 들킨 것 같아서 흠칫했다. '왜 그렇게 보느냐'고 묻고 싶은 마음이 굴뚝 같았지만, 그 말이 나오지 않았다.

"아니, 왜 그러십니까?"

이상하게 변한 분위기를 느낀 신두병이 말했다.

"아, 아닙니다."

주모는 손을 내저으며 문에서 사라졌다.

주막의 손님은 두 사람이 전부였다. 곧 나올 줄만 알았던 술상은 좀처럼 나오지 않았다. 대신 음식 준비하는 소리만 끊임없이 들리고, 고소한 냄새가 문틈으로 파고들어 코끝을 간지럽혔다.

"뭐가 이렇게 오래 걸려?"

신두병이 군침을 삼키며 중얼거렸다.

"음……."

석민은 배고픈 것도 잊고 주모의 놀란 눈이 무엇을 의미하는가를 생각하고 있었다. 말을 꺼내기도 전이지만, 이미 틀린 것은 아닌가 하는 생각이 자꾸만 들었다.

"휴우……."

자신도 모르게 연거푸 한숨을 내쉬고 있었다.

"손님들께서 시장하시겠다."

한참이 지난 후에 밖에서 상을 가지고 오는 소리가 들렸다.

"이제야 오는군."

신두병이 반색을 하며 다시 군침을 삼켰다.

이윽고 '삐걱' 소리를 내며 제법 점잖게 방 문이 열렸다. 그런데 두 사람의 하녀가 양쪽에서 끙끙 대며 들고 있는 상은 어마어마한 진수성찬이었다.

"어?"

　석민과 신두병의 눈이 일시에 휘둥그레졌다.

　"이, 이 방은 작은 술상입니다."

　석민이 이렇게 말했지만, 하녀들은 들은 척도 하지 않고 상을 들고 방으로 들어왔다.

　"우리가 시킨 음식이 아니래도……."

　석민의 말에 하녀 한 사람이 빙그레 웃으며 말했다.

　"오늘은 손님들밖에 들지 않았습니다."

　"뭐라고요?"

　"호호……. 주인께서 곧 오실 것입니다."

　이 말을 남기고 하녀들이 나가자, 석민과 신두병은 서로의 얼굴을 보면서 한동안 어리둥절한 표정을 짓고만 있었다.

　"우리에게 잔뜩 바가지를 씌우려고 이러는 게 아닐까?"

　신두병이 눈을 끔벅이며 말했다.

　"글쎄요……?"

　이런 말을 하고 있을 때, 밖에서 인기척이 들리더니 조심스럽게 방 문이 열렸다. 옷을 곱게 차려입은 주모였다.

　"술상이 잘못 들어오지 않았소?"

　석민의 말에 주모는 수줍게 웃으며 방으로 들어왔다.

　"절 받으십시오."

　주모는 우아하면서도 나비처럼 사뿐한 동작으로 석민에게 큰절을 올렸다.

　"허!"

　난데없는 일이라서 석민도 신두병도 어안이 벙벙할 수밖에 없었다.

　"어르신, 쇤내를 모르시겠습니까? 지금으로부터 다섯 해전에 금강나루에서 어르신의 홍은(鴻恩)을 입었던 바로 그 여인이옵니다."

"다섯 해 전? 금강나루……?"

석민은 이렇게 중얼거리면서 기억을 더듬으려고 애를 썼다. 그러나 얼른 기억이 나지 않았다. 주모의 얼굴도 낯이 설었다.

수년 동안 장사차 금강나루를 오간 적이 몇 번 있었는데, 그때 묵었던 주막집 사람인가 했다.

"글쎄요, 잘 생각이 안 나는군요."

석민이 어눌하게 말하자 주모는 지그시 눈을 감고 살며시 고개를 숙이고 생각에 잠기는 듯했다.

'대체 누굴까?'

석민은 열심히 생각하고 또 생각했다. 이때 주모가 고개를 들고 나직한 소리로 입을 열었다.

"그러시면 쇤내가 말씀을 드리겠습니다. 저의 남편은 노름으로 천 냥의 공금을 탕진하고 효수를 당할 운명에 처하여 있었습니다. 그 절망적인 상황에서 쇤네의 시부모님과 저는 금강에 빠져 죽으려고 하고 있었습니다. 그때 어르신께서 그곳을 지나가시다가……."

여기까지 들은 석민은 무릎을 치면서 주모의 말허리를 끊었다.

"아하! 이제야 생각이 납니다. 그런 일이 있었지요. 참, 그날 무사히 남편은 구하셨소?"

"어르신 덕분에……."

"그렇다면 다행이오. 참, 노인장과 부군(夫君)께서는 잘 지내고 있는지요?"

"모두 이세상 사람들이 아닙니다."

주모는 쓸쓸하게 말했다.

"허, 어쩌다가 모두가 다……."

"예, 모든 것을 낱낱이 말씀드리겠으니 시장하실 텐데 음식을 잡수시면서 들어 주십시오."

"아, 알겠소."

석민과 주모의 이야기를 듣고 자초지종을 알게 된 신두병은 회심의 미소를 감추지 않고 맘껏 술과 음식을 들었다.

주모의 이야기는 이러했다.

천 냥을 내고 옥에서 풀려나온 주모의 남편은 노름 버릇을 버리지 못했다. 그러나 이상하게도 투전을 했다하면 따고 해서 일 년 만에 큰돈을 벌었다. 그 돈으로 많은 땅을 사서 농사를 지었는데, 해년마다 풍년이 들어 수천 석을 추수하는 갑부가 되었다.

그런데 일 년 전에 갑작스런 병으로 앓다가 세상을 떠났는데, 유언으로 남긴 말이 자기의 은인을 찾아 은혜를 갚으라는 말이었다고 했다.

"쇤네의 남편이 세상을 떠난 지 얼마 안 되어 시부모님께서 차례차례 저승길을 떠났습니다. 두 분께서도 눈을 감으시면서 하신 말씀이 남편의 유언과 같았습니다."

주모는 석민에게 술을 한잔 권하고 나서 다시 말을 이었다.

"그 후 쇤네는 어르신을 찾으려고 백방으로 노력을 했답니다. 그러나 어디에 사시는지도 모르고, 또 존함마저 몰라 찾을 길이 없었습니다. 그런데 금년 봄 꿈에 돌아가신 시부모님과 남편이 자꾸 나타나 현몽(現夢)하시기를 이곳으로 가라고 하셨습니다. 쇤네 생각에 여러 사람을 만나기 위해서는 술파는 장사가 가장 낫다는 생각이 들었습니다. 그래서 이곳에 땅을 사서 주막을 짓고 오고가는 사람들을 손님으로 맞이하고 있었는데, 오늘에서야 어르신을 뵙게 된 것이옵니다.”

“허어, 참! 정말 기이하고도 아름다운 이야기일세.”

신두병은 부러운 눈으로 석민과 주모를 번갈아 보았다. 그러다가 주저하지도 않고 묏자리 문제를 말했다.

“정말 이 집 뒤뜰이 어르신께서 찾는 명당이옵니까?”

주모는 반색을 하고 물었다.

“그, 그렇다고 하더군요…….”

석민은 어정쩡하게 대답했다.

“그렇다면 정말 잘 됐습니다.”

“예?”

“아무 염려 마시고 묏자리로 쓰십시오.”

“그, 그게 정말이십니까?”

“호호, 쇤네가 감히 어르신께 거짓을 아뢰겠습니까? 그리고 이렇게 뵙게 되었으니 시부모님과 남편의 유언을 받들어서 저의 집 재산을 반분하여 올리겠습니다.”

“…….”

석민으로서는 정말 꿈에도 생각지 못했던 일이었다. 문득 그때 아버지가 했던 말이 귀에 쟁쟁하게 들리는 듯했다.

‘세상에는 인과응보라는 것이 있어서 좋은 일에는 반드시 좋은 결과가 따르는 법이니라.’

석민은 한없이 벅차오르는 감동을 억누를 길이 없어 지그시 눈을 감았다. 돌쇠를 찾아갔던 일, 오면서 우연히 네 사람의 목숨을 구했던 일, 때맞추어 아버지의 병환이 씻은 듯이 나았던 일들이 주마등처럼 뇌리를 스치며 지나가고 있었다.

해전(海田)은 말한다.

세상에서 가장 경멸받아도 마땅한 사람은 은혜를 잊는 사람이다. 여기에 더하여 은혜를 원수로 갚는 사람, 그들에 대해서는 하늘도 손쓰기를 포기한다.

돌쇠는 이대감의 은혜를 잊지 않았기에 그로부터 '의리의 사나이 돌쇠'라는 미칭(美稱)으로 불리우게 되었다.

이대감과 그의 아들 석민은 진심으로 베푸는 삶을 살았기에 좋은 인과(因果)를 받은 것이다. 이렇듯 스스로 지은 일에 대해서는 반드시 그에 상응한 결과를 받는 날이 있다.

명 당

산과 들에 꽃이 만발하고, 종달이가 울어 지저귀는 화창한 봄이었다. 들판에는 아지랑이가 아물아물 피어오르고, 상큼한 바람에 보리밭이 푸른 물결처럼 일렁거렸다.

아직도 보리는 푸르기만 했다.

"휴우."

북악산(北岳山) 중턱에서 칡을 캐고 있던 떠꺼머리 총각은, 굽어보이는 산 아래 파랗게 펼쳐진 보리밭을 보며 길게 한숨을 내쉬었다.

나이는 스물대여섯이 넘어 보였는데, 아직 상투를 틀지 않은 것으로 보아 혼기를 놓친 청년이 분명했다. 그 청년은 오랜 굶주린 탓인지 얼굴은 윤기가 없었지만, 눈썹이 짙고 이목구비의 선이 뚜렷했다. 또 키가 후리후리하게 커서 늠름한 장부의 기상이 엿보였다.

그러나 더럽고 남루한 입성으로 보아 그가 어떤 계층인가를 쉬 알아볼 수 있었다.

조선 제11대 왕 중종(中宗) 말엽의 봄날에 가난한 백성들은 태산을 넘기보다 더 힘이 든다는 보릿고개를 죽을 힘을 다해 힘겹게 넘고 있었다. 묵은 곡식은 거의 떨어지고 햇보리는 아직 익지 아니하여 생활의 곤궁은 이루 말할 수도 없었다.

"이제는 칡도 찾아보기 힘들군. 하긴 굶주린 사람들이 모두 풀뿌리로 연명하고 있으니……."

청년은 해질녘까지 산을 헤매다가 칡 두어 뿌리를 캐들고 산을 내려왔다.

이 청년은 북악산 기슭의 오막살이집에서 병든 홀어머니를 모시고 빈한하게 살고 있었다. 가세가 어려운 관계로 글을 배우지 못했지만, 마을 사람들은 그를 임(林)도령이라고 칭했다.

"어머니, 죄송합니다."

임도령은 칡뿌리와 쑥국을 끓여 어머니께 올리며 죄스러운 마음을 감출 수가 없었다. 양식이 떨어져 벌써 며칠째 보리죽 한 그릇 올리지 못하고 있는 것이었다.

"나야 괜찮지만……."

어머니는 힘없이 중얼거리며 웅숭깊은 눈으로 아들을 보았다. 밭고랑처럼 움푹움푹 패인 주름살 하나하나에는 삶의 신산스러움이 가득 담겨 있고, 비쩍 마른 싯누런 얼굴에 거뭇거뭇 피어난 검버섯은 가슴에 맺힌 무언가가 피부를 뚫고 나와 착색된 것만 같았다.

"어머니……."

임도령은 병색이 완연한 어머니의 얼굴을 보는 순간 가슴

48

이 울컥거리며 눈시울이 뜨거워졌다.

'어머니를 굶어 죽게 할 수는 없다.'

광주(廣州)에 산다는 종숙(從叔)의 얼굴이 문득 떠올랐다. 그는 아버지의 사촌 동생으로 현감을 지냈고, 집안도 넉넉하다는 소리를 어디선가 들은 적이 있었다.

'내일은 그 어른을 찾아가 보리라.'

이렇게 결심한 임도령은 다음날 꼭두새벽에 집을 나섰다. 부지런히 걸음을 옮겨 광나루 한강가에 이른 그는 나룻배를 타고 강을 건너 송파나루에 닿았다.

꼬르륵 꼬르륵! 배에서 끝없이 울리는 이 소리는 그의 귀에 천둥소리보다 더 크게 들리는 것 같았다.

임도령은 허기진 배를 움켜쥐고 들판을 지나고 언덕을 넘었다. 그러는 동안 어느덧 해는 뉘엿뉘엿 서산으로 넘어가고 있었다.

"어이쿠, 날이 저무는구나! 저 산만 넘으면 되는데……."

임도령은 지친 걸음을 재촉하여 남한산 기슭으로 들어갔다.

얼마나 걸었을까? 날은 완전히 저물어 한치 앞을 분간하기가 힘들었다.

"내가 지금 길을 제대로 가고 있는지 알 수가 없구나!"

칠흑 같은 어둠 속을 걷다보니 몇 번이나 무엇에 걸려 넘어졌고, 두어 번은 뒹굴기까지 했다.

"아무래도 길을 잃은 것 같아. 이 깊은 산중에서 길을 잃었으니 야단났군……."

땀을 뻘뻘 흘리며 길을 찾기 위하여 이리저리 헤매였다.

"우우우……!"

어디선가 늑대가 울부짖고 있었다.

"어어홍……!"

호랑이 울음소리도 들렸다.

임도령은 무섭고 두려웠다. 어디선가 금시 호랑이가 불쑥
나타나 목덜미를 물어뜯을 것만 같았다.

조심조심 발로 길을 더듬어 걸음을 옮겼다. 나뭇가지가
얼굴을 스치고 나뭇잎이 밟혀 부스럭거리는 소리에도 화들
짝 놀라며 진땀을 흘렸다.

"어, 불빛이다!"

그렇게 한참을 헤매고 있는데, 멀리서 불빛이 반짝이는
것이 보였다. 임도령은 지옥에서 아버지를 만난 심정으로
그 불빛을 따라갔다. 한참을 걸어가니 작은 집이 한 채 나
왔다.

"휴, 사람이 살고 있구나!"

이제는 살았다는 심정으로 그 집 앞에 서서 안도의 한숨
을 내쉬었다. 그러면서 유심히 살펴보니 주위는 쥐 죽은 듯
이 고요하고, 인기척이 없었다.

'불을 켜놓고 잠이 들었을까? 아니면……?'

여러 가지 불길한 생각이 임도령의 뇌리를 스치고 지나
갔다. 그러나 상황이 급박한지라 용기를 내어 주인을 불
렀다.

"계십니까? 주인장 계십니까?"

"……."

안에서는 대답하는 소리가 없었다.

"여보세요! 안에 주인 안 계십니까?"

다시 한 번 불렀을 때 삐꺽 소리를 내며 방 문이 스르르 열렸다.

"뉘신지요?"

은쟁반에 옥구슬을 굴리는 듯한 소리로 묻고 있는 사람은 여자, 그것도 꽃처럼 아름다운 젊은 여자였다.

"아……!"

임도령은 자신도 모르게 감탄사를 토해내며 입을 반쯤 벌렸다. 이 깊은 산 속에 여인 혼자 살고 있는 것에 놀랐지만, 그보다도 여인의 빼어난 미모에 더욱 놀랐다.

여인은 잠시 임도령을 바라보고 있다가 입을 열었다.

"이렇게 늦은 밤에 어떻게 저의 집을 찾아오셨는지요?"

임도령은 그녀의 미모가 너무 황홀하여 넋을 잃고 있다가 간신히 입을 열었다.

"저……, 그만 산중에서 길을 잃고 헤매다가 불빛을 보고 찾아온 사람입니다. 그러니 하룻밤 묵어 가도록 허락해 주십시오."

"정말 딱하게 되셨군요."

동정의 말을 하던 여인의 얼굴에 갑자기 곤혹스러워하는 기색이 어리었다.

"그러나 이 집은 단칸방이고, 소녀 혼자 살고 있습니다."

목소리는 부드럽기 그지없었지만, 여자 혼자 사는 집에 외간 남자는 들일 수 없다는 소리처럼 들렸다.

"……."

임도령은 더 이상 부탁도 하지 못하고, 난감한 표정으로 여인을 물끄러미 바라보고만 있었다.

"어쩔 수 없군요."

여인은 눈빛을 흐리며 계속 말을 이었다.

"저렇게 비도 장대처럼 쏟아지는데."

이 말에 임도령은 어안이 벙벙했다. 분명 비가 쏟아지고 있는 것은 아니었다. 이상한 생각이 들어 고개를 돌렸다. 그런데 이게 어찌된 일인가! 방금까지 멀쩡하던 날씨가 돌변하여 엄청난 비바람이 몰아치고 있는 것이 아닌가!

"우르르 쾅! 우르르 쾅!"

천둥이 일고 번개까지 쳐서 하늘을 쫙쫙 찢어대기까지 했다.

"옷이 다 젖겠으니 어서 안으로 들어와 비를 피하세요."

여인이 서둘러 안으로 들어갔고, 임도령도 엉겁결에 여인의 뒤를 따라 방안으로 들어갔다.

"허어참, 날씨 한 번……."

임도령은 여인이 혼자 사는 방에 들어와 있다는 사실이 어색했다. 때문에 날씨를 탓하며 시선을 문쪽으로 돌리고 있었다.

"잠시만 기다려 주십시오."

이 말을 남기고 여인은 부엌으로 통하는 문으로 나갔다.

'이 깊은 산중에 왜 혼자 살고 있을까?'

여인이 방을 비우자 재빨리 방안을 둘러보았다. 집은 비록 오막살이였지만, 방안은 시골집 같지 않게 값진 가구와 장식으로 꾸며져 있었다.

한동안 부엌에서 달그락거리는 소리가 들렸다. 구수한 음식 냄새가 문틈으로 새어들어왔다.

잠시 배고픔을 잊고 있던 임도령은, 그 냄새를 맡자, 입안에 주체할 수 없을만큼 군침이 돌았다.

이윽고 문이 열리고, 여인은 음식상을 들고 방으로 들어
왔다.

임도령이 보니 눈이 확 뒤집혀질만큼 진수성찬이었다. 크
고 작은 그릇 수가 열댓 개는 넘었다. 김이 모락모락 피어오
르는 갈비찜도 있고, 먹음직스럽게 보이는 통닭도 한 마리
놓여져 있었다.

"워낙 급하게 차리느라 변변치 않습니다만, 시장하실 텐
데 많이 드십시오."

여인의 말이 떨어지기가 무섭게 수저를 들었다.

이상하지 않은 것은 아니었다. 깊은 산중에서, 그것도 억
수로 비가 쏟아지고 있는데, 만반진수(滿盤珍羞)를 짧은 시
간에 준비할 수 있다는 사실이 놀랍고도 이상했다.

그러나 임도령은 그런 것을 따질 겨를이 없었다. 먹고 죽
는 한이 있더라도 당장은 주린 배를 채우는 것이 급했다.

아름다운 여인 앞에서 체면을 차릴 겨를도 없었다. 마치
걸귀가 들린 듯이 닥치는 대로 먹어치웠다.

"호호……."

여인이 손으로 입을 가리고 웃었다. 갈비찜을 뜯고 있던
임도령은 갑자기 무안해져서 슬그머니 여인의 얼굴을 보
았다.

"체하시겠어요. 좀 천천히 드세요."

여인은 이렇게 말하며 상 귀퉁이에 놓여 있는 술잔을 들
어 그에게 내밀었다.

"약주 한 잔 받으세요."

"고, 고맙소."

임도령이 두 손으로 술잔을 받자, 여인은 주전자를 들어

철철 넘치도록 따라주었다. 무슨 술인지는 모르지만 투명하게 붉은 술은 은은하고도 좋은 향기를 뿜어냈다.

'세상에 이런 술도 있었구나!'

마음속으로 탄복하며 천천히 마셨다. 달콤하고 향기로운 술은 목구멍을 꼴깍 넘어가서 간을 살살 간지럽혔다. 그런데 이상했다. 그 술을 마시자마자 마치 불덩어리라도 삼킨 것처럼 몸이 후끈 달아오르는 것이 아닌가!

임도령은 몸속에서 힘이 용솟음치는 것을 느끼면서 천천히 음식을 먹었다. 술도 따라주는 대로 여러 잔 마셨는데, 상을 물렸을 때는 적당히 기분이 좋았다.

"도련님!"

여인의 목소리는 은근했다.

임도령은 포만감에 잠겨 그윽한 눈으로 여인을 보았다. 술기운 탓인지는 모르지만, 용기도 생겼다. 아까부터 뜨거운 피가 자기 몸속을 흐르고 있다는 사실을 그는 느끼고 있었다.

잠시 뜸을 들이고 있던 여인은 수줍게 말을 이었다.

"소녀가 이처럼 도련님을 만나게 된 것은 모두 천지신명께서 점지해 주신 인연으로 생각됩니다."

"헉!"

임도령은 너무도 가슴이 벅차 신음에 가까운 감탄을 토해냈다.

여인은 천천히 비단금침을 깔았다. 그것을 보고 있는 임도령의 가슴은 마구 울렁거렸다. 사향내가 코를 간지럽히는 깨끗한 금침이었다.

"어서 자리에 드십시오."

"그, 그러지 뭐."

임도령은 몸이 불길에 활활 타오르는 듯한 감정을 느끼며 자리에 누웠다.

"후—!"

여인이 입김으로 촛불을 껐다. 방은 이내 칠흑 같은 어둠 속에 잠겨 들었다. 그리고 바스락거리는 소리가 들리기 시작했다.

누가 그랬던가! 이 세상에서 가장 듣기 좋은 소리는 어 둔 밤에 여인이 옷벗는 소리라고.

임도령은 세상에서 가장 듣기 좋은 소리를 들으면서 자기 가 지금 꿈을 꾸고 있는 것이 아닌가, 귀신에게 홀린 것이나 아닌가 하는 생각을 했다.

이렇게 하여 임도령은 생각지도 못한 미녀와 꿈결처럼 황 홀한 하룻밤을 지내게 되었다.

밤은 빠르게 지나가 버리고 아침이 왔다.

임도령은 미녀의 꿀을 빠느라고 거의 뜬눈으로 밤을 새웠 지만, 잠을 늘어지게 잔 사람처럼 가뿐한 몸으로 잠에서 깨 어났다. 여인이 누웠던 자리는 비어 있었다. 그러나 임도령 은 조금도 놀라지 않았고, 여인을 찾지도 않았다.

"딸가닥 딸가닥……!"

부엌에서 음식을 준비하는 소리가 끝없이 들려오고 있었 던 것이다.

'세상에 나에게 이런 행운이 있을 줄은…….'

한없이 흐뭇한 기분에 잠겨 여인의 고운 얼굴을 생각 했다. 아무리 생각해도 자기에게는 과분한 미녀인 것 같 았다.

사실 임도령은 너무 가난하기 때문에 장가를 들지 못
했다. 그래서 불독처럼 생긴 처녀라도 좋으니 시집만 와
준다면 다행이라고 생각하던 그였다.

여인이 아침상을 들여왔다. 상다리가 부러지지나 않을까
하고 염려가 될 만큼 풍성한 밥상이었다. 임도령으로서는
세상에 태어나서 한 번도 받아본 적이 없는, 그런 훌륭한 상
이었다.

"나는 지금 광주에 있는 일가에게 무엇을 부탁하러 가는
길이오. 빨리 일을 마치고 돌아오는 길에 당신을 집으로 데
리고 가겠소."

맛있게 아침을 먹은 임도령은 이렇게 말했다.

"……."

여인은 소리없이 미소를 지을 뿐 아무 말도 하지 않았다.

"그럼, 냉큼 다녀오겠소."

방 문을 열고 밖으로 나오니 날씨는 화창했다. 간밤에 그
렇게 바람이 불고 비가 퍼부었는데, 이상하게도 그런 흔적
을 어디에서도 찾아볼 수가 없었다.

'잠시도 지체하지 말고 서두르자.'

임도령은 걸음아 어서 달려라 하면서 바람처럼 산길을 내
려왔다. 그러다가 문득 달리던 걸음을 멈추었다.

"내가 왜 이러지? 방금 인사하고 내려오고선……."

혼자말로 중얼거렸다. 여인의 고운 얼굴이 눈앞에 떠올라
발길을 멈추었던 것이다.

"딱 한 번만 보고 가자!"

발길을 돌려 오던 길을 다시 뛰어서 올라갔다.

그런데 이게 웬일인가! 그 집은 흔적도 없이 사라져 버

리고, 집이 있던 장소에는 큰 고목 한 그루가 온통 안개에
쌓인 채로 서 있는 것이었다.

"세상에……!"

임도령이 안개에 쌓인 고목에 가까이 가자, 그 안개 속에
무엇인가가 움직이고 있었다.

'뭘까?'

자세히 보니 사람이었다. 머리를 풀어 헤친 여자가 뒷모
습을 드러내고 서 있는 것이었다.

"으헉!"

임도령은 갑자기 두려움증이 생겨 비명을 질렀다. 그러자
여자가 번개처럼 고개를 돌려 그를 쏘아보았다.

"아니, 당신은?"

간밤에 하룻밤을 함께 지낸 그 아름다운 여인이 분명
했다.

"왜 오셨나요?"

여인은 차갑게 말을 이었다.

"이왕 일이 이렇게 되었으니 모든 사정을 말하지 않을 수
가 없군요. 사실 저는 5백 년 된 암구렁이입니다. 용이 되어
하늘로 올라가는 것이 소원이었는데, 지난밤 당신이 은혜를
베풀어 주신 덕택으로 소원을 이루게 되었습니다. 당신의
은혜에 감사를 드립니다. 잠시 후 제가 올라간 자리에 비늘
세 개가 떨어질 것입니다. 그 비늘이 떨어진 자리에 조상의
묘를 쓰십시오. 그러면 당신 자손 중에 뛰어난 장수가 나올
것입니다."

이 말이 끝나자마자 장대 같은 비가 쏟아지기 시작했다.
그리고 여인은 하늘에서 힘껏 잡아당기는 것처럼 빨려 올라

갔다.

"낭자!"

임도령은 안타깝게 여인을 부르며 하늘을 보았다.

거짓말처럼 비가 그친 하늘에는 오색 영롱한 구름이 한군데로 뭉쳐 있었다. 그 구름 속에서 눈이 부시게 하는 무엇 세 개가 팔랑거리며 떨어지고 있었다.

용이 되어 승천한 구렁이 여인이 말한 그 세 개의 비늘은, 땅에 떨어지더니 곧 세 그루의 매화나무로 변했다.

너무 희한한 일을 겪은 임도령은 아버지의 산소를 그곳으로 이장했다.

잠실 쪽에서 남한산성을 오르려면 강동구 이동(二洞)과 방이동(芳夷洞)을 지나 오금동(梧琴洞)을 경유해야 한다.

이 오금동에 개롱리(開籠里)라는 자연부락이 있다. 한강이 내려다보이는 이 부락에는 매화낙지형(梅花落地形), 즉 매화꽃이 땅에 떨어진 명당이 있다.

임도령이 아버지의 산소를 옮긴 바로 그 장소인데, 그 후 이 명당의 발복(發福)으로 임경업(林慶業) 장군이 태어났다고 전한다.

해전은 말한다.

전설(傳說)은 그저 허무맹랑한 이야기가 아니다. 한 민족의 의식과 생활양식의 근간을 이루고 있는 문화의 뿌리이다.

풍수사상을 믿는 한국인의 의식에는 조상숭배사상이 농축되어 있다. 근본의 소중함을 찾고 지키는 한국인의 마음, 영원히 지켜져야 할 한국인의 특질이 아니겠는가!

58

아내 덕에 복받은 남편들의 이야기

그믐 초승의 밤은 매우 어두웠다. 소슬바람에 쓸리는 낙엽 구르는 소리가 을씨년스럽기 그지없었다. 멀고 가까운 곳에서 귀뚜라미들이 사무치게 울어대고 있었다.

화천(華川) 군수 이윤수(李允秀)는 어둠길을 따라 민가의 골목길을 천천히 걷고 있었다. 백성들이 사는 모습을 살피기 위해 미행(微行)으로 야순(夜巡)을 돌고 있는 것이었다.

목민관의 책임은 백성을 부유하고 편안하게 살도록 하는 데 있다는 것이 그의 굳건한 신념이었다. 그래서 그는 이 고을에 부임한 이래 헐벗고 굶주리는 백성이 없도록 힘썼고, 선정을 베풀어 백성들의 생활을 윤택하게 만들었다.

'세월 참 빠르구나! 내가 부임한 것이 엊그제 같은데……. 벌써 다섯 해가 흘렀어.'

그는 구슬프게 울어대는 귀뚜라미 소리를 들으면서 걷다가 자기도 모르게 시 한 수를 읊조렸다.

귀뚜라미 방에서 우니
어느덧 이 해도 저물어 가네
지금 아니 즐기면 언제 즐기리요
세월은 덧없이 흘러가리
지나치면 안 되나니
내 직책 생각하여 본분을 지키세
즐기는 것은 좋지만 탐닉하면 안 되나니
어진 선비는 언제나 삼간다네.

"흠, 언제 들어도 좋은 시야. '지나치면 안 되나니 내 직책 생각하여 본분을 지키세', 이 대목이 특히 좋아."

이윤수는 스스로 흡족하여 《시경》 당풍(唐風)에 나오는 이 시를 계속 읊으면서 이집 저집을 기웃거렸다.

그런데 어떤 집 마당의 볏섬 낟가리에서 버석거리는 소리가 들렸다.

'이게 무슨 소리?'

이윤수는 걸음을 멈추고 가만히 그 집 마당을 들여다보았다. 어둠 속에서 한 사나이가 조심스럽게 움직이고 있었는데, 볏섬을 훔치고 있는 것이 분명했다.

'아직도 우리 고을에 도둑이······.'

이윤수는 이렇게 탄식하며 그 도둑의 뒤를 살살 따라가 보았다.

볏섬을 훔친 도둑은 변두리의 어떤 오막살이로 들어갔다. 허술한 싸리문을 열고 집으로 들어간 도둑은 부득부득 그 볏섬을 윗방 쪽으로 끌고 갔다.

이윤수는 도둑걸음으로 집 뒤로 돌아가서 뒷문 창구멍을

통해 안을 들여다보았다. 방안에는 병색이 완연한 여인이 누워 있었다. 방 문이 열리고 볏섬을 끌고 들어오는 것을 본 여인은 깜짝 놀라 자리에서 일어섰다.

"그건 뭡니까?"

여인의 말에 사내는 어눌하게 대답했다.

"보면 모르오!"

"어디서, 이 밤중에 어디서 난 것입니까?"

여인은 사내의 얼굴과 볏섬을 번갈아 보면서 추궁하듯 물었다.

"꾸어왔어……."

사내의 목소리에는 자신이 없었다.

"누구에게요? 대체 누가 우리에게 벼 한 섬을 꿔준단 말입니까? 어서 썩 갖다 주고 오십시오."

여인의 목소리는 서릿발처럼 냉정했다.

"여, 여보……!"

사내는 안절부절 못하면서 여인의 눈치를 살폈다. 그러다가 할 수 없이 사실을 토설했다.

"병든 당신이 너무 오랫동안 굶주렸소. 병이 들어 꼼짝 못하고 누워 있는 당신을 구완하느라고 올해는 농사도 짓지 못했소. 그런데 그나마 조금 있던 돈과 양식마저 떨어진 지 오래요. 굶주려 기운을 차리지 못하고 있는 당신이 하도 보기가 딱해서……."

사내는 말끝을 흐렸다. 음성에는 물기가 서려 있었다. 잠시 후 그는 손등으로 눈시울을 닦아내며 계속 말을 이었다.

"미안하오. 그러나 이제는 당신도 많이 나았으니……, 우리 둘이 열심히 벌어서 곱으로 갚으면 되지 않겠소? 그러자면 사람이 우선 살고 보아야……."

"그만 두시오!"

여인은 차갑게 사내의 말허리를 끊었다.

"당신이 도둑이면 나는 도둑의 여편네요. 도둑질한 식량
으로 치욕스럽게 살아 무얼 하겠소!"

여인은 무섭게 소리치며 급히 부엌으로 나갔다가 식칼을
가지고 들어왔다.

"아니, 여보!"

사내는 소스라치게 놀라 여인의 손에 든 식칼을 빼앗으려
고 했다. 그러자 여인은 칼날을 자기의 목에 대고 벼락치듯
소리쳤다.

"그 볏섬을 썩 도로 갖다 두고 오지 않으면 나는 당장 죽
고 말겠소!"

"아, 알겠으니 제발 그 칼을 치우시오."

사내는 머리를 벅벅 긁다가 그 볏섬을 끌고 밖으로 나
갔다.

이윤수는 여인의 처사에 탄복하며 볏섬을 지고 어정어정
걸어가는 사내의 뒤를 계속 밟았다.

사내는 볏섬을 훔친 집으로 들어갔다. 그것을 확인한 이
윤수는 고개를 끄덕거리며 발길을 돌렸다. 그런데 막 골목
을 벗어나려고 할 때 소란스러운 외침이 들렸다.

"도둑이야!"

이윤수는 퍼뜩 사건의 전말을 깨닫고 우뚝 걸음을 멈추
었다.

"아뿔싸, 이 일을 어찌 한담."

이윤수는 다시 걸음을 돌려 그 집 앞으로 가서 안을 들

여다보았다. 이미 사내는 주인과 하인들에게 붙잡혀 호된 봉변을 당하고 있었다.

"저놈을 꽁꽁 묶어 관아에 넘겨라!"

주인의 명을 받은 하인들은 그를 묶어 관아로 끌고 갔다. 그것을 보고 이윤수는 숙소로 돌아왔다.

이튿날 아침, 형방(形房)이 그 사건을 야단을 하며 보고했다. 이윤수가 분부를 내렸다.

"알았다. 이 사건은 내가 친히 처결할 테니 그 사람을 안으로 들여보내라."

형방의 보고가 있기 전, 이윤수는 아침 일찍 하인을 보내 그 사내의 부인을 데려오게 하여 안에다 대기시켜 놓았다.

이윽고 그 사내가 결박당한 채로 나졸들에게 이끌려 안으로 들어왔다. 이윤수는 그 사내의 결박을 풀어 주고, 새옷으로 갈아 입혀 조용한 방으로 인도했다. 그 방에는 먹음직스런 음식상이 차려져 있었다.

"어서 들게나."

이윤수는 부드러운 목소리로 음식을 권했다.

볏섬을 훔쳤던 사내는 뜻밖의 상황 전개에 도깨비에 홀린 사람마냥, 하얗게 질려 몸을 떨며 흘끔흘끔 군수의 눈치를 살폈다.

"부인을 이리 모셔 오너라."

이윤수는 밖을 향해 소리쳤다.

"네!"

하인들이 가서 곧 부인을 모셔왔다. 사내는 그 부인이 자기의 아내임을 확인하고 더욱 소스라치게 놀랐다.

"아니, 당신이 어떻게……?"

"당신이야 말로 어떻게……."

부부는 영문을 모르겠다는 표정으로 불안한 시선만을 서로 교환하고 있었다.

"하하하……."

이윤수는 한바탕 호탕하게 웃고 나서 지난밤의 사유를 모두 이야기했다. 자초지종을 들은 부부는 몸둘 바를 모르고 부끄러워했다.

"그대는 정말 훌륭한 부인을 두었네. 그대가 부인의 말을 듣고 볏섬을 도로 갖다 주는 것을 보고 나는 이루 말할 수 없는 감동을 받았네. 그래서……."

이윤수는 잠시 말을 멈추고 소맷자락에서 무엇을 꺼내어 사내에게 주었다.

"이것을 받게나."

사내는 비단에 쌓인 묵직한 물건을 엉겁결에 받고 놀란 눈으로 군수를 보았다. 이윤수는 빙그레 웃으며 말을 이었다.

"금덩어리일세. 그건 그대의 부인에게 주는 상일세."

부부가 화들짝 놀라 금덩어리를 받지 않으려고 했다. 그러자 이윤수는 그 금덩어리에 얽힌 사연을 이야기했다.

이윤수는 강원도 화천고을 어느 산촌에서 태어났다. 늙으신 홀어머니가 세상을 뜨자 삼년상을 치루고 서울로 올라와 때늦게 과거 준비를 했다.

어느 무더운 여름, 긴 여름해가 기울어서 남산 기슭의 조그마한 초가 오막살이로 돌아온 이윤수는 몸이 퍽 고단했다.

64

"오늘은 좀 늦으셨군요. 피곤해 보이시는데, 어서 씻고 저녁 진지를 자십시오."

젊은 아내 윤씨가 남편을 맞으며 하는 말이었다. 정숙하고 상냥한 아내를 보면 없던 힘도 솟아나는 윤수였다. 끼니를 걱정해야 하는 가난한 살림에도 얼굴 한 번 찡그리지 않고, 오히려 바느질품을 팔아 남편의 공부를 뒷바라지하는 그런 아내였다.

"뭐, 괜찮아."

윤수는 빙그레 웃으며 아내가 떠다 놓은 세숫물에 얼굴을 씻었다. 방으로 들어온 윤수는 저녁상을 기다리는 동안에도 책을 펴고 글을 읽었다.

이때 갑자기 아내의 비명이 들렸다.

"으악!"

윤수는 쏜살같이 방 문을 박차고 밖으로 뛰어나갔다. 아내는 파랗게 질린 얼굴을 하고 넋나간 사람처럼 부엌 바닥에 주저앉아 있었다.

"웬일이오? 왜 그러우?"

윤수가 다급히 묻자, 그제서야 윤씨는 정신이 돌아온 듯 손을 내저었다.

"아녜요, 아무 일도 아녜요."

"아무 일도 없다구? 일이 없는데 어째서 그래, 응? 말을 해, 솔직히!"

윤수는 답답하다는 듯이 아내의 어깨를 흔들며 물었다.

"죄송해요. 제가 경솔해서 괜한 일로 공부하는 당신을 놀라게 했어요. 그러니 어서 저녁 진지나 잡수세요."

아내는 이마에 흐른 땀을 옷고름으로 찍어내며 말했다.

윤수는 일부러 얼굴을 찌푸리며 토라진 아이처럼 퉁명스럽게 말했다.

"됐소! 저녁이고 뭐고 귀찮소. 나 저녁 안 먹겠소. 우리 사이에 말 못할 일이 뭐가 있다고 당신이 내게 숨기오!"

이 말에 윤씨는 겸연쩍게 웃으며 부엌으로 들어가려고 했다. 그러자 윤수는 아내의 손을 낚아채며 심통스럽게 말했다.

"나 저녁 안 먹는다고 했잖소! 당신이 무슨 일로 놀랐는지를 말하지 않으면 끝까지 먹지 않겠소. 죽을 때까지 말이오."

윤수가 이렇게 고집을 부리자, 아내는 하는 수 없다는 듯이 입을 열었다.

"다름이 아니라……, 부엌에서 밥을 지으려고 하면 아궁이에서 가끔 무서운 게 나와서 사람을 놀라게 하는구면요."

윤수는 눈이 동그래졌다.

"아궁이에서 무서운 것이 나온다구? 그게 뭔데?"

"저도 몰라요. 도깨비 같기도 하고 귀신 같기도 한데, 소름이 끼치도록 무섭고 흉칙한 것은 분명해요."

이 말에 윤수는 한참 고개를 갸우뚱거리다가 입을 열었다.

"당신이 먹는 것도 변변치 못한데다 일이 고되어 허깨비를 본 모양이구려. 내 잘못이 크오. 내가 못나서 여태까지 당신을 고생만 시키고 있으니……."

윤수의 목소리가 급작스럽게 흐려졌다. 그러자 아내는 양손을 내저으며 단호하게 말했다.

"아니에요. 그건 아니에요. 제가 본 것은 허깨비가 아니라 귀신이 분명해요. 그놈은 당신이 안 계실 때면 어김없이 나타나서 저를 못살게 굴었어요. 지금껏 당신이 걱정하실까 봐 잠자코 있었는데, 오늘은 마침 당신이 계신데 나타나서 본의 아니게 당신을 걱정시킨 것이에요. 아무튼 죄송해요. 여편네가 마음이 약하고 경솔해서 잠시의 무서움을 참지 못하고…….”

아내는 몹시 미안하다는 듯이 말했다. 윤수는 그런 아내가 고맙고 사랑스러워 콧등이 시큰해졌다.

“그것이 허깨비든 귀신이든 무슨 상관이 있겠소. 당신이 그런 고통을 당하고 있는 것을 나는 꿈에도 몰랐소. 어째서 내게 말하지 않았소?”

“정말 죄송해요.”

“뭐가 죄송하단 말이오?”

“어쨌든 죄송해요.”

아내는 금방 울음을 터뜨릴듯한 얼굴로 ‘죄송하다’는 말을 연발했다. 윤수는 아내를 살며시 안고 등을 어루만지면서 나직이 말했다.

“이 집이 말로만 듣던 흉가인가 보오. 어쩐지 집값이 너무 싸다고 생각했지만……, 귀신이 나오는 흉가일 줄을 누가 알았겠소. 그것을 알고 이런 집에서 어떻게 살겠소. 하루 빨리 팔고 다른 집으로 갑시다.”

이 말에 아내는 세차게 고개를 저었다.

“그건 안 됩니다. 이런 흉가를 누구에게 판단 말입니까. 우리가 팔면 이 집을 사서 오는 사람이 또 그 변을 당하지 않겠습니까? 그러니 아주 폐가를 시키고 우리는 셋방을 얻어 살림을 옮기는 것이 떳떳한 일이 아니겠습니까? 남의 눈에 눈물을 흘리게 만든 사람은 자기 눈에서 피눈물이 흘리게 된다는 말도 있고…….”

“듣고 보니 당신 말이 옳은 것 같소.”

이리하여 윤수 내외는 다음날 부랴부랴 셋방을 얻어 집을 옮겼다. 그나마 있던 집을 버리고 남의 집 셋방을 살게 되니 살림은 더욱 곤궁해졌다.

윤수는 아내의 고생을 보다 못해 몇 번이나 공부를 때려치우고 돈벌이를 하고자 했다. 그때마다 아내는 기를 쓰고 반대를 하여, 끝내 공부를 그만두지 못했다.

세월이 많이 흘렀다. 그동안 윤씨 부인은 천신만고 힘을 다하고, 윤수가 부지런히 공부한 보람이 있어 마침내 과거에 급제를 하였다.

윤수는 좋은 자리를 마다하고 자원해서 고향인 화천부사로 가게 되었다.

“나만 공을 이루고, 내 가정만 부귀영화를 누리면 무엇하랴. 무지한 내 고향 사람들도 가르치고, 불쌍한 내 고향 사람들도 잘 살게 해주리라.”

윤수는 이런 갸륵한 생각을 품고 한직인 화천부사를 자원한 것이다.

윤수가 화천부사로 부임하기 며칠 전의 밤이었다. 윤수 내외는 참으로 흐뭇한 마음으로 지난일을 이것저것 이야기했다.

“여보, 정말 당신의 고생이 많았소. 오늘의 성공은 온전히 당신의 수고와 정성으로 이룩된 것이오. 당신이 내 곁에 없었다면 어찌 나에게 오늘의 영광이 있었겠소. 이런 생각을 하면 나는 당신에게 절이라도 하고 싶소.”

윤수의 이 말에 윤씨 부인은 수줍게 미소를 지으며 겸손하게 입을 열었다.

"아닙니다. 당신께서 모든 어려움을 참고 십년을 하루같이 공부에 전념하신 공이지요. 저는 당신의 뒷바라지를 넉넉하게 하지 못한 점이 늘 미안했습니다."

이렇게 두 부부의 대화는 참으로 다정다감하고 사랑이 넘쳤다. 밤이 깊도록 지난날을 추억하는 오손도손한 대화는 그칠 줄을 몰랐다.

"참! 궁금한 것이 있소."

이야기 도중에 갑자기 윤수가 운을 떼었다.

"그게 뭡니까?"

윤씨 부인이 호기심에 찬 눈을 반짝이자 윤수가 말했다.

"우리가 처음 서울에 올라와 남산 기슭에 살 때, 가끔 귀신이 나온다고 당신이 놀라곤 해서 셋방을 얻어 옮긴 일이 있지 않소?"

"그렇지요."

"그런데 귀신이 나왔다고 하는 게 정말이오? 아무리 생각해도 그것이 이상했소."

윤씨 부인은 그윽한 눈으로 한동안 남편의 얼굴을 물끄러미 보고만 있었다. 그러다가 마른침을 한 번 삼킨 후에 입을 열었다.

"그렇지 않아도 제가 그것을 이야기하려던 참입니다. 우리가 고향을 떠나 서울로 올라올 때 목표한 것이 무엇입니까?"

"그야, 나의 과거 급제가 아니겠소!"

"그렇습니다. 저는 당신의 성공을 하늘에 맹세하고 서울로 올라가자고 졸랐습니다.”

이렇게 이야기의 실마리를 푼 윤씨 부인의 말은 길게 이어졌다.

서울로 올라온 그해 겨울, 날씨가 너무 추웠기 때문에 윤씨가 군불을 때려고 아궁이에 불을 지폈다. 그런데 불이 잘 들지 않고 아궁이 밖으로 연기가 빠져나와 부엌이 온통 연기로 가득 찼다.

“어휴, 매워!”

윤씨는 연기에 눈이 찔려 눈물을 흘리다가, 손수 아궁이를 고치려고 마음먹고 솥을 떼었다.

“그렇지! 바닥이 너무 높아 불이 들지 않았군 그래!”

윤씨는 밑바닥을 파서 낮출 양으로 호미로 바닥을 팠다. 그런데 호미끝이 무엇에 딱딱 부딪치며 파 지지 않았다.

“돌이 있나?”

윤씨가 흙을 걷어내고 살펴보니 작은 항아리 한 개가 있었다.

“웬 항아리?”

항아리를 꺼내어 내용물을 살펴본 윤씨의 눈이 탱자처럼 커졌다.

“아니, 이건 금덩이가 아닌가!”

그랬다. 그건 분명 큼직한 금덩이였다. 그것도 세 개씩이나 있었는데, 아무리 눈을 씻고 보아도 틀림없는 금덩이였다.

“이걸 어쩌나!”

어쩔 줄을 모르고 허둥대던 윤씨는 곧 냉정을 되찾았다.

침착한 태도로 금덩이를 항아리에 넣고 그 자리에 도로 묻었다.

"내 것이 아니다!"

윤씨는 어금니를 악물었다. 그 금덩이가 아궁이 속에 있다는 사실을 아주 잊어버려야 한다고 생각했다.

윤씨가 그렇게 생각하는 데는 세 가지 이유가 있었다.

첫째, 주인이 따로 있다. 결코 내 것이 아니다.

둘째, 재물이 풍족하여 편안하게 되면 남편은 공부를 못한다.

셋째, 남편의 공부는 처음 결심대로 내 힘으로 시킨다.

이런 이유로 황금 보기를 돌같이 생각하려고 했지만, 살림이 구차할 때는 자꾸 아궁이 밑에 있는 금덩어리 생각이 났다. 바느질 일감이 없어 양식이 떨어졌을 때, 몸이 아파서 일을 할 수 없을 때, 열심히 공부하는 남편의 밥상이 너무 부실하여 마음이 아플 때는 어김없이 금덩어리 생각이 났다.

'그 금덩어리는 네 것이다. 금덩어리를 두고 왜 고생을 사서 하느냐?' 하는 유혹의 소리가 귓전에 울리는 것이 한두 번이 아니었다.

그럴 때마다 윤씨는 화들짝 놀라며 흉악한 귀신을 만난 사람처럼 비명을 질렀다.

"에구머니나!"

윤씨 부인은 이를 악물고 금덩이의 유혹을 이겨냈다. 그러나 그 유혹은 너무도 집요하고 강했다.

그날도 남편의 지친 모습이 윤씨가 보기에 너무 딱했다. 좋은 음식을 한 번이라도 대접했으면 소원이 없겠다는 생각

이 문득 들었는데, 그와 동시에 강렬한 금덩이의 속삭임이
들렸던 것이다.

여기까지 아내의 말을 들은 윤수의 가슴에는 뜨겁고 황홀
한 감동의 물결이 출렁대고 있었다. 윤씨의 말은 계속 이어
졌다.

"그날 저는 금덩이의 유혹을 떨치려고 비명을 질렀다가
당신을 놀라게 했지요. 그때 문득 생각해 보니, 그 집에 계
속 있다가는 끝내 그 유혹을 이겨낼 자신이 없을 것 같았지
요. 그래서 폐가를 시키고 남의 집 셋방으로 옮기자고 했던
것입니다."

이 말이 끝나기가 무섭게 윤수는 아내를 으스러지도록 껴
안으며 외치듯이 말했다.

"아아, 그랬구려! 집 안에 금덩어리를 두고 그처럼 고생
을 참았다는 것이 정말 장하오. 나 같으면 도저히 참지 못했
을 것이오. 만약 그때 당신이 그 금덩어리를 꺼냈더라면 나
에게 오늘의 영광은 없었을 것이오. 당신의 놀라운 지혜와
굳은 인내에 나는 절로 고개가 숙여지오."

윤수는 벌떡 자리에서 일어나 윤씨에게 넙죽 절을 했다.

"이게 무슨 망령이십니까? 화천부사께서 아녀자에게…
…."

윤씨 부인은 곱게 눈을 흘기며 남편을 나무랐다.

다음날 두 부부는 전에 살던 남산 기슭의 초가 오막살이
집으로 갔다. 그 금덩이가 그대로 있으면, 하늘이 내려준 재
물로 알고 좋은 일에 쓰기로 윤수 내외는 약속을 했던 것
이다.

하늘이 그들 부부에게 재물을 허락했기 때문일까! 그 집은 완전히 폐가가 되어 잡초만이 무성했다. 아궁이를 파 보니 금이 담긴 항아리 역시 그대로 있었다.

윤수 부부는 그중 두 개를 팔고, 한 개는 비상시의 준비로 고이 간직해 가지고 화천으로 내려왔던 것이다.

"그 금덩어리가 비상시의 준비로 남겨 두었던 것일세."

이부사는 볏섬을 훔친 부부에게 금덩어리의 내력을 다 말한 후에 이렇게 덧붙였다.

"예로부터 지금까지 훌륭한 사람의 뒤에는 반드시 훌륭한 여자가 있었네. 훌륭한 어머니가 아들을 훌륭히 길러내고, 훌륭한 아내가 내조하여 남편의 공적이 빛을 발하는 것일세. 그러니 그대는 부인의 말을 천금같이 존중하게. 그러면 반드시 남의 사표가 될 것일세."

이부사는 이런 당부를 끝으로 볏섬 도둑을 방면했다.

해전은 말한다.

세상의 모든 행복과 아름다움은 여자로부터 나온다. 죄악과 범죄도 역시 그렇다. 따라서 지혜롭고 현명한 여성이 많은 사회는 밝고 건전하며, 저속하고 아둔한 여성이 들끓는 사회는 혼탁하고 시끄럽기 마련이다.

세상에서 가장 고귀한 보물, 그것은 훌륭한 여자가 아니겠는가!

가슴 뭉클한 어머니의 세월

조선조 숙종(肅宗) 때의 일이다.

서울 근교 아차산(峨嵯山) 기슭의 오두막집에 한 젊은 과부가 어린 두 아들을 데리고 어렵게 살고 있었다.

큰아들의 이름은 학성(鶴聲), 둘째는 학호(鶴虎)라고 불렀다. 학성의 어머니는 바느질품을 팔아 근근이 호구를 연명하면서도, 두 아들을 서당에 보내 공부를 시켰다.

어느 봄날 아침, 아침을 먹은 학성이 서당에 가지 않고 싸리문 밖에서 자꾸 머뭇거리고 있었다. 부뚜막에서 설거지를 하고 있던 어머니가 그것을 보았다.

"얘, 학성아! 왜 글방에 가지 않고 그러고 있느냐?"

"……."

학성은 잔뜩 풀이 죽은 표정으로 말이 없었다.

'저녀석이 왜 그래? 혹시 공부가 하기 싫어서…….'

이런 생각이 들자 어머니는 울화가 치밀었다.

'내가 누구 때문에 이 고생을 하는데…….'

어머니는 부지깽이를 들고 마당으로 나와 목청을 높였다.

"너 이게 무슨 짓이냐? 에미가 항상 공부 열심히 해야 한다고 이르지 않았더냐?"

어머니는 홧김에 부지깽이로 학성이의 엉덩이를 때렸다. 학성은 매를 피하지도 않고 묵묵히 맞았다. 아프다고 엄살을 부리지도 않았다.

'얘가 정말 왜 이래?'

어머니는 문득 이상한 생각이 들었다. 곰곰 생각해 보니 어제부터 학성의 태도가 이상했다. 눈에 뜨이게 표정이 어두웠고, 말도 하지 않았다.

아침의 일만 하더라도 그렇다. 평소에는 어둑새벽에 일어나 마당과 주변 청소를 하고, 물을 길어다 물동이에 가득 채워놓고서야 새벽 공부를 하는 아이였다. 또 아침을 먹은 다음에는 재빨리 글방에 갈 채비를 했었다.

그런데 오늘은 그런 것을 모두 생략했다. 밥을 먹을 때도 자꾸만 꾸물거렸기 때문에 두 번이나 재촉을 했다.

"네가 아무리 어려도 아버지가 안 계신 네 처지를 생각해서 글공부를 열심히 해야지."

어머니는 언성을 누그러뜨리고 아들의 안색을 살폈다.

"어머니, 제가 공부가 싫어 이러는 게 아니에요."

학성의 목소리는 물기에 젖어 있었다. 이에 주춤한 어머니는 문득 어떤 곡절이 있을 것이라 느꼈다. 그래서 아들의 등을 토닥이며 곰살궂게 물었다.

"그러면 글방에서 무슨 일이 있었니? 말을 해봐."

어머니의 다정한 말에 학성은 대답대신 불현듯 울음을 터

트렸다. 초롱초롱한 두 눈에 주먹 같은 눈물을 뚝뚝 떨구어
내며 구슬프게 울었다.

"울지 말고 까닭을 말해."

어머니의 목소리도 잠겨들었다.

"으흐흑……."

학성이 계속 울기만 하자, 곁에 있던 학호가 입을 열었다.

"어머니, 형이 가엾어요. 일전에 훈장님께서 천자문을 써
오라는 과제를 냈는데, 형은 종이를 사지 못하여 써가지 못
했어요. 그러자 훈장님께서는 꾀를 피우느라 그런다 하시면
서 형의 종아리를 마구 치셨어요. 어제도 그런 과제를 냈는
데, 형은 또 종이를 사지 못해서 쓰지 못했어요. 그것이 걱
정인 거예요. 아마 오늘은 더 많은 종아리를 맞을 것이 분명
해요."

이 말을 들은 학성의 어머니는 가슴이 찢어지는 것만 같
았다. 그와 동시에 봇물이 터져나오듯이 눈물이 쏟아졌다.

"학성아, 에미가 잘못했다. 그런 줄도 모르고 에미는 네
가 공부하기가 싫어서 그런 줄만 알았다. 내일은 바느질삯
이라도 꼭 얻어 종이를 사줄 테니……, 오늘은 그냥 가서 말
씀을 잘 드려라."

"어머니, 제가 괜히 걱정을 끼쳐드렸어요. 이젠 종아리를
맞아도 괜찮아요. 그러니 너무 걱정하지 마세요."

어린 아들의 대견한 말에 어머니는 손등으로 눈물을 찍어
내며 고개를 저었다.

"아니다. 에미가 무슨 일을 해서라도 너희들의 뒷바라지
는 꼭 하겠다. 그러니 너희들은 아무 염려 말고 글공부나 열
심히 해라."

"고맙습니다, 어머니! 열심히 학문을 닦고, 빨리 돈을 많이 벌어 어머니를 편히 모시겠습니다."

학성의 이 말에 어머니는 미간을 찡그리며 꾸짖듯이 말했다.

"에미는 너희들이 부자가 되는 것을 원치 않는다. 오직 학식과 덕망있는 인품을 길러 나라에 충성하고, 기울어진 가문의 명예를 되찾기를 바랄 뿐이다. 에미의 이 말을 명심하렷다!"

"예, 어머니!"

"알았으면 어서 글방에 가거라. 하늘이 심상치 않으니 비가 쏟아지기 전에 어서!"

학성의 어머니는 두 아들의 모습이 보이지 않을 때까지 우두커니 싸리문 밖에 서 있었다.

"흑…….."

아이들의 모습이 완전히 눈앞에서 사라지자 잠시 참았던 눈물이 다시 터졌다. 괜시리 일찍 세상을 떠난 남편이 원망스럽고, 아이들이 불쌍하고, 자신의 신세가 가련하여 섧디섧게 울었다.

"후드득! 후드득!"

하늘도 슬퍼하는지 굵은 빗방울이 떨어지기 시작했다.

학성 어머니는 재빨리 빨래를 걷고 부엌으로 들어와 밀린 설거지를 했다.

바로 이때 누군가가 급히 마당으로 뛰어들어왔다. 보리동지 심첨지였다. 심첨지의 생기다 만 얼굴을 본 학성 어머니는 몸이 스스로 움츠러들었다.

"애들은 벌써 글방에 갔구먼. 홀몸으로 어떻게 둘씩이나 글방에 보내오. 암튼 학성네는 대단하오."

심첨지는 혼자말을 중얼거리며 봉당마루에 털썩 주저앉 았다. 그런 다음 허리춤에서 곰방대를 꺼내어 담배에 불을 붙이고 뻐끔거리기 시작했다.

"아, 그놈의 비도 잘 온다!"

"봄비가 꼭 장마비 같군 그래? 이런 봄비를 풍년을 부르 는 비라 했던가!"

이렇게 쓰잘데없는 말을 중얼거리며 자꾸 부엌쪽으로 고 개를 돌렸다. 학성 어머니는 입을 꼭 다문채 못마땅한 기색 으로 설거지만 분주하게 서둘러댔다.

"여보게, 학성이네!"

심첨지의 말이 한없이 은근해졌다.

"……."

학성 어머니가 일언반구 대꾸를 안하자 그는 계속 말을 이었다.

"언제까지나 홀로 살 참인가? 꽃처럼 젊은 나이에 이 고 생을 하면서 말일세."

학성 어머니는 귀를 막고 싶은 심정이었다. 심첨지의 검 은 속셈은 불을 보듯 뻔했고, 시답지 않은 수작을 붙이는데 도 참는 것은 원수 같은 빚 때문이었다.

지난 겨울, 학호가 몹시 아팠다. 그래서 하는 수 없이 심 첨지에게 몇 냥의 돈을 빌렸는데, 그것을 빌미로 자꾸 드나 드는 것이었다.

"여보게, 학성이네……."

심첨지는 어느 틈에 부엌까지 들어와 있었다.

"젊잖은 양반께서 왜 이러세요!"

학성 어머니는 화들짝 놀라 한 걸음 물러서며 날카롭게
외쳤다.

"그러지 말고…….."

심첨지는 굶주린 짐승처럼 눈빛에 광채를 발하며 한 걸음
접근했다. 학성 어머니는 본능적으로 부뚜막에 있는 사발을
움켜쥐었다.

"썩 물러나시오! 남녀가 유별한데 이게 무슨 추태요?"

"그러지 말고…….."

심첨지는 학성 어머니를 껴안으려고 했다. 그러자 학성
어머니는 재빨리 몸을 피하며 손에 든 사발로 심첨지의 머
리를 후려쳤다.

"에잇!"

둔탁한 파열음과 함께 비명이 터졌다.

"어이쿠, 대가리야!"

심첨지는 얼굴을 감싸고 푹 앞으로 고꾸라졌다.

"어머나!"

학성 어머니는 제풀에 놀라 한 발짝 물러섰다. 고통스럽
게 신음하고 있는 심첨지를 보니 가슴이 덜컥 내려앉았다.
이마가 깨진 모양으로 검붉은 피가 얼굴을 감싼 손가락 사
이로 새어나왔다.

"아니고, 아이고! 이 호랑말코 같은 년이 사람을 때려 죽
이려고 하네."

심첨지의 목소리에는 역정이 서려 있었지만, 묘하게 완곡
한 구석이 있었다. 그래서 학성 어머니는 적이 안심이 되
었다. 죽거나 크게 다친 것이 아닌 것은 분명했다.

'역정풀이를 좀 당하면 되겠지.'

학성 어머니는 이런 뱃심으로 밖을 내다보았다. 비가 기
세좋게 퍼붓고 있었다.

"우리 학성이가 종아리를 맞고 있지나 않을지 몰라!"

학성 어머니는 이렇게 중얼거리며 흘끔 심첨지를 내려다
보았다.

"어이쿠, 이 피! 아이고, 나 죽네!"

심첨지는 부엌 바닥에 퍼질러 앉아 죽는다고 소리를 질
렀다.

'엄살은…….'

학성 어머니는 속으로 투덜거리며 남은 설거지를 하기 시
작했다. 설거지는 오랫동안 계속되었다. 사실 설거지할 그
릇은 별로 없었지만, 닦았던 그릇을 또 닦고, 쓰지도 않았던
뚝배기를 몇 번이나 만지고 또 만졌는지 모를 정도였다. 그
러면서 심첨지가 어떤 반응을 보일 것인지에 신경을 곤두세
우고 있었다.

"배은망덕도 유분수지, 은혜는 못 갚을 망정 사람을 이렇
게 쳐! 학성이네도 그만 하면 나의 고마움을 알게 아냐?
홀몸으로 두 아이를 키우는 것을 가엾게 여겨 내가 금싸라
기 같은 돈을 빌려주고, 몇달씩이나 빚 독촉을 안하는 공도
몰라?"

심첨지는 이렇게 공치사를 하며 넘성거렸다. 학성 어머니
는 들은 척도 하지 않고 닦았던 그릇이 닳도록 또 닦고만 있
었다.

"여보게, 학성이네. 피차간에 좋은 것이 좋은 것 아니겠
어? 내 말만 들어주면 당장 팔자가 피어. 그러니……."

시답잖은 유혹의 말을 듣다 못한 학성 어머니는 냅다 개

숫물을 심첨지의 얼굴에 끼얹었다.

"엣퉤퉤!"

심첨지는 비 맞은 수탉 꼴이 되어 학성 어머니를 무섭게 노려봤다. 찢어진 이마는 새파랗게 멍이 들어 퉁퉁 부어 있었고, 구정물을 뒤집어쓴 모습은 실로 가관이었다.

"그따위 소리를 하려거든 썩 물러가시오!"

학성 어머니가 빽 소리를 지르자, 심첨지도 지지 않았다.

"어째? 가라구? 그럼 어서 빚을 갚아! 빚만 받으면 이년의 집에 오라고 떡해 놓고 빌어도 안 온다. 썩 내 돈을 갚아, 이 뻔뻔스런 쌍것아!"

심첨지는 삿대질을 하며 길길이 뛰었다. 욕망을 채우지도 못하고 수모를 당한 분풀이를 입에 담지 못할 욕설로 해대고 있는 것이었다.

빚진 죄인이라고 했던가! 그만 기가 질리고 만 것은 학성 어머니였다. 눈물이 앞을 가리고 목이 메었다. 그러나 죽을 힘을 다해 눈물을 참고 차갑게 말했다.

"며칠 내로 빚을 갚을 테니 그만 가시오."

심첨지도 학성 어머니의 냉정한 기세에 눌려 더 이상 말을 못했다.

"일주일의 말미를 줄 테니 그때까지 꼭 갚으시오."

이렇게 쏘아붙이고 쏟아지는 빗속으로 어정어정 걸어나갔다.

"흑······."

학성 어머니는 애써 참았던 눈물을 터뜨리며 봉당마루에 털썩 주저앉았다. 생각하면 생각할수록 자신의 처지가 가련했다. 혼자 산다고 별놈의 인간들이 다 집적거렸고, 그것을 이겨내다 보니 오늘 같은 일도 생기는 것이었다.

"나쁜 사람!"

학성 어머니는 무심코 남편을 원망하며 억수로 쏟아지는 빗줄기를 바라보았다. 봉당마루 앞의 낙숫물이 주룩주룩 떨어지면서 땅이 움푹움푹 파지고 있었다.

그런데 이상한 소리가 났다. 그것은 쇠가 무엇에 부딪치는 소리처럼 들렸다.

"이상하다. 이게 무슨 소리일까?"

그 소리에 정신이 팔려 어느덧 눈물을 그친 그녀였다. 의아스럽다는 생각이 들자 자꾸 그쪽으로 귀가 가고 눈이 쏠렸다.

"뭐가 있는 것이 아닐까?"

학성 어머니는 낙숫물 떨어지는 곳을 몇군데 유심히 귀를 기울여 살펴보았다. 다른 곳은 모두 예사 땅에 물 떨어지는 소리가 났는데, 방 문 바로 앞에서는 완연히 쇳소리가 났다.

"쇳덩이가 묻혀 있는 것이 아닐까?"

학성 어머니는 일없이 그곳을 손가락 끝으로 우볐다. 그러자 긁으면 긁을수록 쇳소리는 좀더 분명해졌다.

"쇠붙이가 있는 것이 틀림없군!"

이렇게 생각한 학성 어머니는 호미를 가져와 그곳을 팠다. 한참을 파헤치니 큰 쇠뭉치 같은 것이 나타났다.

"대체 뭘까? 큰 물건인 것 같은데……."

이렇게 단정하고 깊이 파보니 뜻밖에도 가마솥이 나왔다. 괴이하다는 생각과 아울러 주체할 수 없는 호기심이 밀려들었다. 그래서 조심스럽게 뚜껑을 열었다.

"어머, 이게 뭐야?"

 학성 어머니의 두 눈이 달걀만큼이나 커졌다. 뜻밖에도 그 안에는 은이 가득 들어 있는 것이 아닌가!

 그녀는 먼저 놀랐다. 그 놀람이 너무 커서 몸이 부르르 떨리기까지 했다. 또 누가 볼까봐 두려웠다. 그래서 얼른 싸리문을 굳게 닫고는 사방을 살피면서 다시 확인해 보았다. 분명한 은이었다.

 "세상에 어떻게 이런 일이……."

 학성 어머니는 솥을 뒤집어 보았다. 와르르 쏟아지는 것은 모두 은이었다. 그것을 확인하자 갖가지 생각들이 뇌리를 스쳤다.

 '누가 갖다 묻어 놓은 것은 아닐까?'

 '아냐, 옛날부터 묻혀 있었던 것인지도 몰라!'

 '이렇게 귀한 은을 묻어 놓고 잊기라도 했단 말인가?'

 도무지 알 수가 없는 일이었다. 한참 동안 멀거니 궁리에 잠겼다. 가슴은 여전히 떨리고 있었다.

 "하늘이 도우심인가!"

 그녀는 장대 같은 비를 퍼붓는 하늘을 우러러 보았다.

 "그럴는지도 몰라! 가난하고 불쌍한 우리를 하늘이 돕고 있는지도……."

 이렇게 생각하니, 정말 그런 것 같기도 했다. 은을 팔면 족히 몇 만 냥은 될 것이었고, 그 돈이면 당장 큰 부자가 되는 것은 문제가 아니었다.

 "이젠 지긋지긋한 가난은 끝이다. 우리 애들을 풍족하게 먹이고 입힐 수 있고, 맘껏 공부도 시킬 수 있다. 또 돈 때문에 심첨지 같은 작자에게 업신여김과 수욕을 당하지 않아도 되리라."

학성 어머니는 은을 만지작거리며 흐뭇한 기분에 젖어들었다. 그런데 갑자기 무슨 생각을 했는지, 흐뭇한 표정이 얼굴에서 싹 가셨다.

"부자가 되면 육신은 편할지 모른다. 정녕 그럴 것이다. 그러나 우리 아이들은…….."

비장한 결심을 하고 가마솥을 파낸 구덩이에 도로 집어넣고 급히 묻었다. 비가 쏟아지는 날이라 이 집을 찾는 사람도 없고 하여, 그 일을 아무도 아는 사람이 없었다.

그로부터 며칠 후, 학성 어머니는 친정 오라버니에게 부탁해서 집을 팔아 다른 곳으로 이사를 했다.

잔약한 여자의 힘으로 두 아들을 공부시키며 생계를 꾸려 나가자니 어려움은 말할 것도 없었다. 그럴 때마다 파묻은 은이 생각나서 미칠 것만 같았지만, 죽을 힘을 다해 참고 또 참았다.

고통과 인내의 세월이 훌쩍 흘렀다. 그동안 학성 어머니는 온갖 일을 다하여 아들들의 공부를 뒷바라지했다.

대체로 부모가 고생하는 것을 보고 자란 자녀는 효성이 깊은 법이다. 학성과 학호도 예외가 아니었다. 그들은 어머니의 고생을 헛되게 하지 않으려고 효성을 다하면서 공부에도 정신을 쏟았다.

지성이면 감천(感天)이라는 옛말이 틀린 말은 아니었다. 학성의 형제는 마침내 학업을 이룩하여 어엿한 선비로서 남들이 우러러 보기에 이르렀다.

그러던 어느 해, 학성 아버지의 제삿날이 되었다. 학성 어머니는 친정 오라버니를 청하여 제사를 지낸 자리에서 이렇게 말했다.

"나는 일찍이 남편을 잃고 과부가 되자, 어린 두 아들을 잘 가르치지 못하여 집안을 다시 일으키지 못할까 늘 걱정을 하였습니다. 그런데 천행으로 두 아들이 훌륭히 성장하여 제 아버지의 뜻을 이었으니, 이젠 죽어도 여한이 없습니다."

이렇게 말한 학성 어머니는 그제야 비로소 지난날 땅 속에 묻은 은에 대한 이야기를 하였다.

이 말을 안타깝게 생각하는 것은 그녀의 오라버니였다.

"허! 그렇게 어이없는 짓을 왜 했단 말인고? 들어오는 복을 떨어도 유분수지, 끌끌……. 그것을 파서 썼더라면 그 고생을 하지 않았을 것이 아닌가?"

학성 어머니는 고개를 저으며 입을 열었다.

"아닙니다, 오라버님. 재물이란 것은 항상 재앙을 가져오는 것이 아닙니까? 특히 땀흘려 얻은 것이 아닌 재물에는 반드시 화가 따르는 법입니다. 그리고 사람이란 궁한 것을 알고 고생을 해보아야만 사는 것이 귀한 줄을 아는 법입니다. 사람이 빈곤한 데서 자라나야 뜻이 굳어지며, 재물이란 얻기에 힘이 든다는 것을 알아야 낭비하는 나쁜 버릇이 생기지 않습니다."

그녀는 잠시 말을 멈췄다가 다시 이었다.

"당시로 말하면, 저 애들이 아직 어렸습니다. 의식이 풍족해져서 편안한 것을 몸에 익히면 공부에 힘을 쓰지 않겠기에 그 은을 덮어두고 급히 이사를 했던 것입니다. 아시다시피 재물이란 사람의 값을 빛내기 위하여 있는 것이지, 그것이 사는 목표는 아닙니다. 또 웬만한 재물은 노력만 하면 두 손으로 벌 수 있는 것이니, 그러한 횡재에 비할 바가 아닙니다.”

이 말을 들은 오라버니와 두 아들은 숙연해졌다.

학성과 학호는 어머니의 깊은 뜻과 인내심을 알고, 그 후
로는 한층 더 효성을 다하고 행실을 바르게 했다.

두 형제의 집안은 날로 창성했다. 그것을 본 원근의 사람
들은 현명하고 어진 어머니의 덕이라고 입을 모았다.

해전은 말한다.

자녀의 운명은 그 어머니의 교육이 결정한다.

여자의 향기

계절의 순환은 어김이 없었다. 처서(處暑) 때까지만 해도 기승을 부리던 더위가 백로(白露)가 지나자 가을 기운이 완연해졌다.

바야흐로 오곡백과가 무르익어 가고 있는 청향가절이었다.

충청 감영에서 멀지 않은 금강변에 학성골이라는 마을이 있었다. 산 좋고 물 좋고 인심마저 좋아, 사람 살기에 적합한 마을이었다.

이 마을에 일찍이 동지(同知) 벼슬을 지낸 바 있는 이문수(李文洙)라는 선비가 있었다. 전주이씨 알짜배기 양반으로 학문도 높았는데, 벼슬에 뜻이 없어 초야에 묻혀 사는 사람이었다.

이선비에게는 무남독녀 외동딸이 있었다. 이름은 선희(善熙), 나이는 꽃다운 18세 처녀였다. 그녀는 아버지의 기품과 어머니의 미모를 빼어박아 아름답고 총명하기가 이를데 없었다. 또 효성이 지극하고 마음결이 좋아 부모와 마을 사람들의 사랑을 한몸에 받았다.

이선비는 풍류를 사랑하고 사람 사귀기를 좋아했다. 빈부귀천을 가리지 않고 잘 어울렸기 때문에 그의 사랑방에는 사람의 발걸음이 끊이지 않았다.

지난봄에 이 마을 김참봉 댁에 동호(東鎬)라는 이름의 청년이 머슴으로 들어왔다. 비록 머슴살이를 하는 청년이었지만, 인물이 준수하고 행동거지가 분명했다. 그래서 이선비는 그를 볼 때마다 항상 아깝다는 생각을 하곤 했다.

어느 한가한 날, 이선비는 동호를 자기집 사랑방으로 불러 술잔을 나누면서 그의 내력을 물어 보았다. 그러나 그 자신도 잘 모른다고 했다. 일찍이 조실부모하고 이리저리 전전해가며 머슴살이를 하고 있다는 것이었다.

'천한 가문의 자손은 아닌듯한데…….'

이선비는 이렇게 생각하고 간혹 집으로 불러 장기를 겨루고, 소일의 상대로 삼곤했다.

동호는 이선비의 집을 드나들면서 자연히 선희 아가씨를 보게 되었다. 처음 본 순간, 선희 아가씨의 그 아름답고 우아한 모습에 숨이 막히는 듯했다. 여러 개의 방망이가 심장을 두들겨대는 것처럼 가슴이 뛰어 정신을 차릴 수가 없을 지경이었다.

그때부터 동호는 남에게 말하지 못할 마음의 병을 앓게 되었다. 자나깨나 선희 아가씨가 눈에 삼삼하여 애를 태웠다.

그러나 언감생심이 아니던가! 미천한 자신의 처지로 지체 높은 양반집 규수를 넘볼 수는 없는 일이었다.

이루워질 수 없는 사랑은 더 애닯은 법. 그동안 동호는 선

희 아가씨를 생각하지 않으려고 무던히 애를 썼다. 그러면
그럴수록 더욱 뚜렷이 선희 아가씨의 모습이 떠올라 마음의
평정을 찾을 수가 없었다.

휘영청 달이 밝은 가을밤, 동호는 방에 누워 선희 아가씨
를 생각하며 몸부림을 치다가 벌떡 일어나 밖으로 나왔다.

"달도 참 밝다!"

동호는 주막에 가서 탁주나 한잔 하려고 걸음을 옮겼다.
그런데 자신도 모르게 이선비의 집쪽으로 발걸음을 옮기고
있었다.

"내가 대체 왜 이러나!"

이선비의 집앞에서 우뚝 걸음을 멈춘 동호는 스스로를 질
책했다. 사랑방에서 이선비의 시 읊는 소리가 낭랑하게 들
려왔다.

> 양인이 대작(對酌)하면 산화(山花)가 피네
> 일배 일배 부일배
> 나는 취해서 잠이 오누나
> 너는 잠시 물러가 있으렴
> 내일 아침 생각이 있으면
> 거문고를 안고 와 주려무나.

이선비가 시를 다 읊기를 기다렸다가 동호는 대문 안으로
들어갔다.

"어르신, 너무 적적하여 장기라도 한 수 배울까 해서 왔습
니다."

"그래, 잘 왔네. 어서 들어오게."

동호는 사랑방으로 들어가서 윗목에 앉으면서 겉치레 말을 했다.

"근데 방금 읊으신 시가 너무 듣기 좋았습니다요. 어르신께서 지으신 것입니까?"

이선비는 가볍게 고개를 저으며 말했다.

"아닐세. 중국의 유명한 시인 이백(李白)이란 사람이 지은 '산중대작(山中對酌)'이란 시일세. 산속에 핀 꽃 아래서 마음이 맞는 친구와 술을 마시고, 그 무엇에도 구애받지 않는 자유로운 경지를 즐긴다는 뜻이지……."

"아! 그런 뜻이 담겨 있는 시이군요. 소인도 배워 외우고 싶습니다요."

"그래? 그렇다면 나중에 가르쳐 주지. 그건 그렇고 오늘은 자네도 한잔하게."

이선비는 동호에게 술을 권했다.

"아, 이거……. 감사합니다."

동호는 겸양의 태도를 보이다가 정중하게 술잔을 받아 고개를 돌리고 잔을 비웠다.

주거니 받거니 하며 술이 몇 순배 돈 다음에 두 사람은 장기판을 가운데에 놓고 마주 앉았다.

"장기는 내기를 해야 한층 재미있다고 하던데……."

동호는 장기알을 제자리에 놓으면서 혼자말처럼 중얼거렸다.

"내기?"

귀 밝은 이선비가 그 말을 흘리지 않았다.

"사람들이 그러더군요. 내기 장기가 재미있다고 말입니다요."

"하기야 그도 그렇지!"

이선비의 이 말을 들은 동호의 머릿속을 재빨리 스치는 생각이 있었다. 오늘밤에 자신의 전인생을 걸고 한판 승부를 벌이면 어떨까, 하는 생각이 스쳤던 것이다.

"어르신……!"

동호는 마음을 독하게 먹고 이선비를 불렀다.

"왜 그러냐?"

"저……, 오늘은 그냥 두실 것이 아니라 내기를 두면 어떻겠습니까?"

동호의 이 말에 이선비는 빙그레 웃었다.

"그것도 괜찮지. 무슨 내기를 할까?"

"저……, 소인이 지면 평생토록 어르신댁에서 새경 없이 머슴을 살겠습니다. 그대신 어르신께서 지시면……."

동호는 말끝을 흐리며 이선비의 얼굴을 보았다. 그 내기라는 것이 대단한 것이었기 때문에 이선비의 얼굴은 근엄하게 굳어 있었다.

'이 말을 하면 호되게 경을 치게 될지도 모른다. 아니 양반을 능멸한 죄로 목숨을 잃게 되는지도 모른다.'

동호는 이런 생각을 하며 마른침을 꿀꺽 삼켰다.

"그래, 내가 지면 무엇을 원하는가?"

동호는 한참 동안 망설이다가 비장한 각오를 하고 입을 열었다.

"어르신께서 지시면……, 소인에게 따님을 주십시오."

"뭐라고?"

이선비의 언성이 크게 울렸다.

동호는 이를 악물고 고개를 푹 숙였다. 우려했던 대로

였다. 술기운에 없던 용기를 내어 주제넘는 소리를 했던 것
인데, 말이 떨어지기가 무섭게 이선비의 노여움을 산 것
이다.

"감히 자네가……."

이선비의 음성은 노여움으로 떨리고 있었다. 동호는 자신
도 모르게 무릎을 꿇고 이선비의 처분을 기다렸다.

곧 호된 꾸지람이 있을 줄 알았는데, 이선비는 좀처럼 입
을 열지 않았다. 침묵의 시간이 한참 흘렀다.

고개를 떨구고 죄인처럼 앉아 있는 동호를 바라보는 이선
비의 심정은 복잡했다. 머슴 주제에 감히 자기의 딸을 넘
본다는 것이 괘씸하기 짝이 없는 일이지만, 한편으로 생각
하면 그 용기가 가상하기도 했다. 또 그 인물을 항상 아깝게
생각하고 있던 터라 동정심이 생기기도 하는 것이었다.
게다가 더욱 중요한 사실은, 동호의 장기 수가 자기에게 미
치지 못한다는 것이었다.

'저놈은 지금까지 나와 대국하여 한 번도 이기지 못했다.
내가 이기면 되는 일이 아닌가! 이기면 건장하고 영특한
종신 하인이 생긴다는 얘기가 되는데…….'

이렇게 생각한 이선비는 숨막히는 침묵을 깨고 마침내 입
을 열었다.

"좋네! 내기를 하세!"

이 말에 동호는 깜짝 놀랐다. 호된 벌을 단단히 각오하고
있었는데, 엉뚱한 말이 나오자 자신의 귀를 의심했다.

"어르신, 정말이십니까?"

동호는 그때까지 숙이고 있던 고개를 들어 이선비를 보
았다.

"자네의 말은 당돌하기 그지 없지만, 그 용기가 가상하여 응하는 것일세. 보통의 내기가 아니니……, 지금이라도 그만 두겠다면 없었던 일로 하겠네."

"아닙니다, 어르신! 소인도 남자인데, 사내대장부가 한 번 입 밖에 꺼낸 말을 철회할 수가 있겠습니까? 소인이 지면 기쁜 마음으로 어르신께 충성을 다하겠습니다."

동호는 '사내대장부'란 말을 무척 강조했다.

"음, 그렇다면 좋네! 일수불퇴(一手不退)일세!"

"좋습니다."

"그럼 어서 두게."

동호는 선희 아가씨를 생각하며 행마를 시작했다.

이리하여 두 사람은 전신경을 집중하여 수를 겨루기 시작했다.

그런데 참으로 이상한 일이었다. 평소에는 이선비가 어렵지 않게 동호를 이겼는데, 오늘의 대국은 그 양상이 사뭇 달랐다.

"음……!"

이선비는 장고를 계속했다. 장고 끝에 수를 짜내어 행마를 하면, 동호는 기다렸다는 듯이 공세를 취했다.

판은 시간이 흐를수록 이선비에게 불리해지기 시작했다. 힘없이 졸(卒)이 죽고, 마(馬)가 떨어지고, 소득없이 차포(車包)가 날아갔다.

"음……!"

이선비는 몸이 바싹 달아가고 어쩔 줄 모르는데 반하여 동호는 태연하기 그지없다.

"이렇게 상(象)을 떠서 장을 부르겠습니다."

이선비의 이마에 굵은 땀방울이 맺혔다. 외통으로 몰린

것이다. 이제 꼼짝없이 금이야 옥이야 하며 키운 딸을 근본
도 모르는 상놈에게 주어야 하는 것이다.

"한 수만 물리세."

이선비는 체통을 잃고 수를 물려달라고 부탁했다. 자기가
먼저 일수불퇴라는 말을 꺼냈다. 그런데 상황이 다급하니
수를 물리자는 소리가 나온 것이다.

"좋습니다."

동호는 두 말도 하지 않고 시원시원하게 수를 물려주
었다.

이선비는 몇 번이나 수를 물리면서 전세를 뒤집어보려고
안간힘을 썼지만, 역부족이었다.

"에잇!"

어쩔 수 없이 지고 만 이선비는 화가 상투끝까지 치밀어
장기판을 엎어 버렸다. 그러면서 생각했다. 생각하고 또 생
각하고……, 아무리 생각해도 머슴에게 딸을 줄 수는 없는
일이었다.

이선비는 한 꾀를 생각해 내고 화난 표정을 풀었다.

"장난으로라도 내기를 걸고 하니 긴장감이 있어서 한결
재미가 있지?"

지금까지의 내기를 장난으로 돌리고자 하는 말이었다.

이 말에 득의만면하던 동호의 안색이 크게 변했다.

"어르신, 그게 무슨 말씀이십니까? 남아 일언이 중천금
이라고 했는데, 그게 될 법이나 한 말씀입니까?"

동호는 힘있는 목소리로 공손히 항의했다.

"밤이 늦었으니 어서 가게."

이선비는 동문서답으로 동호의 질문을 피했다.

"약속은 지키시겠지요?"

"장난을 가지고 약속은 무슨 약속?"

"그것이 어떻게 장난입니까?"

동호가 정색을 하고 항의를 계속하자, 이선비는 흥분하며 언성을 높였다.

"듣기 싫어! 내가 어떻게 자네같이 지체 낮고 근본이 뚜렷하지 못한 사람한테 딸을 준단 말인가? 소용없는 수작 말고 썩 돌아 가게!"

이렇게 딱 잡아떼지만, 동호도 녹록하게 물러날 사람은 아니었다. 선희 아가씨를 얻을 수 있는 일이라면 목숨을 걸어도 좋다는 생각을 굳힌 그였다.

"저는 죽어도 못갑니다. 어르신께서 약속하신 대로 이행치 않으시면 저는 이 자리에서 조금도 움직이지 않겠습니다. 그리고 저도 전혀 근본없는 상놈은 아닙니다. 말 못할 사정이 있어서 남의 집 머슴을 살고 있지만, 청주한씨 뼈대 있는 가문의 자손입니다."

두 사람은 끝없이 된다 안 된다 하며 시비를 하였다.

이때 안에서 딸 선희가 사랑마당으로 나오더니 이선비를 조심스럽게 불렀다.

"저, 아버님!"

"왜 그러느냐?"

"예, 제가 아버님께 잠시 드릴 말씀이 있습니다."

"그래, 무슨 말인가 해보아라."

이선비는 방 문을 열고 딸을 보았다. 선희는 수줍게 얼굴을 붉히며 입을 열었다.

"저는 저분한테로 시집을 가겠습니다."

이 말에 이선비와 동호는 동시에 놀랐다. 그러나 그 표정은 천양지차였다. 동호의 얼굴은 환희에 가득 찼는데 반하여 이선비의 얼굴은 무섭게 일그러졌다. 이선비의 입에서 벼락을 때리는 듯한 고함이 터졌다.

"그건 안 된다, 안 돼! 내가 너를 어떻게 키웠는데 양반도 아닌 사람에게 시집을 보내. 하늘이 두 쪽이 나도 그럴 수는 없어!"

선희는 아버지의 호통에도 눈썹 하나 까딱하지 않았다. 오히려 침착한 목소리로 이렇게 말했다.

"아버님, 제 말씀 좀 들어보세요. 첫째로 아버님께서 저분과 약속을 하셨으니 이행치 않으시면 신의를 잃으시는 일이 됩니다. 둘째로는 저분의 말씀을 듣자하니 청주한씨, 뼈대 있는 가문의 자손 같습니다. 또 언어와 행동이 분명한 것만 보더라도 근본이 천하지 않다는 것은 분명한 것 같습니다. 하오니 제가 어디로 출가하든 제가 할 탓이며, 잘 살고 못 사는 것은 저의 팔자소관이 아니겠습니까? 그러니 저를 저분한테 시집보내 주십시오."

이선비는 딸을 말을 듣고 보니 그럴싸했다. 그래서 썩 내키지는 않지만 동호와의 약속을 지키기로 했다.

"감사합니다, 장인 어른!"

동호는 뛸듯이 기뻐하며 이선비에게 넓죽 절했다. 그런 다음 선희에게까지 큰절을 올렸다.

"고맙습니다, 선희 아가씨!"

너무나 기쁘고 고마워서 그렇게라도 하지 않을 수가 없었다. 생각 같아서는 그녀는 업고 덩실덩실 춤이라도 추고 싶었지만, 장인될 사람 앞이라서 그런 충동을 애써 참았던 것이다.

한동호와 이선희는 길일을 택하여 혼례를 치루었다. 이 일은 실로 파격적인 일이 아닐 수 없었다. 원근에서 이 일을 놓고 야단법석을 떨었다.

"세상이 말세다!"

"이선비가 미쳤다! 미치지 않고서야…….”

양반측에서는 몹시 분개하여 이선비를 멸시했다. 상대도 하지 않겠다고 침을 뱉았다.

한편 상민과 하인배들은 매우 고무적인 일이라며 환영해 마지 않았다. 이선비의 결단을 존경하고, 예쁜 색시를 얻은 동호를 한없이 부러워했다.

이쪽과 저쪽에서 치사와 멸시가 분분한 가운데 초례가 끝나고 꿈 같은 첫날밤을 치뤘다.

다음날 아침, 일찍 일어난 이씨 부인은 남편에게 공손히 절을 올리고 나서 말했다.

"이제는 당신과 저는 이 세상에 둘도 없는 부부입니다. 우리가 앞으로 사람답게 살기 위해서는 모든 것을 서로 상의하여 옳다고 생각되는 것은 행하고, 옳지 않은 것은 버려야 한다고 생각합니다. 하오니 당신은 조상이 양반이시고 훌륭한 가문이니, 이제부터 학문을 이루어 몰락한 가문을 세우셔야 합니다. 오늘 당장 어느 절간을 정하시고 뜻을 이룰 때까지 공부에 열중하십시오."

이씨 부인은 이렇게 말한 후에 장롱에서 적잖은 명주와 모시와 삼베를 꺼냈다.

"이것을 팔아서 경비에 쓰십시오."

이제 막 첫날밤을 보낸 새신랑이었다. 그런데 당장 떠나라고 하니 난감할 수밖에 없었다.

"부인의 말대로 하겠소. 그러나 며칠 후에 떠나겠소."

동호는 아쉽지만 이렇게 말했다.

"안 됩니다!"

이씨 부인의 말은 몹시 단호했다.

"그렇게 약한 마음으로 어떻게 어려운 학문의 성취를 이루실 수 있겠습니까? 대장부라면 마땅히 강단이 있어야 성공하는 법입니다."

이씨 부인의 말에는 도저히 거역할 수 없는 힘이 들어가 있었다. 그러나 동호는 너무나 안타까운 마음에서 이렇게 말했다.

"딱 하룻밤만 더 자고 가면 안 되겠소? 부탁이오."

동호는 검지손가락을 세우며 '딱 하룻밤'을 힘차게 강조했다. 그러면서 이 정도의 부탁은 마땅히 들어줄 것이라고 믿었다. 그러나 이씨 부인의 다음 말이 그 기대를 여지없이 깨버렸다.

"당신에게 실망하는 마음이 생기려고 합니다. 제가 사람을 잘못 봤나 봅니다. 아녀자에게 그렇게 미련이 있고서야 어떻게 뜻을 이룰 수가 있겠습니까? 제가 평생을 의지하고 살 당신께서 그런 사람이라면 차라리…….."

여기까지 말을 들은 동호는 가슴이 철렁 내려앉았다. 다음에 이어질 말이 두려웠기 때문에 얼른 아내의 말허리를 끊었다.

"알았소! 오늘 당장 떠나겠으니 더 말을 하지 마시오."

"고맙습니다."

이씨 부인은 힘차게 남편의 두 손을 잡았다.

이리하여 한동호는 그날로 집을 떠나 한적한 절간으로 들어가 열심히 학문을 닦았다.

남편을 떠나보낸 이씨 부인은 신방에서 하룻밤을 보냈건
만, 태기가 있어 열달 만에 옥동자를 순산했다.

무심한 세월이 한없이 흘렀다. 봄이 가고 여름이 가고, 겨
울이 가고 또 봄이 오기를 몇 번이나 했다.

그러는 동안 이씨 부인의 아버지가 병을 얻어 앓다가 세
상을 떠났고, 어머니마저 아버지의 뒤를 따라갔다.

홀로 남은 이씨 부인은 아들을 기르며 열심히 살았다. 십
년을 하루같이 노력하니 길쌈한 돈과 농사를 지어 마련한
재산도 적지 않게 늘었다. 그 돈으로 위치 좋고 경치 좋은
곳에 집터를 사서 집을 짓고 이사도 했다.

"애 아버지께서는 어떻게 지내고 계실까? 십여 년이 지
났으니 학문을 이룰 때도 됐건만……."

이씨 부인은 집을 지어 이사를 하고부터 남편 소식이 오
기를 학수고대했다. 그리고 지나가는 나그네는 한 사람도
빼지 않고 사랑방에 맞이하여 정중히 대접하는 것을 잊지
않았다.

한동호는 집을 떠난 지 십여 년 동안 불철주야 노력한 보
람이 있어 대과에 급제했다.

그당시 민심이 소란하고 탐관오리가 범람한다하여 영조
(英祖)는 암행어사를 많이 임명하여 각 지방으로 파견했다.
때문에 한동호는 충청과 호남지방의 암행어사를 제수받고
길을 떠나게 되었다.

동호는 감개무량하고 흥분되는 마음을 달래며 우선 고향
에 가서 그립던 아내를 만나 보기로 결정했다.

"너희들은 보부상으로 가장하여 모월 모일까지 공주에 닿

도록 하여라. 각별히 말과 행동을 조심해야 한다는 것을 명
심하고."

동호는 구종별배(驅從別陪)에게 지시를 내려 흩어지게
했다. 그런 후 자신은 폐포파립을 하고 홀로 고향으로 향
했다.

"십년이면 강산도 변하는 세월이 아닌가!"

동호는 산넘고 물건너 들길을 걸으며 생각에 잠겼다.

'내가 하루도 잊지 않고 그리워하던 그 착하고 아름다운
부인은 어떻게 되었을까? 잘 살고 있겠지! 나를 기다리면
서 말이야. 아직도 그 집에서 살고 있을까? 혹시 굶어 죽지
나 않았을까? 장인 어른께서는…….'

갖가지 생각이 끝없이 이어지며 기쁨과 불안을 동시에 느
끼게 했다. 갑자기 마음이 조급해진 동호는 걸음을 재촉하
기 시작했다.

며칠 후에 마침내 꿈에 그리던 고향에 당도했다. 마을 어
귀에 이르고 보니 십여 년 전 부인과 이별하고 등에다 필목
보따리를 지고 정처없이 떠나던 생각이 눈앞에 선했다.

어느덧 해는 서산마루에 걸려 있었다. 땅거미를 밟으며
동호는 그 옛날의 자기집 문앞에 섰다.

"이리 오너라! 이리 오너라!"

동호는 목청을 높여 사람을 불렀다.

"뉘시오?"

잠시 후 대문이 열리면서 사람의 모습이 드러났다.

"누굴 찾아오셨소?"

피둥피둥 살이 찐 중년 남자가 아래 위로 동호의 행색을
살피며 물었다.

"아……!"

동호는 자기도 모르게 신음 비슷한 소리를 토해냈다. 그 사람은 전혀 알지 못하는 얼굴이었다. 그 얼굴을 보자 가슴이 덜컹 내려앉고 눈앞이 캄캄해졌다. 오면서 상상했던 불길한 생각이 꼭 맞아떨어진 것만 같아서, 온몸에 힘이 쑥 빠지는 느낌이었다.

"십여 년 전에 이 집에 살던 이선비는 어디로 이사를 했습니까?"

"아, 준섭이 집을 찾는 모양이군요."

"준섭이라구요? 아닌데요?"

동호는 엉뚱한 이름에 더욱 마음이 무거워졌다.

'그렇다면 내가 떠난 직후에 이사를 했단 말인가? 왜? 어째서? 혼례를 치르고나니 내가 너무 미천해서…….'

이런 생각을 하고 있을 때 뚱뚱한 남자가 말했다.

"준식이 아버지가 글공부 떠나시고 몇 해 지나 친정 부모님도 모두 세상을 떠났지요. 준식 어머니가 혼자서 아이를 길러가며 살더니 작년에 양지바른 저 산밑에 집을 지어 이사를 했답니다."

"준식 어머니란 분이 이선비의 따님이 맞습니까?"

동호는 너무 알쏭달쏭하여 이렇게 물었다.

"그렇습니다."

"그럼, 준식이란 아이는 몇 살이나 됩니까?"

"글쎄요? 열 살 가량 됐을 겁니다."

"그래요?"

동호는 풀리지 않는 의문을 품고 터벅터벅 그 집을 향해 발걸음을 옮겼다.

"어쩌면 준식이 어머니란 사람은 내 아내가 아닐지도 모
른다. 그러나 날이 저물었으니……."

나그네로 가장하여 하룻밤 묵으면서 사실을 알아볼 생각
으로 그 집앞에 당도했다.

"이리 오너라! 이리 오너라!"

사람을 부르자 안에서 하인인듯한 사람이 나왔다.

"누구를 찾으십니까?"

"지나가는 나그네인데 하룻밤 쉬어가도 좋으냐고 여쭈어
라."

이 말에 하인은 즉시로 대답했다.

"어서 들어오십시오. 이 집은 지나가는 나그네를 한 분도
빠짐없이 대접해드리고, 또 쉬어가시는 것을 좋아하십니다."

하인은 친절하게 동호를 사랑방으로 안내했다.

사랑방에 들어가서 얼마쯤 앉아 있으니 저녁상이 들어
왔다. 먹음직스런 음식이 풍성하게 차려진 밥상이었다.

'누군지는 모르지만 나그네를 몹시 후하게 대접하는구
나.'

동호는 이렇게 생각하며 맛있게 먹고 상을 물렸다.

잠시 후 사랑마당을 가로지르는 발소리가 들렸다. 그 소
리는 사랑방 앞에 이르러 멎더니 인기척을 했다.

이윽고 문이 바스스 열리더니 복건을 쓰고 도포를 입은
열 살 가량의 소년이 들어왔다. 젊잖고 기품있는 부인이 소
년의 뒤를 따랐다.

"준식아, 네 아버님이시다. 큰절로 인사를 올려라."

한동호는 절을 올리는 소년과 부인의 모습을 번갈아 보
았다. 틀림없이 자기의 아내이고, 소년에게서도 피가 이끌

리는 느낌을 강하게 받았다.

'그렇다면 애가……!'

동호는 새삼 감격하여 가슴이 뜨겁게 울렁거렸다.

절을 올린 부인이 정답게 입을 열었다.

"서방님, 참으로 오래간만에 오셨습니다. 그간 객지에서 얼마나 고생이 많으셨습니까?"

이씨 부인은 남편의 행색을 살핀 후, 하인에게 명하여 새옷을 가져오라 하였다.

"서방님, 애가 바로 당신이 떠나신 다음 해에 생겼습니다. 나이는 열한 살이고, 지금 소학을 가르치고 있습니다."

이씨 부인의 얼굴에는 두줄기 눈물이 소리없이 흘러내리고 있었다.

동호는 준식을 와락 끌어안으며 외쳤다.

"많이 컸구나, 이놈! 그동안 네 어머니와 고생이 많았지?"

"아니옵니다, 아버님. 저는 아무런 고생없이 잘 자라고 있었습니다만, 아버님께서 고생이 많으셨지요? 어머니께서 늘 걱정하셨습니다."

또렷또렷하게 말하는 준식은 대견스럽도록 어른스러웠다.

동호는 문득 자신의 행색이 너무 초라하다는 사실을 깨닫고 장난기가 돌았다. 그래서 애써 시무룩한 말투를 꾸며 이렇게 말했다.

"여보, 요모양 이꼴로 돌아와서 미안하오. 그동안 열심히 공부를 한다고 했소마는 재주가 없어 번번이 낙방했소. 염치없고 미안해서 집에 돌아오지 못하고 이리저리 떠돌다가 이제는 하는 수가 없어 이렇게 돌아왔소. 정말 면목이 없소."

이 말에 이씨 부인은 깜짝 놀라 고개를 저었다.

"서방님, 그게 무슨 말씀이십니까? 이 집은 당신의 집입니다. 그동안 제가 절약하여 모은 재산이 적지 않습니다. 그 재산이면 우리 세 식구 충분히 먹고 살 수 있습니다. 그러니 아무 염려 마시고 이제는 편히 지내십시오."

동호는 가슴이 뭉클했다. 갑자기 눈시울이 뜨거워지는가 싶더니 자신도 모르게 주체할 수 없는 눈물이 흐르기 시작했다.

"고맙소, 부인!"

이날 밤 세 식구는 십여 년 만에 한 자리에 모여 즐겁고 감격스런 밤을 보냈다.

밤이 가고 아침이 밝았다. 이씨 부인은 아침을 준비하기 위해 자리에서 일어났다가 남편의 자리가 비어 있는 것을 발견했다.

"이 양반이 아침 일찍 어딜 가셨을까?"

집안 곳곳을 찾아보아도 없었다. 대문 밖으로 나와 사방을 둘러봐도 역시 없었다.

"대체 어딜 가셨단 말인가! 혹시……."

불안한 마음으로 아침을 준비하고 있는데, 갑자기 바깥이 떠들썩하며 풍악소리가 울려퍼졌다.

"이게 무슨 소리지?"

이씨 부인이 마당으로 나갔을 때, 벌써 하인이 달려가 대문을 열었다. 그러자 재빨리 구종별배와 나졸들이 우르르 몰려들어와 좌우 양쪽으로 늘어서는 것이 아닌가!

이씨 부인은 영문을 몰라 멍하니 그것을 바라보고만 있었다. 준식이도 놀라 뛰어와 어머니의 치맛자락을 붙잡았다.

"어사또 나리 납시오!"

고을의 이방이 크게 외치며 대문 안으로 들어왔다. 그 뒤를 따라 사모에 어사화를 꽂은 동호가 활짝 웃으며 들어왔다.

"어머니, 어사또 나리가 아버님이십니다!"

이씨 부인은 자신의 눈을 의심했다. 눈을 씻고 보아도 자기의 남편이 분명했다. 꿈이 아닌가 싶어 팔목을 꼬집어 보았다. 아픈 것으로 보아 분명 꿈도 아니었다.

'아, 미운 사람!'

이씨 부인의 가슴에 환희가 물결쳤다.

그러는 동안 어사또는 이씨 부인과 준식의 눈 앞에 와서 우뚝 서 있었다.

"부인, 미안하오. 간밤에는 본의 아니게 당신의 마음을 떠본 것 같았는데, 오해하지 마시오."

부부는 손을 꼭 잡고 오랫동안 놓을 줄을 몰랐다.

그 후 동호는 충청감사를 지내다 은퇴하고, 고향에서 편안한 여생을 마쳤다.

해전은 말한다.

진정으로 훌륭한 여성은 조용하다. 깊은 물처럼 소리없이 흐르면서 주위를 동화시킨다. 반면에 어리석은 여성은 시끄럽게 떠들면서 주변 사람들의 마음에 적개심만 쌓이게 한다.

기상천외한 과거(科擧)

남자의 마음을 가장 강하게 뒤흔드는 힘은 무엇일까? 아마 그것은 미색(美色)일 것이다.

조선 제19대 왕 숙종(肅宗)은 본디 성품이 어질고 총명하여 성군의 자질을 갖춘 군주였다. 그러나 숙원(淑媛) 장씨(張氏)를 총애함으로 인하여 성총(聖聰)이 많이 흐려졌고, 또 재위 기간은 거의 왕의 사생활과 관련되어 붕당정치가 가장 치열했다.

그러나 왕권은 강화되어 임진왜란 이후 계속되어 온 사회 체제 전반의 복구정비작업이 거의 끝나면서 많은 치적을 남겼다.

숙종의 계비(繼妃) 인현왕후(仁顯王后) 민중전(閔中殿)은 천품이 현숙하고 인자하여 국모의 자격으로 손색이 없었다. 그러나 가례를 지낸 지 6년이 지나도록 태기가 없었다.

"마마, 신첩은 조금도 괘념 마시옵고 한시라도 속히 빈

(嬪)을 간택하여 원자를 보옵소서."

민중전의 충심어린 권유로 왕은 후궁 장씨를 맞아들이게
되었다. 그리하여 장씨의 몸에서 원자가 탄생하였으니, 왕
의 총애는 온통 장씨에게 쏠리게 되었다.

희빈(禧嬪)으로 품계가 격상된 장씨는 민중전의 알선으로
영달을 하였음에도 불구하고, 원자를 낳자 교활한 천성을
나타내어 중궁을 모함하기에 이르렀다.

"허허, 중전이 어디 그럴 사람이더냐? 그런 소리를 다시
는 입밖에 내지 말라."

숙종도 처음에는 민중전의 인자한 인품을 아는 까닭에 귀를
기울이지 않았다. 그러나 총애하는 여자가 열 번 호소하는데
안 넘어간 장부가 고금 동서를 통하여 어디에 있었던가!

숙종도 미색 앞에 약한 남자의 속성을 그대로 간직한 남
자였다. 마침내 장희빈의 치마폭에 휩싸여 완전히 눈이 멀
고 귀가 멀었다.

숙종 16년(1690) 6월, 원자를 세자로 책봉하고나서 그해 10
월에 희빈 장씨를 왕비로 맞아들였다.

조정에서는 곧 왕비를 맞아들인 기념으로 과거령(科擧令)
을 선포했다.

이 과거에 응시한 선비 중에 이권식(李權植)이라는 늙수그
레한 선비가 있었다. 그는 충청도 진천(鎭川) 사람으로, 경
주이씨(慶州李氏) 뼈대 있는 가문의 후손이었다.

숙종은 과거가 있을 때마다 친히 과시장에 나가 과거에
응하는 선비들의 모습을 보는 것을 즐겼다. 이날도 과장에
거둥하여 열심히 글을 짓는 선비들을 돌아보았다.

'허, 저 선비가 또 왔구나!'

천천히 과장을 살피던 왕의 용안이 이권식의 얼굴을 보는 순간 멈추더니 좀처럼 움직일 줄 몰랐다.

숙종이 등극하여 16년 동안 정과(正科) 다섯 번과 별과(別科) 세 번의 과거령을 내렸다. 도합 여덟 번의 과거를 시행했는데, 그때마다 이권식은 한 번도 빠짐없이 응시했기 때문에 왕의 눈에 익은 것이다.

'저 정도의 지극정성이면 과거에 합격할만도 하련만…….'

이렇게 생각한 숙종은 그 선비가 시관 앞에 제출한 문장을 가져오게 하여 열람하였다. 그 선비의 필적은 보기 드문 명필인데다가 문장도 썩 훌륭했다. 하지만 관운이 없음인지 꼭 한 구절이 틀려서 이번에도 낙방하고 말았다.

"끌끌, 애석하도다!"

이렇게 혼자말로 중얼거린 숙종은 문득 무슨 생각을 했는지 급히 편전(便殿)으로 들어갔다.

잠시 후 과장으로 다시 나온 왕의 차림새는 여느 과객과 다름이 없었다. 익선관과 곤룡포를 벗고 미복으로 갈아입은 숙종을 어느 누구도 지엄하신 왕으로 알아보지 못할 정도였다.

과객으로 변장한 숙종은 슬쩍 이권식의 곁으로 다가가서 시치미를 뚝 떼고 물었다.

"어떻게 됐습니까? 장원급제를 하셨습니까?"

이 말에 이권식은 쓸쓸하게 웃으며 힘없이 고개를 저었다.

"아닙니다. 또 낙방을 했습니다."

"허, 그것 참 안 됐오이다. 몇 번이나 보셨소?"

"예, 이번이 꼭 열 번째 낙방입니다."

108

"허, 그것 참 대단하신 집념이신데, 과거 운이 너무 없으셨나 봅니다."

"부끄럽기 짝이 없습니다."

숙종은 이권식의 정직하고 겸손한 성품에 더욱 호감을 느꼈다.

"이보시오, 선비님!"

"왜 그러십니까?"

"거……, 과거를 이뤄 벼슬 얻는 것이 그렇게도 소원입니까?"

"선비치고 누구 하나 그런 꿈을 갖지 않겠습니까? 나는 선비 가문에 태어난 덕에 어려서부터 지금까지 줄곧 학문을 배우고 익혔습니다. 학문을 깨우친 선비의 도리가 무엇이겠습니까? 그 학문을 유효적절하게 이용해서 나라와 백성을 위해 쓰는 것이 아니겠습니까?"

이 말을 들은 숙종은 그의 얼굴과 태도에서 굳은 의지와 지조를 발견했다.

"허, 그렇소이까? 그런 마음가짐이면 머잖아 뜻을 이루실 수 있으리라 생각됩니다."

"말씀이라도 고맙습니다."

"잠깐만 저쪽으로……."

숙종은 이권식을 사람들의 귀가 미치지 않는 한적한 곳으로 데려갔다.

"왜 이러십니까? 무슨 하실 말씀이라도……?"

"예, 목소리를 낮추시고 잘 들으십시오."

숙종은 속삭이듯 말을 이었다.

"이 사람의 집안 아저씨 한 분이 시관 자리에 있소이다.

좀전에 그분께 들었는데……, 이번 과거에 장원도 급제도 해당자가 없다고 하더이다. 그래서 앞으로 석달 후에 다시 별과령을 베푼다는 말을 들었소이다."

"아니, 그게 정말입니까?"

"그렇소이다. 그런데 그 별과의 과제(科題)가 너무 독특하여 지금까지는 한 번도 시행되지 않았던 방법이라 하더이다."

"금시초문입니다. 그런데 한 번도 시행되지 않는 독특한 방법으로 별과를 시행한단 말씀입니까?"

"그렇다고 하더이다."

"허, 알쏭달쏭합니다. 대체 그 독특한 방법이란 것이 무엇입니까?"

숙종은 더욱 목소리를 낮추어 이렇게 말했다.

"내 선비님에게만 귀띔해 드리리다. 이번에는 운자(韻字)를 내어 글을 짓게 하는 것이 아니라, 서른 자 정도의 높이에 글자 한 자를 매달아 놓고 무슨 자냐고 묻는다고 합니다. 그러니 천리안(千里眼)을 가지고 있지 않는 이상 누가 그 문제를 맞추겠습니까?"

"허어 그것 참, 정말 그렇겠습니다. 나 같은 사람은 그 별과에 아예 응시할 생각도 말아야 하겠습니다그려."

"아닙니다. 선비님께서는 꼭 그 별과에 응시하십시오."

"그건 또 어인 말씀입니까?"

이권식의 눈이 휘둥그레졌다.

"내가 듣자하니 그 글자는…….'"

숙종이 말꼬리를 흐리자 이권식이 다급한 목소리로 물었다.

"무슨 자라고 합디까?"

"예, 골 구(區)변에다가 새 조(鳥)가 붙는 갈매기 구(鷗)자라 하더이다.”

“갈매기 구자가 서른 자 높이에 달려 있단 말씀입니까? 믿을 수가 없군요.”

숙종은 이권식의 손을 덥석 잡으며 단호하게 말했다.

“믿으십시오. 내가 비록 아는 바는 없으나 삼정승 육판서(三政丞六判書)가 다 나와 절친하게 지내는 관계요. 그들을 통해 들은 소리이니 결코 헛된 말이 아닌 것은 분명하외다. 그러니 별과령이 떨어지면 꼭 응하여서 갈매기 구자를 말하도록 하시오.”

“……”

이권식은 꿈을 꾸는 듯한 기분이 되어 상대방을 물끄러미 보았다. 옥골선풍을 지닌 풍모를 보아하니 예사 인물은 아닌 것 같았다.

“고맙습니다. 이렇게 친절하게 그 귀한 정보를 주셔서……”

이권식은 정중히 고마움을 표시하고 발길을 돌렸다.

사촌이 땅을 사면 배가 아픈 것이 세상 인심이 아니던가! 그런데 생면부지의 사람이 그런 말을 해주니, 진위와는 상관없이 고마운 말이 아닐 수 없었다.

“갈매기 구, 갈매기 구……”

이권식은 고향으로 돌아오면서 혀가 닳도록 갈매기 구자만을 외웠다. 그러다보니 자다가도 갈매기 구, 꿈결에도 갈매기 구, 밥을 먹다가도 갈매기 구가 불쑥불쑥 튀어나올 지경이 되었다.

“갈매기 구! 허허, 내가 또 이 소리를……”

고향에 도착한 후에도 일념으로 갈매기 구자를 읊고 썼다.

그러는 동안 많은 날이 훌쩍 흘렀다.

'과연 별과령이 내릴까?'

이권식이 의아심을 품고 있을 때, 거짓말처럼 별과령이 선포되었다.

"허, 그것 참! 그 양반이 예사롭지 않아 보이기는 했지만, 정말로 이럴 줄은……."

이번에는 올라가기만 하면 꼭 장원할 것 같은 느낌이 들었다. 그래서 여장을 꾸려 발걸음도 가볍게 한양을 향해 걸음을 옮겼다.

"갈매기 구, 갈매기 구……."

그의 입에서는 끝없이 갈매기 구자가 흘러나왔다.

이권식이 한양에 도착하고나서 며칠 후에 별과가 시행되었다. 과거 당일이 되자 그는 서둘러 아침을 먹고 과거장으로 나갔다.

"으잉? 과장에 왜 이리 사람이 없지?"

그는 자신의 눈을 의심하며 과장을 둘러보았다. 고작 몇십 명의 과객들이 모여 있을 뿐이었다.

그것은 참으로 이상한 일이 아닐 수 없었다. 한번 과거가 시행되면 조선 팔도에서 보통 몇백 명의 과객들이 구름처럼 몰려들어 치열하게 경쟁을 하게 되는데, 이번 별과에는 상상 이하의 사람만이 응시했던 것이었다.

이상한 것은 그것뿐만이 아니었다. 과거 방법도 독특하기 그지 없었다. 응시자들은 모두 번호표를 받아 가슴에 달고 한 사람씩 안으로 불려들어가서 시험을 보고 나왔다.

이권식의 번호는 총 응시자 칠십오 명 중 칠십삼 번이었다. 그 뒤로 젊은 선비 두 사람이 더 있을 뿐이었다.

과거는 빠르게 진행되었다. 호명을 받고 안으로 들어간 사람은 곧 고개를 절레절레 흔들며 밖으로 나왔다.

'갈매기 구, 갈매기 구…….'

이권식은 마음속으로 이렇게 외우면서 자기 차례를 기다렸다. 이윽고 그의 차례가 되었다.

"다음은 충청도 진천골, 칠십삼 번 이권식!"

"예!"

그는 크게 대답하고 안으로 들어갔다. 그 안은 곧 궁궐이었다. 으리으리한 배경을 뒤로 하고 임금이 높다란 용상에 근엄하게 앉아 있었고, 그 앞에 시관들이 늘어서 있었다. 그리고 저만치 떨어진 곳에서 두 명의 내관이 기다란 장대를 세운 채로 잡고 있었다.

"저 장대 끝에 걸린 자가 무슨 자인고?"

시관이 장대 끝을 손가락으로 가리키며 물었다.

이권식이 장대 끝을 올려다보니 손바닥만한 종이가 바람에 펄럭이고 있었다. 글자가 보일 리는 만무했다. 그저 백지에 점을 하나 톡 찍어 놓은 것만 같았다.

이권식은 석달 동안 갈매기 구자를 읊고 썼다. 자기의 차례를 기다리는 동안에도 수없이 그것을 생각으로 읊었다.

그런데 이것이 웬일인가! 막상 질문을 받고보니 머리에서 가물가물할 뿐 그 글자가 떠오르지 않았다. '구, 구, 구'자만 입안에서 맴돌 뿐 그 이상은 아무것도 생각나지 않았다.

시간이 한참이나 흘렀다.

용상에 앉아 이권식을 내려다보고 있던 숙종은 그가 쉽게 대답을 하리라고 믿고 흐뭇한 마음으로 결과를 기다리고 있었다. 그런데 자꾸 대답을 머뭇거리고 있자 마음이 답답해졌다.

'너무 긴장하여 글자를 잊어버렸단 말인가!'

이렇게 생각한 숙종은 별안간 내관을 불렀다.

"여봐라, 내관!"

"예이!"

"즉시 편전에 있는 병풍을 가져 오너라."

"예이!"

내관이 병풍을 가져 오자 왕은 용상 바로 뒤에 치게 했다. 그 병풍의 좌우 양쪽에는 큰 갈매기가 한 마리씩 그려져 있었다.

"어흠!"

숙종은 어수로 병풍을 똑똑똑 계속 두들겼다. 병풍의 갈매기를 보고 기억을 일깨우라는 배려임이 두말할 나위가 없다.

그러나 이권식은 어전 임을 아는 지라 감히 고개를 들지 못했다.

"어서 무슨 글자인지 말하라!"

시관이 대답을 재촉하자 이권식의 마음은 더욱 조급해졌다.

"어흠!"

임금의 기침소리는 잦아지고 병풍 두드리는 소리는 점차 커졌다.

'어휴, 그게 구는 구인데…….'

이권식은 안타깝게 기억을 되살리려 하다가 곁눈으로 흘끔 용상을 우러러 보았다.

'세상에……!'

그렇게 임금의 용안을 확인한 이권식은 까무러칠 정도로 놀랐다. 석달 전 자기에게 별과령이 내릴 것을 일러주고, 그 내용까지 귀띔해준 이가 바로 지엄하신 상감마마가 아닌가!

'그렇다면……, 이번 별과가 하찮은 나를 위하여 특별히 베푸신 것이란 말인가! 그런데, 그런데…….'

이권식은 임금의 하해와 같은 은혜에 보답하는 길은 오로지 장원하는 것이라고 생각하고 더욱 열심히 기억을 떠올리려고 노력했다.

"어흠!"

임금은 헛기침을 연발하며 더욱 크게 병풍을 두드렸다. 그 소리가 이권식의 귀에 '똑똑! 똑똑' 하고 들렸다.

'상감마마께서 병풍을 두드리시는 것은 이 미련한 놈을 일깨워주기 위해서일 것이다. 똑똑 소리가 나는 것을 보니…….'

이렇게 생각한 이권식은 마침내 입을 열었다.

"똑똑이 구자입니다!"

이 소리가 떨어지기가 무섭게 시관의 우렁찬 소리가 들렸다.

"틀렸으니 썩 물러 가거라!"

이권식은 송구스럽고 절망적인 생각이 들어 슬쩍 상감을 보았다. 역시 상감의 용안은 실망의 빛이 완연했다.

'천하에 미련한 놈!'

이권식은 스스로를 꾸짖으며 힘없이 밖으로 물러나왔다. 그런데 대궐문을 막 나오는 순간 퍼뜩 그 글자가 머리에 떠올랐다.

"아차, 갈매기 구!"

그러나 때는 이미 늦었다. 이권식이 뼈저리게 후회하며 밖으로 나왔을 때 다음 사람이 호명을 받고 안으로 들어가고 있었다.

이젠 그 사람 뒤로 마지막 한 사람이 남아 있을 뿐이었다. 이권식은 홀로 남아 차례를 기다리고 있는 선비를 물끄러미 보았다. 매우 선량해 보이는 인상의 선비였다.

'그렇다! 나는 비록 낙방을 했지만 저 선비라도 장원을 시켜 상감의 크신 은혜에 보답하는 것이 좋겠다.'

이렇게 생각한 이권식은 그 선비 곁으로 다가갔다.

"우리 수인사나 합시다."

"예, 그럽시다."

"나는 충청도 진천골에 사는 이권식이라는 사람입니다."

"아 예, 저와 동향이시군요? 저는 충청도 홍주골에 사는 박성주라고 합니다."

"박선비께서 맨 마지막이신데, 심정이 어떻습니까?"

"글쎄요? 모두다 낙방을 했는데…….'

박성주가 자신없게 말하자 이권식이 입을 열었다.

"지금부터 내가 하는 말을 잘 듣고 그대로 대답하십시오. 그러면 장원급제는 문제 없을 것입니다."

"허, 이선비님께서 그런 방법을 다 알고 계십니까?"

"그렇습니다. 안으로 들어가시면 시관이 장대 끝에 매달린 글자가 무슨 자인가를 물을 것입니다."

"저도 앞의 사람들에게 들어서 알고 있습니다. 그런데 글자는커녕 아무것도 보이질 않는다고 하더군요."

"예, 맞습니다. 그러니 무슨 자냐고 물으면 무조건 갈매기 구자라고 하십시오."

"정말 그렇게 하면 장원을 할 수 있단 말씀입니까?"

"예, 그렇습니다."

"그럼, 이선비님께서는 장원하셨습니까?"

이권식은 쓸쓸하게 웃으며 고개를 저었다.

"아닙니다. 이 사람은 낙방했습니다."

"예? 그게 무슨 말씀이십니까?"

박성주는 깜짝 놀라 눈을 크게 떴다.

"이선비님께서 문제를 알고 계시면서 일부러 낙방을 했단 말씀입니까? 그리고 생면부지의 저에게 장원의 영광을 넘기시다니요……?"

이권식은 솔직히 자초지종을 이야기했다.

"아아! 세상에 어찌 그런 일이……. 아무튼 고맙습니다. 이 은혜는 평생토록 잊지 않겠습니다."

잠시 후 칠십오 번 박성주는 호명을 받고 안으로 들어갔다. 그리고 시관이 묻는 말에 이권식이 일러준 대로 대답했다.

"장원이요!"

이 소리와 함께 장원을 축하하는 풍악이 일제히 울렸다.

박성주는 감격으로 가슴이 마구 울렁거렸다. 생각해 보니 이 행운은 우연히 굴러들어온 횡재였다.

'이선비의 행운을 내가 가로챈 것이 아닌가!'

박성주는 한없이 기쁘면서도 한편으로는 마음이 무거웠다. 그런데 퍼뜩 뇌리를 스치는 생각이 있었다.

'그렇다!'

박성주는 정색을 하고 시관을 바라보았다.

"시관께 아뢰올 말씀이 있습니다."

"무슨 말이오?"

"제가 갈매기 구자라고 말씀드렸지요?"

"그렇소. 그러기에 장원한 것이 아니오."

시관이 영문을 모르겠다는 표정을 짓자 박성주는 다소 목
청을 높여 이렇게 말했다.

"예, 실은 그 자가 갈매기 구임에는 틀림이 없습니다. 하
오나 세간에서 백성들은 똑똑이 구라고도 합니다."

"뭐요? 갈매기 구를 똑똑이 구라고도 한단 말이오?"

"그렇습니다."

박성주는 이선비가 당황한 끝에 똑똑이 구라고 잘못 말해
낙방했다는 사실을 상기하고 이렇게 말한 것이었다.

'그렇다면……!'

이 말에 시관은 좀 당황했다. 칠십삼 번 응시생이 똑똑이
구라고 말했기 때문이었다.

'갈매기 구를 똑똑이 구라고도 한단 말인가? 그게 사실
이라면 내가 맞은 것을 틀렸다고 낙방시킨 것이 되는데……
….'

시관은 안색이 창백해져서 임금의 눈치를 살폈다.

한편 숙종은 오직 이권식을 위해 별과를 베풀었는데, 엉
뚱한 선비가 장원하는 바람에 이만저만 실망한 것이 아니
었다. 그런데 이 소리가 들리자 여간 반가운 것이 아니었다.

"시관은 들으시오!"

"예, 마마."

"경은 시관의 자격으로 그 글자에 다른 뜻이 있었다는 것
도 몰랐단 말이오?"

"황공하옵니다, 마마."

118

"어서 똑똑이 구라고 말했던 그 선비를 데려오도록 하시오."

"예, 분부대로 거행하겠습니다."

이리하여 이권식과 박성주는 동시에 장원하여 벼슬길에 올랐다. 그리고 두 사람의 신의는 죽을 때까지 변함이 없었다.

해전은 말한다.

세상에는 인간이 알 수 없는 일이 반드시 존재한다. 그것을 어떻게 표현해도 아무 상관이 없다. 행운이 따른다고 해도 좋고, 신(神)이 도운다고 해도 무방하다.

그러나 인간은 스스로의 의지에 따라 살아야 하는 존재이다. 스스로의 행위에 책임을 지고, 결과는 알 수 없는 그 힘에 맡기는 것이 바람직한 인생관일 것이다.

마음이 바르고 너그러운 사람은, 반드시 그 끝이 좋다.

열녀의 회초리

영조(英祖) 말엽, 경상도 창녕(昌寧) 땅에 하륜(河倫)이라는 선비가 있었다. 벼슬한 조상이 많았고, 또 조부가 성균관 대제학(大提學)으로 봉직하고 있는 뼈대 있는 선비 집안의 자손이었다.

하륜은 16세 때 소과(小科)를 하고, 이제는 불철주야로 대과(大科)를 준비하고 있는 중이었다.

북풍한설이 몰아치는 겨울이 가고 꽃피고 새우는 봄이 왔다. 17세 피끓는 청춘으로 맞이하는 봄은 예년과는 사뭇 느낌이 달랐다. 까닭도 없이 가슴이 야릇하게 울렁거리고, 자꾸 잡생각이 떠올라 공부에 집중할 수가 없었다.

"내가 왜 이러나!"

하륜은 기지개를 켜고 밖으로 나와 찬물로 얼굴을 씻었다. 차가운 물의 감촉이 한결 정신을 맑게 해주었다.

"아, 날씨 한번 화창하구나!"

120

먼 산을 물끄러미 바라보며 혼잣말로 중얼거렸다. 그러다
가 자기도 모르게 봄바람에 이끌려 집을 나왔다.

발밤발밤 걷다보니 보리가 싱싱하게 자라고 있는 들판 복
판에 와 있었다. 햇볕은 너무 따사로웠고, 가물가물 아지랑
이가 피어오르는 동산은 꽃이 만발해 있었다.

"봄, 실로 만물이 소생하는 봄이로다!"

하륜은 발길이 닿는 대로 걸음을 옮겼다. 그러다 보니 들
을 지났고, 언덕도 두어 개 넘었다.

산기슭에 온통 살구꽃으로 뒤덮은 듯한 마을이 나왔다.
서당 친구 이가원(李家源)이 살고 있는 마을이었다.

"여기까지 왔으니 모처럼 그 친구나 만나 보자."

가원의 집을 향해 걸음을 옮겼다. 가는 도중의 어느 집 앞
을 지나다 보니, 그집 울타리에다 빨래를 널고 있는 한 부인
이 눈에 뜨였다.

"아아!"

그 부인을 보는 순간 하륜은 그 자리에 늘어 붙어 버렸다.
그도 그럴 것이 그 부인은 인물도 절색인데다 몸매라든지
행동거지가 도저히 인간세상의 사람이 아닌 것 같았다.

'선녀인들 저렇게 아름다울까?'

반쯤 입을 벌린 채 넋놓고 보고 있는데, 그 부인은 빨래를
다 널고 문득 이쪽을 바라보았다. 하륜을 보는 순간 재빨리
고개를 숙이고 집으로 들어가 버렸다.

부인이 들어간 후에도 한참 동안 장승처럼 그 자리에 서
있었다. 목이 바싹바싹 타는 것 같고, 가슴이 두근두근 고동
을 쳤다.

"휴우!"

　한참 후에야 제정신으로 돌아온 하륜은 친구의 집도 들르지 않고 발길을 돌렸다.

　그런데 이날부터 자나깨나 그 부인의 모습이 눈에 삼삼했다. 책을 읽으려고 펼치면 책장 속에 그 부인이 있었고, 밥상 앞에 앉아도 그 부인의 생각이 떠나질 않았다.

　하륜은 잠도 제대로 이루지 못했고, 입맛이 달아나 밥도 먹지 못했다. 그리고 며칠이 지나도록 책 한 장 읽을 수가 없었다.

　그러다 보니 먼저 얼굴꼴이 말이 아니었다. 몹시 앓는 사람처럼 눈이 퀭할 뿐만 아니라 파리하기가 이루 말할 수 없었다.

　"어디 아프냐?"

　"얼굴이 반쪽이 됐어!"

　"왜 이렇게 밥을 못 먹어?"

　"아무래도 의원을 불러야겠어."

　부모님과 온가족이 걱정이 되어 물었지만, 묵묵부답이었다.

　"제발 속시원히 말 좀 해라, 응?"

　"……."

　어머니가 울먹이는 목소리로 까닭을 물었을 때도 하륜은 대답할 말을 찾지 못했다.

　차림새로 보아 남의 부인이 분명했다. 남녀가 유별한데, 그것도 남의 집 부인을 그리워하여 상사병이 들었다고 어찌 말할 수 있겠는가!

　"휴우……!"

　나오는 것은 한숨뿐이었다.

122

밤이 깊었는데도 하륜은 자리에 누워 멍하니 천장만 쳐다보고 있었다. 천장에는 어김없이 그 부인이 빨래를 널고 있었다.

"보고 싶다, 정말!"

정말 미칠 지경이었다.

"어휴!"

하륜은 벌떡 자리에서 일어나 머리를 마구 저었다. 부인의 환영을 떨쳐 버리려고 애를 써보았지만 허사였다.

문을 열고 밖으로 나왔다. 교교한 달빛이 마당을 환히 비추고 있었다.

하늘을 보았다. 마치 별들이 쏟아져내릴 것처럼 영롱히 반짝이고 있었다.

"휴우……!"

밝은 보름달 속에도 그 부인이 머물고 있었다.

하륜은 거역할 수 없는 힘에 이끌리는 사람처럼 집을 나와 들길을 걸었다. 정처없이 걷다 보니 자기도 모르게 그 부인의 집 앞에 와 있었다.

"내가 어쩌자고…….."

하륜은 고통스럽게 중얼거렸다. 그 집은 모두가 잠이 들었는지 불이 꺼져 있었다.

"멍멍……!"

어디선가 개 짖는 소리가 들렸다. 한 놈이 짖기 시작하자 여기저기서 개들이 따라 짖었다.

"멍멍……! 월월……! 컹컹……!"

하륜은 마치 도둑질이라도 하려다가 들킨 사람처럼 도망치듯 그 집 앞을 떠났다.

집으로 돌아온 하륜은 밤새도록 뒤척였다.

'차라리 죽어 버릴까!'

너무나 고통스럽고 마음이 괴로웠기 때문에 슬프고 우울한 생각까지 했다.

'아니야! 세상에 부모 먼저 죽는 자식보다 더 큰 불효가 어디에 있겠는가!'

생각은 몇 번이고 생사의 경계를 넘나들었다.

새벽녘에야 가까스로 잠이 든 하륜은 정오가 지나도록 깨어나지 못하고 있었다.

"얘가 왜 저런단 말이오?"

하진사는 병색이 완연한 아들의 잠든 얼굴을 내려다보며 걱정스럽게 말했다.

"아무리 물어도 일언반구 대답이 없으니……."

하륜의 어머니는 아들의 이마에 송글송글 맺힌 땀방울을 물수건으로 찍어냈다.

"아아, 부인……."

아들은 몸부림을 치며 연방 헛소리를 토해내고 있었다.

해질 무렵에야 하륜은 가까스로 눈을 떴다. 어머니가 곁에 앉아 응숭깊은 눈으로 내려다보고 있었다.

"얘야, 이제야 정신이 드나 보구나. 너 도대체 왜 그러느냐? 무슨 말이고 속시원히 해보아라."

간절한 목소리로 말하는 어머니의 두 눈에는 눈물이 글썽글썽 맺혀 있었다.

"어, 어머니……."

하륜은 가슴이 찢어지는 듯이 아팠다. 못난 자기로 인해 부모님이 걱정하는 모습을 보니 죄스럽기가 이루 말할 수 없었다.

"네가 무엇 때문에 그러는지 말을 해야 알지 않겠니?"

어머니의 눈에 가득 맺혀 있던 뜨거운 눈물이 주르륵 뺨을 타고 구르더니 하륜의 얼굴에 뚝뚝 떨어졌다.

"흑……."

하륜도 북받치는 눈물을 억제할 수 없었다.

이리하여 하륜은 어머니께 모든 사실을 고백했다.

"죄송합니다, 어머니! 아무리 잊으려고 해도……, 생각하지 않으려고 해도 그렇게 되지 않습니다. 그래서 소자도 괴롭습니다."

"……네게 그런 일이 있었구나……!"

아들의 고백을 들은 어머니는 몹시 난감했다. 어느 부인을 부르는 헛소리를 듣고 대충 짐작은 하고 있었다. 그런데 남의 부인에게 연정을 품고 병을 얻었다는 사실을 직접 확인하고 보니 무슨 말을 해야 할지 생각이 나지 않았다.

'대체 그 부인이 누굴까?'

하륜의 어머니는 생각 끝에 사람을 보내 은밀히 그 부인의 모든 것을 알아오도록 했다.

그 부인은 판서(判書)를 지낸 성대감의 손녀딸이었다. 출가한 지 한 달도 못되어 이름모를 병으로 남편이 죽고, 혼자 수절하는 열녀라는 소문이 자자했다.

"아버지의 병구완을 하기 위해 잠시 친정에 와서 머물고 있다고 하더구나."

어머니는 아들에게 그 부인에 대한 이야기를 해주었다.

"수절하는 열녀를 어찌 하겠느냐? 너와는 도저히 맺어질 수 없는 인연이다. 그러니……."

여러 가지 좋은 말로 깨끗이 단념하라고 당부했다.

"……."

하륜은 아무 말도 할 수가 없었다. 깨끗이 단념할 수만 있다면 오죽이나 좋겠지만, 도저히 그럴 자신이 없었다. 또 대장부가 지킬 수 없는 맹세를 함부로 할 수도 없는 노릇이었다.

이날 밤 하륜은 뜬눈으로 밤을 새우며 생각을 거듭했다. 그리고 결심을 했다.

'나는 그 부인을 잊을 수는 없을 것 같다. 그러면 이렇게 혼자서 그리워하다가 죽을 것이 아닌가! ……이렇게 죽으나 저렇게 죽으나 매일반이니, 용기나 한번 내보고 죽는 것이 여한이 없을 것이다. 그렇다, 용기를 내자!'

굳은 결심을 한 하륜은 다음날 날이 밝자 자리를 박차고 일어섰다.

"아니, 애야……!"

아들이 세수를 하고 밥을 먹기 시작하자 어머니는 기뻐서 어쩔 줄을 몰라했다.

잘 먹고 편한 잠을 자니 며칠 만에 하륜의 건강은 회복되었다.

'흠, 오늘밤에 결심을 실행하리라!'

이미 그 집 종들을 매수하여 부인의 방을 알아 놓고 있었다.

밤이 이슥해지자 아무도 모르게 집을 빠져나와 성씨 부인 집으로 갔다. 주변을 한번 둘러본 후에 훌쩍 후원(後園)의 담을 뛰어넘었다.

성씨 부인의 방에는 불이 켜져 있었다. 그것을 보자 하륜의 가슴은 몹시 두근거리며 요동쳤다.

'용기를……!'

마음속으로 '용기를 내라'고 스스로를 고무시키며 고양이 걸음으로 방 문 가까이 다가갔다. 문틈으로 살며시 방안을 들여다보았다. 성씨 부인은 고요하고 단정한 모습으로 앉아 바느질을 하고 있었다. 황촛불 아래서 바느질에 몰두하고 있는 모습은 지난번 낮에 보았을 때보다 더욱 고혹적이었다.

'용기를……!'

하륜은 조심스럽게 문고리를 잡고 살짝 당겨보았다. 안에서 잠겨 있는지 열리지 않았다.

"어흠!"

용기를 내어 나직하게 기침을 한 후에 입을 열었다.

"부, 부인……! 요, 용서하십시오."

당당하게 말을 하려고 노력을 했지만, 그 소리는 마구 떨릴 뿐만 아니라 기어들어갔다.

"……."

안에서는 아무 대답이 없었다.

'다시 한 번 용기를!'

진땀이 밴 주먹을 불끈 쥐고 떨어지지 않는 입을 열었다.

"제가 부인을……, 부인을 그리워하다 병이 들었습니다. 죽기 전에 소원풀이나 하려고 이렇게 찾아왔습니다."

"……."

제법 큰 소리로 말했는 데도 대답이 없다.

"제발, 제발 부탁드립니다. 저의 마지막 소원을 한 번만 들어주십시오."

무쇠라도 녹일듯한 간절한 목소리였다. 어쨌든 죽을 용기를 내어 말을 해버리고 나니 조금이나마 가슴이 후련해졌다.

"휴우……!"

길게 한숨을 내쉬고 문틈으로 방안의 동정을 살폈다.

성씨 부인은 석상처럼 굳어 있었다. 바느질하던 손도 움직이지 않았다. 지그시 눈을 감고 있는 것으로 보아 깊은 생각에 잠겨 있는 것 같았다.

한참 동안이나 미동도 않고 있던 성씨 부인은 살며시 눈을 뜨고 마침내 입을 열었다.

"뉘신지는 모르겠사오나 하찮고 미천한 아녀자로 인하여 그토록 심려하셨다니 죄송할 따름이옵니다. 허물치 마시고 들어오십시오."

하륜은 자기의 귀를 의심했다. 성씨 부인의 목소리는 너무 차분하면서도 부드러웠고, 게다가 흔쾌히 허락까지 하지 않는가!

'지성이면 감천이라더니……!'

자기를 가련하게 여겨 하늘이 도와준 것만 같았다.

"찰그락!" 문고리 벗기는 소리가 들리더니 살며시 문이 열렸다. 그와 동시에 은은한 향내가 콧속을 파고들었다.

"어서 들어오십시오."

"아, 예……!"

하륜은 얼마나 좋았던지 자기도 모르는 사이에 방으로 들어가 있었다.

성씨 부인은 그윽한 눈으로 하륜의 모습을 살펴본 후에, 말없이 장롱에서 침구를 꺼내어 아랫목에 폈다.

"허!"

그것을 지켜보고 있는 하륜은 숨이 막힐 지경이었다.

"도련님, 어서 옷을 벗으시고 침구 안에 누우세요."

"예?"

너무 의외의 말이라서 어안이 벙벙할 따름이었다.

"저는 잠시 밖에 나갔다가 오겠습니다."

성씨 부인은 자리까지 피해 주었다.

"세상에 일이 이렇게 쉽게……."

하륜은 혼자말로 중얼거리며 옷을 벗었다. 그야말로 실오라기 하나 걸치지 않고 알몸으로 이불 속으로 들어가 누웠다.

당연히 야릇한 상상이 그의 머릿속에 가득했다. 온몸의 피가 뜨겁게 솟구쳐 오르고 입안에 군침이 고였다. 그 군침은 몇 번이나 삼켜도 또 생기고 다시 생겼다.

"이젠 죽더라도 여한이 없으리라!"

하륜이 이렇게 중얼거리고 있을 때 밖에서 발소리가 들렸다.

'왔구나!'

하륜은 군침을 꿀꺽 삼키고 눈을 감았다.

문이 열리고 성씨 부인이 방으로 들어오는 소리가 들렸다. 하륜은 가슴이 마구 떨려 눈을 더욱 꼭 감았다.

'이제 잠시 후면…….'

곧 벌어질 일을 생각하니 온몸의 세포가 하나하나 살아서 뜨거운 열기를 뿜어내는 것만 같았다.

그런데 갑자기 이불이 확 걷어치워졌다.

"이놈! 아직 어린 놈이 글공부에는 힘을 쓰지 않고 여색을 밝혀! 호되게 혼이 나야 못된 생각을 고칠 것이다."

무서운 질책과 함께 회초리가 날아들었다.

"철썩!"

"어이쿠!"

"철썩!"

"으악!"

청천하늘에 날벼락이 아닐 수 없었다. 하륜은 느닷없이 날아드는 회초리를 꼼짝없이 맞을 수밖에 없었다.

"부, 부인! 왜 이러시오?"

하륜은 기겁을 하여 소리치며 날아드는 회초리를 피하려고 했다. 그러나 성씨 부인의 회초리질은 무자비했다.

"선비가 도리를 잃으면 금수만도 못한 법!"

회초리를 휘두르는 소리가 '휘익!' 공기를 갈랐다.

"철썩!"

"으흑!"

그 아픔은 뼛속을 파고드는 듯했다. 그보다도 더한 아픔은 알몸으로 여인의 회초리를 맞고 있는 대장부의 수치심이었다.

하륜은 지은 죄가 있어 비명도 크게 지르지 못하고 고스란히 맞았다. 한참을 맞고 보니 온몸이 터져 피가 튀었다.

'대장부로 태어나서 이런 수모를……!'

하륜은 어금니를 깨물고 치부가 드러나지 않도록 몸을 잔뜩 웅크리고 있었다.

어느 순간 회초리질이 딱 멈췄다. 그리고 얼음처럼 차가운 성씨 부인의 목소리가 들렸다.

"앞으로 다시는 선비의 도리를 잊지 마십시오. 잡념을 깨끗이 잊고 부지런히 공부하여 입신양명하길 빌겠습니다. 그리고 오늘의 일은 누구한테도 비밀로 해드리겠습니다."

이 말을 남기고 성씨 부인은 밖으로 나갔다.

창피를 톡톡히 당하고 나니 마음도 몸도 아프기가 한량없었다. 정신없이 옷을 주워 입고 담을 넘어 그 집을 나왔다.

터벅터벅 걸으면서 생각하니 참으로 치욕스럽고 부끄러운 일이 아닐 수 없었다.

"빠드득······!"

자기도 모르게 이가 갈렸다.

"이 수모를 어찌 한단 말인가!"

몸이 부들부들 떨렸다.

'차라리 그럴 바에야 애당초 거절을 하고 상대를 말았어야 하지 않은가! 그런데 사람의 애간장을 닳도록 만들어 놓고 배신하여 이 수모를 주다니······'

이렇게 생각하니 성씨 부인이 그렇게 괘씸할 수가 없었다.

"오냐, 두고 보자!"

다음날부터 하륜은 절치부심(切齒腐心)하고 공부에만 매달렸다.

유수 같은 세월이 많이 흐르고 흘러, 나라에서 과거령이 내렸다. 한양에는 조선 팔도 방방곡곡에서 구름처럼 모여든 선비들이 앞으로 베풀어질 과시에 응하기 위하여 운집해 있었다.

모두가 총명해 보이는 얼굴들이었다. 비장한 각오가 감도는 것으로 보아 이번 과거를 대비하여 공부를 많이 했음이 역력했다. 하륜은 이런 선비들과 경쟁하여 자신이 과연 뽑힐 수 있을까, 하고 생각하니 조바심이 났다.

"둥둥둥……!"

마침내 과거를 개시하는 북소리가 울려퍼짐과 동시에 시제(試題)가 나붙었다.

'음, 결과는 하늘의 뜻에 맡기자. 나는 실력껏 최선을 다하면 된다. 최선을…….'

하륜은 눈을 지그시 감고, 열심히 생각을 정리했다. 간간이 들려 오는 먹을 가는 소리와 헛기침 소리만이 귓전을 맴돌았다.

하륜이 감았던 눈을 뜨고 보니, 선비들은 그동안 갈고 닦은 실력을 유감없이 발휘하여 문장을 짓고 있었다.

"흠!"

하륜은 가볍게 헛기침을 한번 토해내고 떨리는 손으로 붓을 잡았다. 그리고 붓에 먹물을 듬뿍 묻혀 일필휘지했다.

문장을 지어 시관(試官)에게 제출한 선비들은 초조하게 결과를 기다렸다. 대부분의 선비들은 저마다 몇 사람씩 어울려서 시험에 대한 이야기를 주고받았다. 하륜이 보기에 그들은 모두 자신감에 차 있는 것 같았다. 그런 그들과는 반대로 자신은 한없이 왜소하게 느껴지며 침울해지는 감정을 주체할 수 없었다.

"휴우……."

하륜은 햇볕이 쨍쨍한 하늘을 우러러보며 가벼운 한숨을 토했다.

'진인사 대천명(盡人事待天命)이 아닌가! 내가 할 수 있는 일은 다했으니 결과는 하늘의 뜻이다.'

하륜은 애써 마음의 평정을 유지하고자 노력하며 결과가 나오기를 기다렸다. 결과를 기다리는 그 시간이 왜 그렇게 긴지 견딜 수 없는 초조감에 진땀을 흘려야 했다.

두어 시간쯤 후에 장원과 급제한 사람들의 이름이 나붙었다. 초조하게 기다리고 있던 선비들이 앞다투어 달려가 확인했다.

선비들의 명암이 확연하게 갈렸다. 천하를 얻은 듯이 희색이 만면한 선비가 있는가 하면 사색이 다 되어 몸을 비틀거리는 선비도 있었다. 또 어떤 선비는 바닥에 털썩 주저앉아 울음을 터뜨리기도 했다.

하륜은 떨리는 가슴으로 천천히 그쪽으로 걸음을 옮겼다. 그 앞에 가서도 합격자 명단을 쳐다볼 용기가 선뜻 나지 않아, 고개를 떨구고 그저 떨고만 있었다. 사형 선고를 언도받은 인간이 자기에게는 은전(恩典)이 주어지지 않은 것을 알고, 도저히 사형 집행관의 얼굴을 쳐다볼 수 없는 심정이 그러하리라.

"휴우……!"

애를 써서 크게 심호흡을 한 뒤 용기 있게 눈을 부릅뜨고 급제자 명단을 아래서부터 바라보았다.

운명의 명단에 적혀 있는 마지막 번의 이름은 분명 하륜이 아니었다. 아득한 기분이었다. 물론 각오는 되어 있었으므로 당연한 결과라고 스스로 위로했다. 그러나 가슴이 미어질 것 같은 아픔이 자꾸 파고드는 것을 어쩔 수가 없었다.

급제자 명단을 아래서 위로 거의 훑었는데도 그의 이름은 나오지 않았다. 그는 맥없이 고개를 떨구고 차라리 눈을 찔끔 감아 버렸다. 이제 확률은 무섭도록 낮아져 버렸다.

'틀렸구나!'

절망감이 밀려들면서 눈물이 핑 돌았다. 그러나 하륜은

봇물처럼 쏟아지려는 눈물을 필사적으로 참으면서 벌써 짐
작하고 있었던 일이라며 자위했다.

이제 장원만 남았다. 마지막 한 사람, 그 행운아의 자랑스
런 이름은 무엇일까.

하륜은 아주 천천히 고개를 들면서 감았던 눈을 슬며시
떴다. 그리고 맨 첫번째에 적혀 있는 한 명의 이름을 살
폈다.

'아아, 이제는 끝났구나 ! 내가 아냐.'

하륜은 자신도 모르는 사이에 통한의 눈물을 흘리며 힘없
이 발걸음을 돌렸다. 그 마지막 행운아의 이름이 하륜이 아
닌 하유(河兪)라니……, 이렇게 한탄하며 막 걸음을 옮기려
던 하륜은 갑자기 고개를 돌려 다시 한 번 그 이름을 확인
했다.

"허……!"

그 순간 하마터면 하륜의 심장의 고동 소리가 멎을 뻔하
였다. 장원의 이름은 하유가 아닌 하륜이 분명했다. '인륜
륜(倫)'자를 잘못 보아 '갈 유(兪)'자로 본 것이다. 하기야
글자 모양이 엇비슷하기도 했다.

'내가 또 잘못 본 것이 아닌가?'

하륜은 자신의 눈을 의심하며 몇 번이고 그 이름을 확인
하고 또 확인했다. 분명 영광스런 합격을 알리는 자신의 이
름이었다.

기적과 같은 일이었다. 당당히 장원을 한 것이다. 절대 잘
못 봤을 리가 없다. 눈앞에 힘차게 써 있는 글자가 움직일
수 없는 그 증거였다. 수백 명의 경쟁자를 물리치고 합격한
것이다.

"아, 하늘의 조상이시여!"

하륜은 한쪽 주먹을 불끈 쥐고 하늘을 우러러보았다. 찬란한 금빛 햇살이 그의 얼굴에 쏟아지고 있었다. 그토록 밝게, 그토록 희망적으로 빛나는 해는 일찍이 본 적이 없었다.

"으음……."

문득 떠오르는 얼굴이 있어 무거운 신음을 뱉어 냈다. 성씨 부인의 얼굴이었다.

'그냥 두지 않으리라!'

하륜은 두 주먹을 불끈 쥐었다. 그녀에게 엄청난 수모를 당하고, 그 복수를 위하여 얼마나 와신상담했던가! 실로 섶에 누워서 쓸개를 핥았다는 오왕 부차(夫差)와 같은 심정으로 이런 날이 오기를 고대했던 하륜이었다.

"장원은 앞으로 나오시오!"

시관의 말에 따라 하륜은 앞으로 나와 어전에 부복했다.

"경이 하륜인가?"

"예이."

옥음에 답하는 하륜의 음성은 가늘게 떨리고 있었다.

"장원은 단상에 오르라."

"예이."

하륜은 분부를 받잡고 단상에 올라가 부복했다.

곧 풍악이 울리며 상감께서 손수 어수로 금배 석 잔을 내리셨다. 하륜은 떨리는 손으로 금배를 받았다.

"성은이 백골난망이로소이다."

이어서 첩지(牒紙)가 내려지고 관복이 하사되었다. 거기에 적힌 관직은 창령부사였다.

'아아……!'

하륜의 몸 속에 말로 형용할 수 없는 어떤 기류가 흐르고 있었다. 첫 부임지가 고향이라는 사실, 이루 말할 수 없이 기뻤다.

축연이 끝난 후 곧 부임지를 향해 길을 떠났다. 나귀에 오른 그를 나졸들이 앞뒤로 호위했다. 그리고 구종별배가 풍악을 울리며 따르니, 그 행렬이 참으로 화려웅장했다.

금의환향(錦衣還鄕)하는 길에서 하륜은 몇 번이고 생각에 생각을 거듭했다. 그러는 동안 그의 생각은 백팔십도로 바뀌어 있었다.

'만일 성씨 부인이 그 당시 나의 요청을 들어주었다면 나는 지금 어떻게 되었을까? 아마 지금쯤은 주색에 빠져 보잘것없는 패륜 선비가 되었을 것이다. 재산은 모두 탕진되고, 가문은 말할 수 없을 정도로 몰락하여 주위로부터 조롱과 멸시를 피할 수가 없었을 것이다.'

이렇게 생각을 하고 보니, 성씨 부인은 원수가 아니라 둘도 없는 은인이요, 스승이었던 것이다.

'복수가 아니라 큰 은혜를 갚을 사람이로다!'

하륜은 고향집에 도착한 즉시 사람을 보내 성씨 부인을 모셔오도록 하였다.

"경하드립니다. 아드님께서 정말 장한 일을 하셨습니다."

"급제도 대단한 일이거늘 장원이라니요!"

"하하, 이 댁 가문의 경사일 뿐만 아니라 우리 고을의 영광입니다."

수많은 하례객들이 모여 하륜의 장원을 축하하며 저마다 한마디씩 했다. 하륜의 부모와 가족들은 흐뭇한 표정을 감추질 못했다.

마침내 성씨 부인을 모시러 간 사인교가 하륜의 집 대문 앞에 멈춰 섰다. 성씨 부인이 내당으로 안내되어 들어가니, 하륜의 어머니와 누이가 친절하게 맞이했다.

성씨 부인이 왔다는 전갈을 받은 하륜은 즉시 내당으로 들어왔다. 다소곳이 앉아 있는 부인을 보니 여전히 기품있고 우아한 모습이었다.

'아아……!'

하륜은 속으로 감탄을 했다. 다시 지난날에 품었던 사모의 정이 물밀듯이 밀려들어 가슴이 떨렸다.

그런데 성씨 부인의 안색에는 짙은 그림자가 드리워져 있었다. 사실 성씨 부인은 하륜이 부른다는 말을 듣고 적잖이 당황하고 있었다. 지난날 자신이 너무 심하게 했던 일이 마음에 걸렸던 것이다.

"부인! 어려워하지 마시고 편히 앉으십시오."

하륜은 부드러운 목소리로 계속 말을 이었다.

"스승님, 못난 제자의 절을 받으십시오."

하륜은 넙죽 엎드리며 큰절을 했다.

"어머!"

너무 뜻밖의 일이라서 성씨 부인은 어안이 벙벙했다.

"그때 이 사람에게 벌을 주시지 않았다면 오늘과 같은 영광을 맛보지 못했을 것입니다."

"아……!"

성씨 부인은 그제서야 사태를 파악하고 감탄을 금하지 못했다. 대장부의 너그러움과 깊은 생각에 절로 고개가 수그러졌던 것이다.

"원, 별 말씀을 다하십니다. 오히려 요망스럽다고 분함을 참지 못하셨을 것입니다.”

“아닙니다. 그때는 참으로 경솔했음을 정중히 사과드리는
바입니다. 그리고…….”

하륜은 말꼬리를 길게 흐리다가 정색을 하고 입을 열
었다.

“부인께 한 가지 청이 있습니다.”

“말씀하십시오.”

“이 사람의 아내가 되어 주십시오.”

“예?”

너무 뜻밖의 말에 성씨 부인의 눈이 왕방울 만큼 커졌다.
놀란 것은 성씨 부인뿐만이 아니었다. 하륜의 어머니와 누
이도 입을 반쯤 벌리고 서로의 얼굴을 바라보았다.

“이 사람의 청혼을 거절하시지는 마십시오.”

너무도 단호하고 진지한 말이었다. 성씨 부인은 얼른 대
답할 말을 찾지 못하고 얼굴을 붉혔다.

그러나 이내 생각을 정리했다. 수절 과부가 양반집 자제,
그것도 당당히 과거에 장원하여 벼슬길에 오른 총각의 배필
이 될 수는 없다고 생각했다.

“나으리의 고마우신 말씀은 백골난망이옵니다. 그러나 소
첩은 미천한 몸, 어찌 감히 나으리의 배필이 될 수 있겠습니
까?”

정중한 거절에 하륜은 화들짝 놀랐다.

“아, 아닙니다. 부인의 그 말씀은 천부당만부당합니다.
부인의 은덕으로 인해 오늘의 영광을 보았으니, 그런 말로
거절하지 마십시오.”

이 말에 성씨 부인은 고개를 가로저었다.

"아무래도 저는 너무 부족하여 청을 받아들일 자격이 없사옵니다. 그렇지만, 나으리께서 원하신다면 좋은 신부감을 한 사람 소개할 수는 있사옵니다."

"음!"

하륜은 성씨 부인의 뜻이 철석같음을 알았다. 설득을 한다고 해서 마음이 돌아서지 않으리라는 것을 알고 입을 열었다.

"부인의 뜻이 그러시다면 더 이상 강요는 하지 않겠습니다. 대신 고맙게 부인의 중매를 받아들이겠습니다."

"고맙습니다."

성씨 부인이 중매한 규수는 그녀의 동생이었다. 인물도 언니와 쌍둥이처럼 닮았고, 행동거지가 어느 한구석 나무랄 데가 없었다.

하륜과 그의 부모들도 대만족이었다. 성씨 부인의 동생과 백년가약을 맺은 하륜은 나중에 벼슬이 정승의 자리에 이르렀다.

하정승은 상감께 주청(奏請)하여 성씨 부인에게 열녀문을 내리게 하고, 그 훌륭한 절조(節操)를 만천하에 알려 부녀자의 귀감으로 삼았다.

해전은 말한다.

정숙하고 지혜로운 여인보다 더 강한 존재는 없다. 그런 여인은 인간을 바꾸고, 세상마저 변하게 만든다.

호랑이의 기상을 가진 남자

그날은 날씨마저 을씨년스럽기 그지없었다. 살을 에이는 듯한 정월의 칼바람이 무섭게 임금의 용포자락을 파고들었다.

"아아, 하늘이시여!"

삼전도(三田渡)에서 청태조 앞에 무릎을 꿇고 잔을 받들어 항복을 드려야 했던 국왕 인조(仁祖)는 자신의 무능을 한탄하며 하늘을 부르짖었다.

사랑하는 두 아들, 소현세자와 봉림대군이 오달제(吳達濟), 홍익한(洪翼漢), 윤집(尹集) 등의 충신과 함께 볼모로 잡혀 청나라로 끌려가는 날이었다.

인조는 친히 모화관에 나아가 그들을 전별했다. 볼모로 잡혀가는 사람들은 장차 그 운명이 어찌될지 아무도 몰랐다. 그래서 가는 이나 보내는 이는 모두 참을 수 없는 비애와 굴욕의 슬픔으로 통곡했다.

이때 두 대군의 곁을 그림자처럼 따르는 군관 김여준(金汝峻)은 빠드득 이를 갈며 끓어오르는 울분을 참고 있었다. 그는 20세에 무과(武科)에 급제하여 힘과 용맹으로 명성을 떨친 무인이었다.

소현세자와 봉림대군은 볼모로 끌려가면서도, 김여준 같은 장사가 곁에 있음을 늘 든든하게 생각하였다. 그가 눈을 무섭게 부라리면 오만한 청나라 군사들도 눈치를 살피며 슬금슬금 꽁무니를 뺄 정도였다.

"호랑이가 따로 없군 그래? 김장사 같은 사람이 많아야 우리 조선이 오늘과 같은 치욕을 당하지 않을 텐데⋯⋯."

봉림대군은 입버릇처럼 이렇게 말했다.

대군 일행은 청나라 병사들의 감시 속에 여러 날만에 심양에 도착했다. 김여준은 불행한 두 왕족을 모시는 일에 혼신의 힘을 쏟았다. 그리고 왕족을 얕보는 무리가 있으면 단단히 혼을 내어 다시는 무례한 행동을 못하도록 만들었다.

한번은 청나라 장수가 술에 취하여 소현세자를 마구 조롱했다.

그것을 본 김여준은 화를 참지 못하고 당장 그의 멱살을 움켜쥐었다. 힘이 장사인 김여준의 손아귀에 잡힌 청나라 장수는 벗어나려고 몸부림을 치며 악을 썼다.

"이놈이 감히 누굴⋯⋯. 요, 용서하지 않겠다. 썩 이 손을 놓지 못할까?"

김여준은 눈썹 하나 까딱하지 않고 악을 쓰는 그 입을 사정없이 꼬집어 버렸다.

"입을 찢어놓기 전에 시끄럿!"

"아얏!"

청나라 장수의 입은 금시 왕벌에 쏘인 것처럼 부풀어 올랐다. 그러자 그는 겁에 질려 찍소리도 내지 못했다.

"허, 허억……! 켁켁……!"

청나라 장수의 입에서는 고통스런 신음이 흘러나왔고, 시간이 흐를수록 하얗게 얼굴이 죽어갔다.

"김장사, 그만 해!"

"그래 이 사람아! 그러다 큰일을 내겠어."

소현세자와 봉림대군이 말렸지만, 김여준은 멱살을 잡은 손을 놓아주지 않았다.

"감히 세자전하를 조롱한 이런 싸가지없는 놈을 어떻게 용서할 수 있단 말입니까?"

김여준은 눈에 불이 켜지도록 청나라 장수의 뺨을 때렸다.

"사, 살려 주……! 헉, 제발……."

청나라 장수는 손이 닳도록 싹싹 비비며 제발 살려달라고 애원했다. 그제서야 김여준은 비로소 그를 저만큼 팽개쳤다.

그러나 그것으로 끝난 것은 아니었다. 주변에 있던 커다란 바윗덩이를 번쩍 들어 그를 내리치려고 했다.

"으으……. 나, 날 어쩌려고……."

청나라 장수는 파랗게 질려 부들부들 떨었다. 엄청난 두려움 때문에 소누깔처럼 커진 두 눈은 금방 튀어나올 것만 같았다.

소현세자와 봉림대군이 말릴 틈도 없었다.

"쥐새끼 같은 놈! 너같이 오만방자한 놈은 살려둘 필요가 없어!"

김여준은 무섭게 으르릉거리며 그대로 바윗덩이를 던
졌다. 두 대군은 너무도 끔찍한 일에 고개를 돌리고 눈을 찔
끔 감았다.

"으악!"

단발마 비명이 천지를 울렸다.

"툇툇!"

김여준은 침을 뱉으며 두 손을 털었다.

"세자전하, 어서 가시지요."

김여준의 이 말에 소현세자와 봉림대군은 감았던 눈을 뜨
고 급히 청나라 장수를 내려다보았다.

"아니!"

봉림대군이 감탄사를 토해내며 김여준을 보았다.

"겁을 좀 준 것 뿐입니다."

김여준은 이렇게 말하며 빙그레 웃었다.

바윗덩이는 청나라 장수 곁에 떨어져 있었다. 그런데 그
는 제풀에 놀라 오줌까지 질편하게 싸고 기절해 있었던 것
이다.

이런 일이 있고부터 청나라에서도 김여준을 무용이 뛰어
난 김장사라고 일컬었다.

청나라 진중에 우거(禹巨)라는 장수가 있었다. 그는 얼굴
이 매우 사납게 생기고, 몸집이 굉장히 컸다. 게다가 힘 또
한 굉장하여 견줄 자가 없었다.

그런데 하루는 우거가 김여준에게 힘겨룸을 하자고 덤
볐다. 김여준은 청나라 지휘관에게 나아가 당당하게 물
었다.

"귀관의 진중에 있는 우거라는 자가 자꾸 나와 힘겨룸을

하자고 하오. 만약 겨룸을 하다가 둘 중의 하나가 죽기라도
하면 어떻게 하겠소?"

청나라 지휘관은 망설이지도 않고 말했다.

"정정당당한 대결이라면 탓하지 않겠다. 비록 죽은들 누
구를 탓하겠나?"

이리하여 드디어 승부를 겨루게 되었다.

'저놈이 어떤 재주를 가지고 있나?'

김여준은 상대편의 재주를 탐색하기 위하여 먼저 공격하
지 않았다. 발에 힘을 넣어 중심을 잡고 이리 오라고 손짓을
했다.

"어서 덤벼라!"

김여준은 이렇게 소리치며 여유롭게 미소까지 지었다.

"건방진 녀석!"

우거는 큰 주먹을 불끈 쥐고 코를 식식거리며 달려들
었다. 큰 덩치에 비해서는 아주 날쌘 편이었다.

"어딜!"

김여준은 재빨리 몸을 피하면서 수도로 그의 목덜미를 가
격했다. 그러나 우거도 민첩했기 때문에 살짝 빗나갔다.

"끄응!"

우거는 신음을 토해내며 묘한 자세를 취했다. 권법(拳法)
을 배운 것이 틀림없었다.

'그렇다면 나도!'

김여준은 태껸의 동작을 취했다.

"에잇!"

우거가 벼락치듯 뛰어들면서 내려찍기로 공격했다.

"아얏차!"

김여준은 재빨리 제자리에서 몸을 돌려 뛰어오르면서 뒤돌아차기로 대응했다.

두 사람은 일진일퇴를 계속했다. 참으로 드물게 만날 수 있는 호적수였다.

'비록 적이지만 실력이 아깝다.'

김여준은 이런 생각을 하면서 우거를 쏘아보았다. 녀석도 많이 지쳐 거친 숨결을 토해내고 있었다. 그런데 씩씩 불어대고 있는 우거의 코를 보니, 그 콧구멍의 크기가 거의 주먹 하나가 드나들만 하였다.

'콧구멍 한번 엄청나군!'

이 순간 문득 김여준의 뇌리를 스치는 생각이 있었다.

"콧구멍!"

김여준은 이렇게 소리치며 비호처럼 몸을 날려 힘차게 주먹을 뻗었다. 우거가 흠칫하며 옆으로 몸을 피했다. 그 찰나에 김여준은 그의 드럼통 같은 허리를 안고 다리를 감아서 땅에 쓰러뜨렸다.

"쿵!"

우거는 뒤로 나자빠지며 심한 충격으로 버둥거렸다.

'네 놈을 살려 두었다가는…….'

김여준은 독하게 마음먹고 우거의 콧구멍을 주먹으로 냅다 찔렀다.

"으악!"

우거는 엄청난 피를 쏟아내고 죽어 버렸다.

결과가 이렇게 되자 청나라 지휘관의 안색이 크게 변했다. 그러나 자기가 한 말이 있기 때문에 어찌하지 못했다.

그로부터 세월이 한참 흘렀다. 산과 들에는 낙엽이 온통 물들어 만산홍엽을 이룬 가을날이었다.

청나라 지휘관은 멧돼지 사냥을 하여 연회를 베풀었다. 이 자리에 김여준도 초청을 받았다.

"김장사도 한잔 들게나."

김여준은 대답대신 고개를 가로저었다.

"아니, 술을 못하나?"

"……."

김여준은 대답하지 않고 멧돼지 뒷다리를 하나 쭉 찢어서 와작와작 씹었다.

"장사가 술을 못해서 쓰나! 그러나 말고 한잔 하게."

청나라 지휘관은 굳이 술을 권했다. 몇 번이나 거절한 김여준은 마지 못하는 척하며 이렇게 말했다.

"나는 술을 먹으면 주정이 매우 심하오. 그러니 주정을 해도 탓하지 않는다면 먹겠소."

청나라 지휘관은 호탕하게 웃었다.

"하하하……. 술에 취해 주정하는 것쯤이야 누가 탓하겠나. 맘껏 마시게."

"고맙소."

사실 김여준은 '술고래'란 별명이 붙을 정도로 술을 좋아했다. 말술을 사양하지 않는 두주불사인데, 생각하는 바가 있어 억지로 뜸을 들였던 것이었다.

"아, 술맛 좋다!"

김여준은 작은 술잔으로는 양이 차지 않아 커다란 바가지로 술을 퍼서 벌컥벌컥 마셨다.

"허, 그 사람! 장비처럼 술을 마시는군 그랴!"

"그래, 엄청난 주량이야."

좌중의 사람들은 넋을 놓고 저마다 한마디씩 했다.

김여준은 술과 음식에 걸귀 들린 사람처럼 정신없이 마시고 뜯었다. 그것을 보고 한 사람이 옆사람에게 속삭였다.

"돼지 같은 놈! 무지하게 처먹는군."

"흐흐흐……. 사람은 생긴대로 논다는 말이 있잖아."

속삭인다고 했던 말이 너무 소리가 컸다. 그것이 그들에게는 불행의 전주곡이었다. 처음부터 김여준은 꼬투리를 잡으려고 귀와 신경을 곤두 세우고 있었던 것이다.

"뭐라고? 돼지 같은 놈이라고?"

김여준은 벼락치듯 소리를 지르며 술동이를 집어던졌다.

"와장창!"

술상이 엎어졌다. 술자리는 금시 난장판으로 변했다.

"이 오랑캐놈들! 사람을 앞에 놓고 흉을 봐, 앙!"

김여준은 마구 주먹을 휘둘렀다. 대취하여 걸음도 제대로 못 걷는 사람처럼 보였지만, 휘둘러대는 주먹이 헛손질하는 경우는 한 번도 없었다.

"아이쿠야!"

"욱!"

비명이 계속 터졌다. 이렇게 그 자리에 있는 사람들은 속절없이 얻어맞았다. 피하려고도 했지만 김여준이 출입문쪽을 지키고 있어 피할 수도 없었다.

"이 오랑캐놈들아! 동방예의지국인 우리 조선을 어찌하여 업신여기느냐? 네놈들의 살을 씹어도 우리의 한이 풀리지 않으리라!"

김여준은 술주정을 하는 척하면서 가슴에 쌓인 말을 맘껏 토해냈다. 청나라 지휘관은 몹시 못마땅했지만, 자신의 입으로 술주정을 탓하지 않는다고 했으니 무어라 할 수도 없었다.

김여준은 이런 짓을 해서나마 자기의 마음속에 있는 울분을 풀어본 것이다.

김여준은 그 후 9년 만인 인조 23년(1645)에 고국으로 돌아왔는데, 그 길로 관직을 내놓고 전라도 영암으로 낙향해서 여생을 마쳤다.

그 몇 해 후에 봉림대군이 왕위에 올랐다. 이분이 바로 조선조 제17대 임금 효종(孝宗)이시다.

오랜 볼모 생활에 한이 맺힌 효종은 일찍이 북벌계획(北伐計劃)을 세우고 인재를 모으려고 했다. 그래서 김여준에게 사자(使者)를 보내어 불렀으나, 그는 이미 세상을 떠난 후였다.

효종은 그가 죽은 것을 매우 애석하게 여기고 작위를 주어 영혼을 위로했다.

박치복(朴致馥)의 《대동속악부大東續樂府》에 김여준의 충성심과 기개를 그린 노래가 실려 있다.

옥하관의 달은 서리마냥 차고
청성령 밖에는 잇닿은 기러기 소리
이국 만릿길 봇짐 진 나그네
임금 위한 마음이야 끝이 없어도
그대 몸은 돌아보지 아니하였네
호랑이같이 센 힘은 해라도 꿰뚫을 듯
그대 믿는 님의 마음 산을 믿듯 하였네.

玉河關頭月如霜　靑城嶺外雁聲長
零丁萬里負羈絏　孤臣有君無其身
有力如虎誠貫日　君必倚企汝如倚山

해전은 말한다.

모름지기 장부는 강해야 아름답고 멋지다. 불의에 항거하여 분연히 일어서는 김여준의 기상. 그런 것이 장부의 일생이 아니겠는가!

협객 장오복(張五福)

조선 영조(英祖) 때, 종로 뒷골목에 장오복(張五福)이란 사람이 살았다. 그는 성품이 호방하고, 힘이 장사이며, 정의감이 투철하여 협객으로 이름이 높았다.

그는 출신이 미약하였으나, 일찍이 담력과 용맹을 인정받아 민완 기찰(譏察) 군관으로 활약했다. 그러나 하급 벼슬살이가 적성에 맞지 않아 헌신짝처럼 팽개친 후 아주 내놓고 건달로 지냈다.

그러나 그는 군색한 건달은 아니었다. 그렇다고 그의 집이 놀고 먹을만큼 풍족한 것도 아니었다. 돈은 없어도 술과 고기를 마음껏 먹을 수 있고, 용돈까지 얻어 쓰는 것은 그의 불 같은 협객 기질 때문이었다.

주막이나 기생집 등에 드나드는 무리들 중에는 으레 질이 좋지 못한 주정뱅이가 있기 마련이다. 주인들은 그들 때문에 골머리를 썩을 수밖에 없는데, 장오복이 그런 무리들을 말끔하게 처치해 주기 때문에 어디서나 환영을 받았던 것이다.

장오복은 거리를 다니다가 사람들이 다투는 것을 보면 그냥 지나치질 못했다. 조금도 바쁠 것이 없는 탓이기도 했지만, 성격적으로 남의 싸움에 참견하기를 잘했다.

그는 어떤 경우에도 불의를 보고는 참지 못했다. 싸움을 하는 것을 한참 동안 유심히 구경하면서 나름대로 잘잘못을 따졌다. 만일 강한 자가 힘으로 약한 자를 괴롭히거나 경우에 맞지 않은 일로 우기는 자가 있으면, 반드시 그것을 지적하고 사과하게 했다.

"당신이 뭔데 참견이야?"

누군가 이렇게 따지면, 장오복은 기다리고 있었다는 듯이 그와 맞섰다. 그리고 백 전을 싸우면 백 전을 이겼다. 멋모르고 대항했다가는 늘큰하게 얻어맞고, 끝내는 사과를 해야 했다.

"내가 지켜봤는데, 당신이 나빴어."

장오복이 이렇게 판결을 내리면 아무리 억울하더라도,

"아, 그렇습니까? 그러면 사과를 해야지요."

하고 곰살궂게 행동해야 신상에 해롭지 않았다.

어쨌든 어리숙한 건달들은 장오복을 두려워했다. 반면에 선량하고 힘없는 사람들은 그를 '정의의 사도'쯤으로 생각했다.

장안에 장오복의 명성이 널리 퍼지자, 그를 팔아먹는 사람들도 많이 생기게 되었다. 기생들은 한결같이 장오복의 이름을 입에 달고 살았다.

"우리 오라버니가 바로 장오복이야."

"내가 누군줄 알고 함부로 까불어. 난 장오복하고 그렇고 그런 사이란 말이야."

장오복의 얼굴 한 번 구경하지 못한 작부들조차 스스로 첩이 되고 누이동생이 되었다. 또 싸움이 벌어졌을 때 곁의 사람들이 도저히 말릴 수가 없으면, '저기 장오복이가 온다!'고 위협해서 싸움을 그치게 하곤 했다.

어느 하루, 장오복이 거나하게 취해서 광통교(廣通橋)를 지나가고 있었다. 이때 저쪽에서 가마 한 채가 다리를 건너 오고 있었다.

"썩 물러서렷다!"

가마를 인도하는 하인이 눈을 부라리며 소리쳤다.

"흥!"

장오복은 콧방귀를 뀌면서도 다리 난간 쪽으로 피해 주었다.

"이놈이 어느 행차라고 감히 콧방귀를……. 에라이 못된 놈, 맛 좀 봐라!"

하인은 기세좋게 장오복의 얼굴을 향해 주먹을 날렸다.

"어이쿠야!"

비명을 지르며 뒤로 나자빠진 것은 장오복이 아니라 주먹을 날리던 하인이었다.

"하룻강아지 범 무서운 줄 모르고……."

장오복은 크게 노하여 외쳤다.

"네놈처럼 미천한 놈이 지나가는 행인을 괴롭히는 까닭이 무엇이냐? 이는 필시 가마 안에 있는 사람을 믿고서 하는 짓이 분명하다!"

이렇게 소리치며 가마를 다리 밑으로 밀어 버렸다.

"으헉!"

"가마 안에 계신 분이 누군줄 알고……."

"당신은 이제……."

"죽은 목숨이나 다름없어."

하인들은 이렇게 소리치며 부랴부랴 다리 밑으로 내려가 가마를 끌어올렸다.

가마 안에 타고 있던 사람은 총융사(總戎使) 장지항(張志恒)의 애첩이었다.

이것을 전해 들은 장지항은 노발대발했다.

"당장 그놈을 잡아오너라!"

수십 명의 포졸들이 우르르 몰려가 장오복을 체포했다.

"내가 마음만 먹는다면 네깟놈들이 백 명이 몰려온들 잡히겠느냐? 그러나 나라의 군사이니 대항하지 않겠다."

순순히 오랏줄에 묶여 총융청으로 끌려갔다.

"네 죄를 네가 알렷다!"

장지항의 호통에 장오복은 눈썹 하나 까딱하지 않았다.

"무엇이 죄이옵니까?"

"뭐라고? 저런 고얀 놈이 있나! 네놈이 광통교에서 횡포를 부리지 않았단 말이냐?"

총융청을 들썩거리게 하는 벽력 같은 호통에도 장오복은 태연자약했다. 오히려 껄껄 웃기까지 했다.

"하하……. 주인의 힘을 믿고 하인들이 하도 오만방자하게 굴기에 그랬소이다."

"그러고도 살기를 바라느냐?"

"하하……. 그것이 죽을 죄가 된다면 목숨을 구걸할 생각은 없소이다."

"네 이놈! 곧 죽을 놈이 왜 그리 웃느냐?"

이 말에 장오복은 쩌렁쩌렁 울리는 소리로 대답했다.

"장군이 위에 있으니 도둑들이 자취를 감추었고, 또 소인이 아래에 있어 장안에 시끄러운 싸움이 그쳤습니다. 이런 것을 놓고 볼 때 일세의 장부는 장군과 소인뿐인데, 한 천한 계집 때문에 장부를 죽이려고 하는 장군이 달리 보여 웃는 것이외다. 하하하……."

장지항도 담력이 크고 호방한 사람이었다. 권세와 죽음 앞에서도 굴하지 않는 장오복의 기개가 마음에 쏙 들었다.

"으하하하……."

한바탕 너털웃음을 터뜨린 후에 이렇게 말했다.

"배짱 한번 두둑한 놈이로구나! 장부가 장부를 알아주지 않는다면 졸장부란 소리를 면하지 못하리라."

장지항은 지체하지 않고 장오복을 풀어주고, 후하게 주연까지 베풀어 대접했다.

그 후 장지항이 삼도수군통제사(三道水軍統制使)가 되었을 때, 장오복은 한동안 군관을 지내기도 했다.

"벼슬자리가 뭐가 그리 대단하랴!"

장지항이 어영대장(御營大將)이 되어 어영청에 한자리를 마련해 주려고 했으나, 장오복은 깨끗이 거절하고 다시 야인으로 돌아왔다.

장오복의 이웃에 달석이라는 이름의 갖바치가 있었다. 하루는 그가 신을 한 켤레 지어가지고 장오복을 찾아왔다.

"헤헤……, 마침 계셨군요."

"자네가 웬일인가?"

"신을 하나 지어가지고 왔습니다요."

갖바치는 살살거리며 갖신을 내놓았다. 그것은 대갓집에서나 신음직한 훌륭한 것이었다.

"왜 갑자기 이런 것을……."

장오복은 갖바치의 얼굴을 보았다.

"저……."

갖바치는 말꼬리를 길게 빼다가 뒤통수를 긁으면서 말을 이었다.

"다방골 청풍월의 기생 하나가 매우 소인의 마음에 들었는데……, 도저히 뜻을 이룰 수가 없어 미칠 지경입니다요. 그러니 소인을 살려주시는 셈치고 좋은 꾀를 일러 주십시오."

"흠!"

장오복은 헛기침을 하면서 속으로 웃었다. 양반이나 천민이나 할 것 없이 계집으로 인하여 사내들의 쓸개가 빠진다는 사실을 생각하니 우스웠던 것이다.

"허허, 내가 그 기생에게 가서 무턱대고 너를 좋아하라고 할 수도 없는 일이고……. 나로서도 난처한 일인 것 같구나."

"아, 아닙니다. !"

갖바치는 장오복의 바짓자락을 붙잡고 늘어졌다.

"춘단이란 그 기생이 어르신을 잘 안다는 소문을 소인이 많이 들었습죠. 그러니 제발……."

"그 기생이 나를 안다고? 별소리를 다 듣는구나!"

이때 문득 장오복의 뇌리를 스치는 생각이 있었다.

"그렇지!"

장오복은 스스로의 생각이 대견하여 무릎을 쳤다.

"좋은 꾀가 생각나셨습니까?"

"그렇다. 너는 대담하게 행동을 하거라."

"예? 그게 무슨 말씀이십니까?"

"그러니까 그 기생집에 가서 아주 사내답게 행동을 하라
는 말이다. 그렇지 않으면 다른 방법이 없다."

이렇게 말한 후에 한 꾀를 일러 주었다.

다음날, 장오복은 해질 무렵에 갖바치가 말한 다방골 그
기생의 집으로 갔다. 뭇 한량과 건달들이 가득히 모여 있
었다.

"어머, 어머나! 장장사 어르신께서 이렇게 저희 집을 다
찾아주시고……."

장오복을 알아본 주인 여자가 버선발로 뛰어나오면서 호
들갑을 떨었다. 그러자 너댓 명의 기생들이 우르르 그의 주
변으로 몰려들었다.

"춘단이가 누구냐?"

한 기생이 화들짝 놀란 얼굴로 앞으로 나왔다. 얼굴이 반
반하고 몸매가 버들 같은 계집이었다.

"어머나, 제가 춘단인데……."

"네가 나를 아느냐?"

"호호……, 명성을 많이 들었사옵니다."

"허, 그래? 내가 원하면 숙청들기도 마다하지 않겠다는
표정이구나? 그렇느냐?"

"영광이옵니다."

"으하하하……."

장오복은 호탕하게 웃으며 뭇 건달들 사이에 끼여들었다.

"오늘은 우리 함께 마십시다."

"그, 그러십시오."

건달들은 장오복의 눈치를 슬금슬금 살필 뿐 자리를 뜰 엄두조차 내지 못했다.

술자리가 한창 무르익어 가고 있을 때였다. 갑자기 갖바치가 성큼성큼 안으로 들어오면서 거칠게 팔소매를 걷어붙였다.

"장오복이가 여기에 있으렷다!"

그 소리가 어찌나 큰지 기생집을 날려 버릴 것만 같았다.

"으헉! 저 놈이 어떻게……."

호기롭게 술을 마시고 있던 장오복은 깜짝 놀란 얼굴을 하고 다급히 뒷문으로 도망을 쳤다.

"장오복 이놈! 썩 앞으로 나와라!"

갖바치는 눈을 무섭게 부라리며 실내를 둘러보았다. 모든 사람의 시선이 그에게 집중되었다.

"저……, 뉘신지요?"

건달 중의 한 사람이 조심스럽게 물었다.

"그건 알아서 무엇하겠다고 물어?"

퉁명스럽기 그지없는 대답이었다.

"나으리, 장오복을 만나면 어떻게 하시려고 그러시옵니까?"

주인 여자가 살랑살랑 웃으며 곰살궂게 물었다.

"단단히 혼꾸멍을 내놓으려고 그런다!"

"어머나, 참말로……?"

"그렇다. 그놈이 온 서울 싸움은 다 가로막고 행패가 심하다고 하니, 내가 그놈의 버릇을 고쳐 주려고 이렇게 왔다. 어딜 갔느냐?"

"도, 도망을……."

기생의 말에 갓바치는 분을 참지 못하겠다는 듯이 불끈 쥔 주먹을 부르르 떨었다. 그러다가 기둥을 친다고 주먹을 힘껏 뻗었는데, 그것이 빗나가 옆의 사람의 얼굴을 쳤다.

"어이쿠!"

건장한 체구에 얼굴이 험상궂게 생긴 건달은 두 손으로 얼굴을 감싸며 주저앉았다.

'아뿔싸!'

갓바치는 겁이 더럭 났다. 눈 앞이 노래지며 몸이 떨리기 시작했다. 용맹을 보인다고 과격한 동작을 취한 것이 잠자는 호랑이를 건드린 꼴이었다. 그 건달은 코피까지 쏟고 있었다.

'주제넘게 만용을 부리다가 이젠 죽었구나!'

갓바치는 너무 겁에 질려 눈을 질끔 감았다. 이제나저제나 그 건달이 노하여 자기를 때리기를 기다렸다. 그런데 한참 시간이 흘렀는데도 아무 일도 생기지 않았다.

'음, 이상하다!'

갓바치는 슬그머니 눈을 뜨고 그 건달을 보았다. 눈이 마주치자 건달은 잔뜩 겁먹은 표정을 지었다.

'그렇지, 장오복……!'

갓바치는 일순간에 사태를 파악하고 용기를 회복했다.

"미안하오! 내가 잔뜩 벼르고 왔는데, 장오복이 놈을 놓쳐서 너무 흥분했나 보오. 용서하시오."

"예, 예."

건달은 몇 번이나 고개를 조아렸다.

"어흠!"

갖바치는 그제서야 비로소 사무치게 그리워하던 춘단을 보았다. 자기를 보고 있는 눈에 존경과 감탄의 빛이 가득 어려 있었다.

'역시 남자는 남자다운 것이…….'

이렇게 생각한 갖바치는 애써 목소리를 깔았다.

"너 참 맘에 든다! 너는 어떠냐?"

이 말에 기생은 몸을 한 번 움찔하더니, 곧 간드러지게 웃으며 말했다.

"호호호……. 진정으로 하신 말씀이오니까?"

"진정이고 말고. 흠……, 오늘은 너와 함께 지내고 싶구나. 허락하겠느냐?"

"처분대로 따르겠습니다."

"하하, 하하, 하하하…….."

갖바치는 너무 기뻐 지붕이 들썩거리도록 웃었다.

소원을 푼 갖바치는 다음날 장오복을 찾아갔다.

"어르신 덕분에 소원풀이 한번 잘했습니다."

"하하하…….."

장오복은 흥겹게 웃으면서,

"그런 일은 단 한 번으로 족하니라. 그러니 이젠 열심히 일이나 하여라. 그리고 어제의 그 일은 아무에게도 말하지 말아라."

할 뿐이었다.

해전은 말한다.

장부의 아량은 두둥실 배를 띄우고도 남을 만큼 넓어야 한다. 힘을 쓸 때와 쓰지 않을 때를 가리는 분별, 부귀영화

로부터 자유자재하는 마음이야말로 호남아의 조건이 아니겠
는가 !

2

미덕 쾌담
美德快談

정만석(鄭晚錫)과 이인(異人)

스산한 바람, 바람, 바람.

그 바람에 낙엽이 우수수 떨어졌다. 낙엽이 떨어지는 산길을 한 사나이가 외롭게 홀로 걸어가고 있었다.

너덜너덜 해진 옷, 형편없이 찌그러진 갓, 다 떨어진 짚신을 신고 있는 그 사나이의 얼굴은 파리했다. 아니 하얗다 못하여 창백하기까지 했다.

차림새는 더할 나위 없이 너절하고 구차했지만, 두 눈의 정기가 형형하여 예사롭지 않은 인물이었다.

사나이의 이름은 정만석(鄭晚錫), 그의 해진 옷 속 허리춤에는 묵직한 무엇이 감추어져 있었다. 그것은 바로 산천초목도 떨게 한다는 마패(馬牌), 암행어사 마패였다.

짧은 가을해는 서쪽으로 기울어가고 있었다. 부지런히 걸음을 옮기고 있는 어사 정만석은 지금 약간 시장기를 느꼈다. 막걸리라도 한잔 쭉 들이키고, 지친 다리를 쉬게 하고 싶은 마음이 굴뚝같았다.

암행어사! 그 직분은 명예로운 것이 분명했지만, 책임감과 사명감이 막중한만큼 정신적 고심과 육체적 고초를 달게 감수해야만 하는 신분이었다.

'고독한 나그네!'

정만석은 스스로 그렇게 생각했다.

전라도로 접어들면서부터 신경을 더욱 날카롭게 하여, 모든 사람들의 일언 일구, 일거 일동을 유심히 살폈다. 그런 것을 통하여 지방관의 토색(討索)은 없는가, 토호(土豪)의 발호(跋扈)는 없는가를 탐지하는 것이었다.

"또 하루 해가 저무는구나!"

정만석은 잠시 걸음을 멈추고 서산마루에 걸려 있는 붉은 해를 바라보았다. 집을 떠난 지도 벌써 달포가 넘었다. 집안 일이 궁금했다. 해산달이 임박한 아내를 두고 집을 나섰는데, 지금쯤은 몸을 풀었을 것이었다.

'아들일까 딸일까?'

떡두꺼비 같은 아들의 모습과 달덩이처럼 고운 딸의 모습이 번갈아 그의 눈앞에 떠올랐다가 사라졌다.

잠시 상념에 잠겨 있던 정만석은 가파른 언덕을 오르기 시작했다. 경험으로, 또 지형으로 미루어 보아 고개를 넘으면 주막이 있을 것 같았다.

"그러면 그렇지!"

짐작대로 언덕을 넘었을 때 주막이 보였다. 그는 시장기를 면하고 다리도 쉴겸해서 주막으로 들어갔다.

주막에는 주객(酒客) 몇 사람이 주거니 받거니 취담(醉談)을 교환하고 있었다.

정만석은 일부러 그들과 가까운 곳에 자리를 잡고 국밥 한 그릇을 시켰다.

"탁배기도 한 사발 주오."

목이 칼칼하여 막걸리도 한 잔 주문하고 주객들의 이야기에 귀를 기울였다.

"김진사 말이야, 좀 이상하지 않아?"

왼쪽 볼에 콩알만한 사마귀가 붙은 사람이 말했다.

"뭐가?"

메기입의 사내가 입맛을 쩝쩝 다시며 사마귀를 보았다.

"도조(賭租) 한 섬 받지 않고도 잘 살잖아. 한양에서 살다가 여기로 내려온 지도 한 다섯 해가 넘었지?"

"아마 그럴 거야. 그나저나 김진사는 양반이 아닌가! 애써 일하지 않고도 잘 먹고 잘 지내는 팔자이니 얼마나 근사한가."

"그렇지, 근사하지! 우리 같은 놈은 매일 뼈빠지게 일하고도 먹느니 못 먹느니 야단인데, 김진사 같은 사람이야 좀 팔자가 좋은가?"

"근데 말씀이야, 김진사는 통 이 지방 양반들하고는 어울리지 않잖아. 그 이유가 뭘까?"

염소수염의 사내가 젓가락으로 사발 속의 막걸리를 휘휘 저으며 툭 말을 뱉었다.

"이 사람들아, 어디 한양 양반과 이런 촌구석 양반의 격이 같은가? 어림도 없는 노릇일세. 양반은 김진사 같은 어른이 진짜 양반이야!"

"하기사 그렇겠지. 그건 그렇고, 김진사 친척들은 모두 부자인가 보지?"

사마귀의 말에 메기입이 대답했다.

"글쎄? 김진사가 한번 나갔다가 돌아오기만 하면, 돈과 피륙을 바리바리 싣고 돌아오는 것을 보면 아마 그런 모양이야."

"그리고 어디 그 돈과 피륙을 아끼기나 하는가? 그저 없는 사람을 돕는데 물쓰듯이 하지 않는가?"

"그러기에 내가 촌구석 양반하고 다르다고 하지 않았는가?"

염소수염이 역성들듯이 말을 이었다.

"김진사는 참으로 의인(義人)일세, 의인이야!"

정만석은 그들의 대화에 몹시 흥미를 느꼈다. 김진사라는 사람이 대체 어떤 인물이기에 놀면서도 풍족하게 살고, 또 사람들로부터 저토록 의인이란 평판을 듣고 있는가? 그것을 직접 확인해 보고 싶었다.

"나는 지나가는 나그네입니다만……."

정만석은 주객들의 이야기에 끼여들었다.

"나 같은 나그네도 그 김진사라는 양반의 집에 가면 잘 얻어먹고 편히 쉬었다 갈 수 있을까요?"

이 말에 메기입이 냉큼 대답했다.

"그렇구 말구요. 떠날 때 여비까지 후하게 줄 겁니다."

"그래요? 그렇다면 정말 의인이시군요?"

"의인이다 마다요……."

주객들은 앞을 다투어 입에 침이 마르도록 김진사를 칭찬했다. 그런 말을 듣고 보니 더욱 김진사란 사람을 만나보고 싶었다.

정만석은 주객들에게 길을 물어 김진사의 집을 찾아갔다.

조그만 실개천을 건너고 야트막한 언덕을 넘어서니 한 마을이 나타났다. 족히 백여 호는 넘는 듯한 큰 마을인데, 그중에서도 제일 큰 집이 김진사의 집이었다.

"듣던 대로 대단한 부자이구나!"

김진사의 집은 오십여 간은 실히 넘는, 정만석으로 하여금 자연스럽게 작은 궁궐이란 생각을 떠오르게 했다. 소슬 대문이 우뚝 섰고, 주위를 두른 성벽과 같은 돌담이 궁성을 방불케하였다.

"이리 오너라, 이리 오너라!"

목청을 길게 뽑아 사람을 불렀다.

이윽고 굳게 닫혀 있던 대문이 열리고 하인의 모습이 드러났다. 늙수그레하고 깡마른 인상의 하인이었다.

"누구를 찾으십니까?"

"지나가는 나그네인데, 이 집 주인을 만나보고 싶소."

"아, 그렇습니까? 그렇다면 안으로 들어오십시오."

하인을 따라 안으로 들어갔다. 사랑 마당에 정원을 꾸며놓고 있었는데, 그 양식과 규모가 실로 거창했다. 온갖 기화요초가 아름다움을 다투어 피어 있고, 그윽한 꽃향기가 집 안을 온통 감싸고 있었다.

'예사 인물이 아닌 것은 분명하구나!'

정만석은 정원을 꾸며 놓은 범절에서 집주인의 성품을 짐작했다.

"나으리, 한 손님께서 뵙기를 청하십니다."

하인이 아뢰자 안에서 낭랑한 음성이 흘러나왔다.

"어서 뫼시어라!"

가구라고는 아무것도 없는 방이었다. 방 문을 뺀 사방에는 책이 산더미처럼 쌓여 있었는데, 모르기는 해도 수천 권은 넘을 것 같았다.

'아, 이 많은 책을……!'

정만석은 방대한 책에 압도되어 존경하는 마음으로 집 주인을 바라보았다. 그는 삼십 전후의 젊은 선비였다.

"어서 오십시오."

김진사는 읽던 책을 덮고 자리에서 일어나 반갑게 손님을 맞이하였다. 서로 수인사를 마친 후, 김진사는 곧 하인에게 명하여 음식상을 내오도록 했다.

이윽고 음식상이 들어왔다. 크고 작은 접시가 수도 없이 많았는데, 그 접시에는 산진해미(山珍海味)가 그득했다. 왕의 수라상에는 못미치더라도 한양 재상가에서나 해먹음직한 풍성한 상차림이었다.

"자, 반주로 한잔 드시지요."

김진사는 청자상감포류수금매죽문주전자에 담긴 술을 옥잔에 넘치도록 그득 따라주었다.

좋은 술의 향기가 코를 찔렀다. 쌉사하면서도 달콤한 술맛이 입 안에 찰싹 들어붙었고, 꿀싹 넘기니 간을 살살 긁어주는 듯하였다.

'술맛도 일품이고 음식 솜씨도 훌륭하다. 그리고 주인은 물론이거니와 하인들까지 예의범절이 바르다.'

정만석은 마음속으로 감탄하며 김진사에게 잔을 권했다.

"주인장께서도 한잔 하시지요."

권커니 잣거니하며 술잔이 몇 순배 돌았다.

"주인장께선 아직 연세가 젊으신 듯한데, 언제 진사를 하시었소?"

"예, 금년에 제 나이가 서른입니다. 그리고 진사시에 합격한 지는 벌써 십 년이 넘었습니다."

"아, 그렇습니까? 그런데 그 정도의 학문이면 대과(大科)에 나아가시지, 어찌하여 이렇게 시골에서 썩고 계십니까? 갈고 닦은 학문이 아깝지 않습니까?"

정만석의 말에 김진사는 씁쓸하게 웃었다.

"너무 과찬의 말씀입니다. 요즘 세상에서 저 같은 사람이 진사만 하여도 과분합니다. 또 대과는 해서 무엇 하겠습니까?"

그의 말은 지극히 겸손하였지만, 그 속에 뼈가 심어져 있었다. 정만석은 그가 어지럽고 혼란한 세상을 조소하며 개탄하고 있다는 것을 강하게 느꼈다.

"주인장의 일가 친척 중에 한양에서 높은 벼슬을 하시는 분이 계실 것 아닙니까? 그들에게 부탁하면……."

슬쩍 가문을 떠보았다.

"일가 친척이 높은 벼슬 자리에 앉아 있는들 무얼하겠습니까. 다 제가 잘 되고 일가 친척도 있지……, 아무 소용이 없습니다."

김진사의 대답은 심드렁했다.

"말을 듣자하니 한양에서 오신 모양인데, 그 좋은 한양을 두고 무슨 이유 때문에 이런 궁벽한 시골에 머물고 계십니까?"

"홍진만장(紅塵萬丈) 속에 파묻혀 있느니보다야 이런 대자연의 전원(田園)이 한결 좋지 않겠습니까? 푸른 산, 맑은 물, 지저귀는 새들의 노랫소리……, 모두 저의 것이지요. 저는 이런 생활이 재상을 지내는 것보다 더 좋습니다."

세속의 영화에 초탈한 듯한 대답이었다.

"손님께서는 왜 바람처럼 떠돌며 지내십니까? 품격이나 기상을 본다면, 백면서생으로 지내실 분은 아닌 것 같습니다만……."

"하하, 주인장의 말마따나 이 풍진 세상에서 과거는 해서 무엇을 하겠소?"

김진사도 정만석의 정체가 궁금한 모양으로 이것 저것 질문을 하였다. 그때마다 적당히 얼버무렸다.

김진사는 학식이 풍부하고 시문에도 조예가 깊었다. 어떤 말에도 대답이 막히지 않았다.

그런데 그의 대답과 말투는 참으로 특이했다. 어찌 들으면 한없이 세상을 조롱하는 것처럼 들렸지만, 한편으로 생각하면 진지하기 그지없는 것 같기도 했다.

두 사람의 대화는 밤이 깊도록 계속되었다. 그러나 정만석은 김진사의 집안 내력이나 과거의 일을 조금도 알아내지 못했다.

'신비에 쌓인 인물이다!'

사람의 마음이란, 풀리지 않은 수수께끼를 더 풀고 싶어하는 법이 아닌가! 그렇다. 정만석도 김진사의 감춰진 면을 보고 싶은 호기심이 강하게 일었다.

'꼭 알아내고 말리라!'

이렇게 생각하고 정만석은 잠자리에 들었다.

이튿날 아침, 두 사람은 겸상을 했다. 지난밤처럼 음식상은 풍성했고, 음식맛도 썩 훌륭했다.

"이왕 저의 집에 오셨으니 며칠이나마 묵었다가 가시는 것이 어떻겠습니까?"

이 말은 정만석이 바라던 말이었다. 불감청(不敢請)이언정 고소원(固所願)이었는데, 김진사가 사람의 마음을 읽기라도 하는 것처럼 그런 말을 하자 그는 선뜻 고마움을 표시했다.

"나와 같은 떠돌이 나그네의 걱정을 그렇게 덜어주시니, 너무 감사하오. 염치불고하고 며칠 더 폐를 끼치겠소."

"폐라니요? 그런 염려는 놓으시고 내집같이 편하게 지내시다가 가십시오."

"고마운 말씀이요."

정만석은 이렇게 말하며 김진사의 얼굴을 유심히 살폈다. 참으로 미장부였다. 특히 그의 눈빛은 몹시 맑고 투명했다. 그러면서도 영채가 돌고 강렬했다.

밥상을 물린 김진사는 하인에게 말 두 필에 안장을 지으라고 분부했다.

"오늘부터 며칠 동안 저와 함께 인근 산천이나 구경하시지요."

"저처럼 초라한 사람과 함께 나들이를 가겠다는 것입니까?"

정만석은 겸양의 말을 하며 그의 반응을 살폈다.

"하하, 의관이 초라하다고 해서 사람까지 초라하겠습니까?"

"……."

정만석은 그의 언행이 마음에 쏙 들었다. 그럴수록 그의 모든 것을 알고 싶어 일거수 일투족을 유심히 주시했다.

"자, 떠나시지요."

"예, 갑시다."

두 사람은 나란히 말을 타고 집을 나섰다. 그 뒤를 세 명의 하인이 술과 음식을 나귀에 지우고 따랐다.

하늘이 높고 청명한 가을날이었다. 산과 들은 온통 단풍
으로 물들어 아름다운 풍광을 자랑하고 있었다. 상큼한 바
람이 길가에 떨어진 나뭇잎을 저만치 쓸고 갔다 다시 쓸고
오며 유희를 즐기고 있었다. 어느 것 하나 보기에 좋지 않은
것이 없었다.

"이런 대자연 속을 이렇게 거닐고 있으니 마치 내가 신선
이 된 느낌이오."

정만석은 솔직한 자기의 마음을 표현했다. 간밤에 김진사
가 했던 말처럼 재상의 생활이 부럽지 않다는 것이 헛말은
아닌 것 같았다.

"하하, 그러기에 장자(莊子)라는 괴짜는 재상 자리를 썩은
쥐보듯한 것이 아닙니까?"

김진사는 호탕하게 웃으며 정만석의 말을 받았다.

이런저런 이야기를 주고받으면서 얼마쯤 가다 보니 경치
가 빼어나게 좋은 곳에 정자가 하나 나왔다. 그곳에서 술과
음식을 먹고 즐기다가 다시 길을 떠났다.

날이 저물면 주막에 들어가 묵고, 아침이 밝으면 길을 떠
나기를 여러 날 동안 계속하였다.

그러던 어느 날이었다. 이 날은 깊은 산 속에 들어가 구경
을 하는데, 해가 살포시 서편으로 기울기 시작했다.

"더 늦기 전에 산을 내려가 하룻밤 유숙할 주막을 찾아야
겠습니다."

김진사의 이 말이 떨어지자, 뒤를 따르던 하인이 입을 열
었다.

"나으리, 가져왔던 노자가 다 떨어졌습니다."

"그래?"

아뢰는 하인이나 대답하는 주인의 표정과 말투가 모두 아무렇지도 않은 듯하였다.

정만석은 그러한 사실을 흥미롭게 생각했다.

'여행 도중에 노수가 떨어졌다. 과연 저자는 어떻게 할 것인가?'

김진사는 태연하게 산을 내려왔다. 정만석이 유심히 살펴보아도 걱정하는 기색이라곤 찾아볼 수가 없었다.

'뭔가 믿는 구석이 있는가 보구나!'

이런 생각이 들자 안도의 마음이 생기기보다는 실망의 감정이 정만석의 가슴속을 파고들었다.

일행은 어느덧 산길을 내려와 들길을 걷고 있었다. 해가 서산으로 넘어가기 직전의 황혼녘이었다. 얼마쯤 걷다 보니 삼거리가 나왔다. 그런데 왼쪽으로 난 길에서 누군가가 헐레벌떡 달려오고 있었다.

달려오는 사람은 얼굴이 반반하게 생긴 젊은 여자였다. 머리에는 보따리를 한 개 이고 있었는데, 얼마나 황망히 달렸는지 숨이 거의 하늘에 닿았다가 땅까지 떨어지는 것만 같았다.

여인의 얼굴은 창백했고, 휘둥그스름한 두 눈은 겁에 잔뜩 질려 있었다. 삼거리 복판에서 잠시 머뭇거리던 여인은 오른쪽 길을 향하여 쏜살같이 달아나려고 하였다.

"멈추시오!"

갑자기 김진사가 소리쳤다. 여인은 우뚝 걸음을 멈추고 뒤를 돌아다보았다.

"그 길로 가면 당신의 목숨을 부지할 수 없소. 반드시 죽을 것이오. 지금 당신은 군서방과 재미를 보다 본서방에게 들켜 쫓기는 길이 아니오?"

이 말에 여인은 갑자기 벼락불을 본 사람처럼 부들부들 떨었다. 그러다가 간신히 입을 열었다.

"제, 제가 죽을 년입니다. 어쩌다가 천벌을 받을 짓을 했는데, 이젠 큰일났습니다. 이 일을……, 으흑……."

여인은 후회의 눈물을 터뜨렸다.

"홈!"

김진사는 헛기침으로 목청을 가다듬고 말했다.

"본서방은 당신의 고모집을 알고 있으니 그리로 가다가는 큰일나오. 그러니 반대쪽의 길로 가시오. 당신의 외삼촌집은 본서방도 모르지 않소?"

"허? ……어떻게 그런 것을……?"

여인은 경황이 없는 와중에서도 너무 신통한 모양이었다. 신통하게 생각한 것은 정만석도 마찬가지였다.

'저 사람이 어떻게 처음 보는 여인이 처한 입장과 친척집까지 알고 있을까?'

정만석은 호기심이 부쩍 동하여 김진사와 여인의 얼굴을 번갈아 바라보았다. 놀라 입을 다물지 못하고 있던 여인이 정신을 수습하고 입을 열었다.

"선비님 말씀이 옳습니다. 그 사람은 저의 고모집은 알고 있어도 외삼촌집은 모르옵니다. 그러니 외삼촌집으로 피하는 것이 옳겠습니다."

말을 마치기가 무섭게 그쪽으로 뛰어갔다. 그런데 무거운 보따리로 말미암아 빨리 뛰지도 못하고 비지땀을 쏟고 있었다.

"여보시오! 보따리 속에 들어 있는 엽전 삼십 냥이 너무 무거운 것 같소. 그러니 내가 가지고 있는 명주하고 바꾸는 것이 좋겠소."

이 말에 여인은 재빨리 보따리를 땅에 내려놓고 말했다.

"바꾸는 게 뭡니까, 제 목숨을 건져 주신 당신께 이 돈을 드리겠습니다."

여인은 보따리를 풀어 돈을 꺼내어 김진사에게 바쳤다.

"아니오. 집을 나온 여인의 몸으로 돈없이 어찌 살겠소? 그러나 아무 말 하지 말고 이 명주를 가져 가시오. 삼십 냥 값은 넉넉히 받을 것이오."

"흑……, 뉘신지 모르오나 정말 고맙습니다."

여인은 감읍하여 몇 번이나 허리를 조아렸다.

"지체하지 말고 어서 가시오."

김진사가 재촉하자 여인은 명주를 이고 황망히 뛰어갔다.

김진사의 하는 행동을 잠자코 바라보고 있던 정만석은 적잖은 감동을 받았다. 마음 씀씀이는 자상하면서도 대범했고, 일처리는 시원스러울만큼 단순 명쾌했던 것이다.

'저자에게 사람과 미래의 일을 밝히 보는 혜안이 있단 말인가? 그러하지 않고서야…….'

정만석은 어떻게 여인의 일을 알았느냐고 물어 보고 싶었지만, 꾹 참고 서쪽 하늘을 붉게 수놓은 황혼을 바라보았다.

산모퉁이를 돌아가자 야트막한 산기슭에 많은 사람들이 웅성거리고 있었다. 장사(葬事)를 치르는 것이었는데, 그 규모가 대단했다. 아마 상당한 가문의 장사임이 분명한 것 같았다.

"잠시 구경을 하고 가시는 것이 어떻겠습니까?"

김진사의 말에 정만석은 고개를 끄덕였다.

"그러지요."

두 사람은 말에서 내려 그곳으로 갔다. 그곳에는 제청(祭廳)을 비롯하여 묘상각(墓上閣), 삼물막(三物幕) 등이 세워져 있었다.

굉장히 큰 장례였다. 벼 천석지기 정도의 거부가 아니면, 아마도 높은 벼슬을 하는 사람의 장례임은 틀림없었다.

"흠!"

김진사는 묘소의 이모저모를 살피더니 크게 헛기침을 한 번 하고 고개를 갸우뚱거렸다.

"이 묏자리는 어떤 지관(地官)이 골랐습니까?"

김진사는 상주에게 조상하고 이렇게 물어 보았다.

"예, 운월(雲月)이라고, 인근에서는 소문난 풍수입니다."

"운월? 운월이라······."

김진사가 혼자말처럼 중얼거리는 것이 심상치 않았다. 정만석이 김진사의 표정을 살피다가 상주의 얼굴을 보니, 그도 심상치 않은 무엇을 느끼고 있는 것 같았다.

"어, 어디가 잘못 됐습니까?"

"그 지관을 한번 만났으면 합니다."

"······."

상주는 잠시 망설이다가 하인에게 지관을 불러오라고 했다.

지관은 키가 훌쩍 크고 깡마른 사람이었다. 나이는 오십 남짓해 보였는데, 여우형 골격의 얼굴이 몹시 신경질적으로 보였다.

지관을 보자 김진사는 대뜸 이렇게 말했다.

"당신이 묏자리를 잡았소?"

"그렇소이다."

"허, 틀렸소. 당신은 유명한 지관은 못 되겠소이다."

이 말에 지관은 얼굴이 벌겋게 달아올라 외쳤다.

"뭐라고? 대체 당신은 누구요?"

김진사는 눈썹 하나 까딱하지 않고 말했다.

"나하고 함께 갑시다."

김진사가 성큼성큼 앞서 나가자 사람들이 뒤를 따랐다.

'허, 저 사람이 남의 묏자리를 놓고 어쩌자고…….'

정만석은 묘하게 돌아가는 사태가 한편으로 걱정스러우면서도 다른 한편으로 흥미진진했다.

김진사는 다 파 놓은 묘 구멍 가까이 가서 우뚝 멈추어 섰다. 그런 다음 무섭게 지관을 쏘아보며 말했다.

"어떻게 이런 자리에 백골을 모실 수 있단 말이오?"

지관은 김진사를 한 대 후려칠 듯한 기세로 격렬히 대꾸했다.

"그 자리가 어때서?"

"흥!"

김진사는 콧방귀를 뀌며 주위를 두리번거렸다. 저만치에 큰 바위가 하나 있었다.

"응차!"

김진사는 기합소리와 함께 그 바위를 불끈 들었다.

"우와!"

"세상에……!"

"저럴 수가……!"

사람들은 눈이 휘둥그레져서 저마다 감탄사를 토해냈다.

178

'어디서 저런 힘이…….'

정만석도 놀랐다. 그 바위는 장정 열 명이 들어도 힘겨울 만큼 거대한 것이었다. 그런데 약골로만 보이는 김진사가 불끈 들었으니 놀라는 것도 무리가 아니었다.

"어영차!"

김진사는 그 바위를 들고와서 파 놓은 묘 구멍에 냅다 던졌다.

"어어?"

"무슨 짓을……?"

상주를 비롯한 모든 사람들은 크게 당황하지 않을 수 없었다. 그런데 눈 깜작할 사이에 묘 구멍에 떨어진 바위는 "퍽!" 하는 소리를 내며 땅 속으로 꺼져 버리는 것이 아닌가!

"헉!"

"바위가 땅 속으로 꺼졌어!"

"어떻게 이런 일이……."

사람들이 놀라고 있을 때 "펑!" 하는 굉음이 산을 울렸다. 그 굉음은 바위가 꺼진 구멍에서 나는 소리였다.

"자, 확인해 보시오!"

김진사의 말에 구멍을 확인한 사람들은 또 한 번 놀랐다. 그 구멍은 엄청나게 깊어서 끝이 보이지 않았다.

'정말 신통하구나!'

정만석은 혀를 내두르며 김진사를 보고 있다가 묏자리를 잡았다는 지관을 보았다. 그는 얼굴이 새파랗게 질려서 어쩔 줄을 몰라하고 있었다.

"이 나쁜 놈! 선무당이 사람 잡는다고 하더니, 당신 같은 엉터리 풍수가 감히…….”

상주는 분기탱천하여 지관을 마구 꾸짖다가, 문득 김진사를 보고 몇 번이나 허리를 굽혔다.

“고맙습니다, 정말 감사하옵니다. 뉘신지 모르오나 덕분에 큰 불행을 피할 수가 있었습니다. 태산 같은 은혜를 어떻게 보답할 수 있겠습니까? 하오나 이렇게 왕림하여 재앙을 막아 주셨으니……, 부디 좋은 자리를 하나 잡아 주십시오. 은혜는 결초보은하겠습니다.”

감사와 애원의 말을 동시에 하는 상주를 보고 김진사는 조용히 입을 열었다.

“저 자리는 참으로 흉한 터입니다. 먼 옛날 백년 장마 때에 생긴 굴인데, 원한을 품은 악귀들이 득실거리고 있는 터이지요. 아무리 남의 일이긴 하지만, 우연히 지나가다가 하도 딱해서 말해 준 것이지, 내가 무엇을 알겠습니까. 그러니 명망있는 지관을 청하여 묏자리를 정하도록 하십시오.”

“아니, 그게 무슨 말씀이시옵니까?”

상주는 김진사의 옷자락을 붙들고 매달렸다.

“정성이 없어서 이러십니까? 저의 집안이 큰 불행을 면한 것은 오직 선생의 은덕이옵니다. 좋은 자리만 잡아 주신다면 천금으로 은혜를 보답하겠습니다.”

“…….”

김진사는 말없이 고개를 저었다.

“이대로는 못 가시옵니다. 저의 집이 잘 되고 못 되는 것은 이제 선생의 은혜에 달려 있사옵니다. 그러니 적선하는 셈치고 제발!”

몇 번이나 매달리며 간절히 부탁하자, 마침내 김진사는

고개를 끄덕였다.

"아이고, 감사합니다."

김진사는 마구 절을 하는 상주를 일으켜 세워 묏자리를 찾아나섰다. 한참을 이리저리 다니다가 한 장소를 물끄러미 보았다.

"저기가 좋겠소. 저 곳을 석 자 정도 파면 모래가 나오고, 다시 석 자 정도 파면 백토가 나올 것이며, 거기에서 조금 더 파면 오색이 영롱한 흙이 나올 것이오. 그쯤에다 관을 모시면 집안에 좋은 일이 많이 생길 것이오."

즉시 사람을 시켜 그곳을 팠다. 과연 김진사의 말과 조금도 다름이 없었다.

상주는 감격하여 백배 치사하고, 약속대로 돈 천 냥을 주었다.

"이제 그만 집으로 돌아가야 겠습니다."

"그, 그러지요."

정만석은 마치 도깨비에 홀린 사람 모양으로 정신이 멍멍할 뿐이었다. 김진사의 그 신통방통하고 승천입지(昇天入地)하는 재주를 보니 그저 고개가 숙여질 뿐이었다.

'이 자는 정말 세상에 보기 드문 이인(異人)이로다!'

김진사의 집으로 돌아온 정만석은 더 이상 그 집에 머무를 필요가 없다고 생각했다. 여행 중의 생긴 일들로 인하여 마음속에 품었던 의혹이 말끔히 풀린 것이다.

그 이튿날 아침, 정만석이 떠나려고 인사를 했다.

"그동안 정말 신세를 많이 졌소이다."

"……."

김진사는 말없이 쏘아보고만 있었다. 그 눈빛이 너무 강렬했기 때문에 정만석은 흠칫했다.

"이제 의심이 풀리셨나요, 어사또 나으리!"

이 말에 정만석은 깜짝 놀라지 않을 수 없었다.

"그럼, 처음부터 나의 정체를 알고 있었단 말씀이오?"

"그렇습니다."

김진사는 정색을 하고 계속 말을 이었다.

"정어사께서 저를 의심하여 찾아오셨기에, 요 며칠 동안 제가 살아가는 모습을 보여준 것입니다. 샛서방과 부정을 행하다 본서방에게 쫓긴 계집의 목숨을 구해준 것이 죄가 되겠습니까? 아니면 장사지내는 집이 멸망에 가까운 것을 막아 주고 그 대가로 돈 천 냥을 받은 것이 죄가 되겠습니까?"

"……."

정만석은 말없이 고개를 가로저었다. 그러자 김진사는 큰 소리로 하인을 불러 이렇게 말했다.

"여봐라, 어서 짐을 꾸려라! 이 어른 때문에 우리는 더 이상 여기서 살지 못하게 됐다."

이 말이 떨어지기가 무섭게 분주하게 짐싸는 소리가 들리기 시작했다.

"허어!"

정만석은 너무 믿을 수 없는 일이 연이어 계속 벌어지자 정신이 혼란스러웠다.

"정어사님……!"

김진사의 목소리는 냉정했다.

"나는 지금까지 이렇게 종적이 탄로나면 반드시 상대방을 죽이고 떠났소. 그런데 당신은 나라를 위하여 애쓰는 사람이니, 그럴 수가 없어서 그냥 살려 보내는 것이오."

일순간 오싹한 한기가 뼛속을 찌르는 듯했다. 그러나 정만석도 마음이 담대한 사람이라 이내 평정을 되찾았다.

"그토록 비범한 재주를 가지고 있으면서 왜 벼슬길로 나서지 않고 그렇게 사시오? 내 비록 박덕하나 귀경하면 상감께 주청할 테이니, 벼슬길로 나와 보는 것이 어떻겠소?"

김진사는 고개를 절레절레 저었다.

"그까짓 벼슬은 해서 무엇한단 말씀이오. 서로 시기하고 모함하여 분탕질을 일삼는 그런 벼슬자리는 천 개를 줘도 사양하겠소."

단호한 이 말에 정만석은 그가 벼슬에 뜻이 없음을 느꼈다.

"알겠소. 그런데 굳이 이사를 하려는 이유는 무엇이오?"

"나는 나의 존재가 세상에 알려지는 것이 싫소."

"내가 입을 다물고 있으면 될 것 아니오?"

"아니오. 그렇지 않아도 이곳을 떠날 때가 되었소. 자, 서로가 가는 길이 다르니 그만 일어납시다."

두 사람은 밖으로 나왔다. 김진사의 하인들은 이미 짐을 다 꾸려놓고 있었다.

"어디로 가시려고 합니까?"

"……."

김진사는 말없이 웃기만 했다.

"언제 또 뵐 수 있을까요?"

"십오 년 후에나 한 번 뵐 기회가 있겠소이다."

"십오 년 후라고요?"

"하하, 그렇습니다."

정만석은 아쉬운 작별을 하고 김진사의 집을 떠났다.

전라도 일대를 순행(巡行)하고 올라오는 길에 김진사의 집을 찾았다. 그런데 어찌된 일인지 그 집은 불에 완전히 타버리고 없었다.

강물 같은 세월이 많이 흘렀다.

때는 순조(純祖) 11년(1811) 12월, 나라에 큰 민란이 일어났다. 평안도 용강(龍岡)에 사는 홍경래(洪景來)가 부패한 국정에 불만을 품고 분연히 봉기를 한 것이었다.

홍경래는 자칭 평서대원수(平西大元帥)라 칭하고 기병(起兵)하여 순식간에 가산(嘉山)·선천(宣川) 등 여덟 개 고을을 점령했다.

이때 선천부사는 김삿갓〔金笠〕의 조부인 김익순이었는데, 홍경래의 협박에 못이겨 항복을 함으로써 손자인 김삿갓이 세상에 나서지 못하는 신세가 되었던 것이다.

당시의 평안감사는 이만수(李晩秀)였다. 그러나 홍경래 난의 준비를 탐지하지 못했다는 죄책으로 파직되고 정만석이 감사로 부임하게 되었다.

평양감영으로 부임하던 정만석은 문득 까맣게 잊고 있던 김진사를 생각했다. 손가락을 꼽아 헤아려 보니 금년이 꼭 십오 년이 되던 해였다.

'십오 년 후에 만난다고 했는데…….'

정만석은 김진사를 만나 보고 싶었지만 찾아볼 길이 막연했다. 신통방통하고 승천입지하는 재주가 있는 그가 찾아오기 전에는 만나볼 길이 요원했던 것이다.

홍경래는 물밀듯이 쳐내려 오다가 청천강(淸川江)에서 길이 막혔다. 얼음이 강하게 얼면 강을 건너 단숨에 평양을 습

격하려고 했는데, 하루 사이에 강물이 풀려버린 것이다.

그러던 차에 송림(松林) 싸움에서 대패하여 정주성(定州城)으로 퇴각했다. 관군은 몇 차례 정주성을 공격했지만, 홍경래 군은 철옹성처럼 버텼다.

평안감사 정만석은 홍경래 토벌의 막중한 책임을 맡고 있었기에 밤잠을 설치며 방책을 강구했다. 그러나 뾰족한 묘책은 떠오르지 않았다.

그러던 어느 날 깊은 밤이었다. 이날도 정감사는 잠을 이루지 못하고 이리저리 몸을 뒤척이고 있었다.

이때 방 문 밖에서 인기척이 들렸다.

“누구냐?”

정감사는 벌떡 몸을 일으키며 외쳤다.

“약속을 잊었소이까?”

장지문을 드르륵 열고 들어 온 사람은 다름 아닌 김진사였다.

“아니, 이게 누구시오? 김진사 아니시오?”

정감사는 부리나케 일어나 김진사의 손을 덥석 잡았다.

“하하, 잊지는 않으셨군요?”

“어찌 잊을 리가 있겠소!”

두 사람은 자리에 앉아 그간의 안부를 나누었다.

“감사의 안색이 좋지 않습니다.”

“이 판국에 좋을 리가 있겠소? 김진사라면 세상 돌아가는 일에 훤할 테이니, 고견을 들려 주시오.”

김진사는 빙그레 웃으며 입을 열었다.

“그것 때문에 이렇게 왔으니 너무 염려 마십시오. 이미 십오 년 전에 오늘의 약속을 했던 것이 아닙니까?”

"아……!"

정감사는 다시 또 김진사의 선견지명에 놀랐다.

"홍경래의 반란군은 오래 버티지 못하고 무너질 것입니다."

그는 품속에서 정주성의 지도 한 장을 꺼냈다.

"이곳과 저곳의 땅을 파고 폭약을 묻으십시오."

폭약을 묻을 자리를 먹으로 표시한 후에 귀엣말로 몇 가지를 더 일러 주었다.

"김진사, 정말 고맙소이다."

정감사는 거듭 고마움을 표시하며, 오랜만에 만났으니 술이나 한잔하면서 이야기하자고 말했다.

김진사는 고개를 저었다.

"생사존망이 달린 국가 누란(累卵)의 위기에 어찌 편안하게 술을 마실 수 있겠소?"

이 말을 마친 김진사는 자리에서 일어났다.

"아니, 왜 벌써……?"

"집안에 미진한 일이 있어 이만 돌아가야 하겠소."

김진사는 올 때도 그렇게 왔듯이, 갈 때도 바람처럼 훌쩍 사라졌다.

평안감사 정만석은 김진사가 일러준 대로 땅에 폭약을 묻어 정주성 북문(北門)을 폭파했다. 그런 다음 홍경래 군을 전멸하고, 그 두목들을 포박하여 한양으로 압송하였다.

이렇게 해서 조정에 항거하던 홍경래의 일당은 피와 통곡으로 끝을 맺고 말았던 것이다.

그 후 정감사는 여러 번 사람을 놓아 김진사를 수소문하였으나, 영영 그의 종적을 찾을 길이 없었다.

해전은 말한다.

세상에는 천차만별의 사람이 존재한다. 고결한 사람이 있는 반면에 비루한 사람이 있고, 세상을 이롭게 하는 사람이 있는 반면에 기생충처럼 해악만을 끼치는 사람도 있다.

사람이 어떻게 살아야 옳게 사는가? 스스로에게 물을 일이다.

호랑이도 알아 준 신의(神醫)

양예수(楊禮壽)라는 의원이 있었다. 박학다식하고 의술이 능하여 일찍이 내의(內醫)가 되었다.

명종(明宗) 때 순회세자(順懷世子)의 병을 치료했으나, 세자가 죽자 그 책임을 지고 투옥되었다. 이듬해, 혐의가 풀려 석방된 그는 어의(御醫)로서 임금의 총애를 받아 통정대부(通政大夫)에 오르고, 명종을 임종(臨終)까지 간호했다.

임금의 승하(昇遐)로 의관들이 처벌당할 때 투옥되었다가 곧 의관으로 복직했다. 그 후 선조 때의 명의로서 많은 업적과 일화를 남겼다.

양예수는 무슨 병이든 한번 진단을 하기만 하면 정확한 약방문을 내었고, 또 지어 주는 약을 쓰면 백발백중 나았다. 그러기에 사람들은 그를 신의(神醫)라고 일컬었다.

어느 해, 양예수는 중국으로 가는 사신을 따라서 압록강을 건너게 되었다. 먼 길을 떠나는 사신들로서는 훌륭한 의

원과 동행하니 한결 마음이 든든했고, 양예수로서는 견문을 넓힐 기회였기 때문에 기쁜 마음으로 길을 떠났다.

사신 일행은 압록강을 건너 얼마를 가다가 날이 저물어 산기슭에서 노숙하게 되었다. 좋은 장소를 찾아 모닥불을 지피고 지친 몸을 쉬었다.

"나는 평발이어서 걷는 것은 딱 질색이야. 조금만 걸어도 이렇게 발이 퉁퉁 부으니…….."

양예수는 혼자말로 투덜거리며 일행과 좀 떨어진 으슥한 곳에 침구를 폈다. 잠이 없는 사람들은 모닥불 주변에 모여 밤새 시끄럽게 떠들어 댔다. 그렇기 때문에 일부러 멀찌감치 잠자리를 잡은 것이다.

"아, 피곤하다!"

그는 침구를 둘러 덮고 누웠다. 바닥에 낙엽과 풀을 많이 깔았더니 푹신푹신했다. 눕자마자 잠이 솔솔 왔다.

잠이 어렴풋이 들었을 무렵, 무엇이 침구를 당기는 바람에 살며시 눈을 떴다.

"누, 누구야?"

졸린 눈을 비비고 있는데, 무엇이 자기의 몸을 공중으로 살며시 들어올리는 느낌을 받았다.

"어, 어!"

깜짝 놀라 팔다리를 바둥거리는 순간 갑자기 몸이 붕 떠올랐다가 '쿵!' 소리를 내며 뒤로 떨어졌다.

"어이쿠야!"

양예수가 비명을 지르는 순간 밑에 깔고 있는 것이 움직이기 시작했다.

"어, 뭐야?"

떨어지지 않으려고 꽉 잡았다. 부드러운 털이 잡히는 것
으로 보아 어떤 짐승이 분명했다.

"대체 뭐지?"

짐승이 빠르게 움직이기 시작하자 양예수는 목덜미를 꽉
잡고 정신을 바짝 차렸다. 달빛에 살펴보니 그 짐승은 엄청
나게 큰 호랑이가 아닌가!

"으헉! 호, 호랑이가 나를……."

너무 놀라 소리도 잘 나오지 않았다.

"휴우, 고국을 떠났다가 꼼짝없이 호랑이 밥이 되는구
나!"

눈앞이 아찔하였으나 필사적으로 호랑이의 목덜미를 잡
았다. 바람처럼 달리는 호랑이 등을 탄 몸이라 떨어져도 죽
고 잡혀가도 죽지만, 삶에 대한 인간의 애착은 죽는 순간까
지 무섭도록 집요한 것이다.

'호랑이에게 물려 가도 정신만 차리면 산다고 했다.'

양예수는 계속 정신을 가다듬으며 마음을 단단히 먹었다.

호랑이는 얼마 동안 어두운 숲 속을 질풍처럼 달렸다. 어
느 산비탈을 뛰어올라 한 곳에 이르더니 걸음을 멈추었다.

"어어홍!"

호랑이는 낮은 소리로 길게 울었다. 그런 후 바닥에 바싹
엎드려 몸을 흔들었다.

'무슨 일이지? 여기서 나를 잡아먹으려고?'

양예수는 더욱 호랑이의 목덜미를 꽉 잡고 떨어지지 않으
려고 했다. 그러나 호랑이가 힘차게 요동을 하자 저만치 나
가떨어졌다.

"어이쿠야, 이젠 죽었구나!"

　정신이 아찔해지면서 몸이 사시나무처럼 떨렸다. 곧 사타구니가 축축해졌다. 자기도 모르게 오줌을 싼 모양이었다.
　"어흥……!"
　호랑이는 어스렁어스렁 걸어와 양예수의 목덜미를 물고 가서 편편하게 생긴 바위 위에 내려놓았다.
　'달아나야 한다!'
　마음속으로는 수없이 달아나야 한다고 외치고 있었지만, 몸은 꼼짝달싹도 할 수 없었다. 마치 고양이 앞에 있는 생쥐처럼.
　"으으으으……."
　너무도 두려웠기 때문에 입에서는 끝없이 괴상야릇한 소리가 새어나왔고, 이가 딱딱 소리를 내며 부딪쳤다.
　"어어흥!"
　호랑이는 양예수를 한참 동안 바라보고 있다가 그 옆에 있는 큰 굴 속으로 들어갔다.
　"도망가야 한다!"
　발걸음을 옮기려고 애를 썼다. 그런데 안타깝게도 걸음이 떨어지지가 않았다.
　이윽고 호랑이가 새끼 한 마리를 물고 굴 속에서 나왔다.
　"끄응, 끙……."
　양예수 앞에 내려놓은 새끼호랑이는 연거푸 신음을 토해 내고 있었다.
　'어디 아픈가 보구나.'
　양예수는 즉시 호랑이새끼가 아프다는 것을 알아차렸다.
　호랑이는 다시 굴 속으로 들어가 다른 새끼를 물고 나왔다. 이러기를 몇 번, 호랑이는 다섯 마리나 되는 새끼를 양예수 앞에 죽 내다 놓았다.

'허어! 나를 새끼들 밥으로 만들려고 데려왔어…….'

양예수는 살기를 체념하고 벌렁 바위에 누웠다.

"어서 나를 먹어라!"

이렇게 소리를 치는데, 호랑이가 양예수의 옷을 물어 일으켜 세웠다.

"어서 잡아먹으라는데 왜 그래?"

양예수는 독이 올라 화를 내며 호랑이를 쏘아봤다.

그런데 호랑이는 새끼들 옆에 앉아 양예수와 자기 새끼들을 번갈아 바라보기만 하였다.

'이놈들이 왜 이렇게 뜸을 들이고 있어?'

양예수는 고개를 갸웃거리며 호랑이를 유심히 보았다. 그런데 호랑이의 행동이 이상했다. 연방 고개를 끄덕끄덕하며 무엇인가 애원하는 눈으로 새끼들과 자기를 번갈아 보고 있는 것이었다.

"끙끙, 끄응……."

아까부터 호랑이새끼 한 마리가 계속 괴로운 신음소리를 토해내고 있었다.

"어어어흐응……."

호랑이는 매우 처량한 소리로 울며 양예수를 향해 고개만 끄덕거릴 뿐이었다. 그것은 마치 절을 하는 시늉과 흡사했다.

"가만있자……, 나를 잡아먹으려는 것은 아닌 것 같은데?"

이 말을 알아듣기나 하는 것처럼 호랑이는 급히 고개를 끄덕이며 새끼들 쪽을 보았다.

"옳아, 병든 새끼 때문에 그러는구나!"

양예수는 용기를 내어 끙끙거리는 새끼를 손에 들고 그 어미의 눈치를 보았다. 그랬더니 어미 호랑이는 또 절을 하였다.

"허허, 맹수도 새끼를 사랑하는 마음은 사람과 똑같구나……. 요놈, 어디 보자."

양예수가 살펴보니 그 호랑이새끼는 다리가 심하게 부러져 있었다.

"어이쿠야, 요놈 다리가 부러졌구나! 그런데 약을 넣은 염낭을 가져오지 않았으니 이를 어쩐담……."

난감한 표정을 지으며 호랑이를 보았다. 그러자 호랑이는 고개짓을 하여 자기의 등을 가리키는 것이었다.

"등에 타란 말이지?"

호랑이는 고개를 끄덕였다.

"그래, 어서 가서 염낭을 가져오자."

양예수가 이렇게 말하며 호랑이 등을 타자 호랑이는 쏜살같이 사신 일행이 있는 곳으로 달려갔다.

한편 사신 일행은 양예수가 없어진 것을 알고 한바탕 소란이 벌어졌다. 누군가 갑자기 배가 아파 의원을 찾았는데, 주변을 아무리 찾아도 없는 것이었다.

"대체 어디로 갔지?"

"글쎄, 소피를 하러 갔다가 길을 잃은 것은 아닐까?"

"무엇에 물려 가지나 않았는지도 몰라?"

"허어, 그렇다면 큰일인데."

"좀더 찾아보세."

"그러세."

사신 일행은 횃불을 밝히고 삼삼오오 짝을 지어 주변을 살피고 있었다. 이때 산 위에서 엄청난 속도로 무엇이 내려왔다.

"으악!"

"호, 호랑이다!"

"어서 피해라!"

"모두 나무 위로 도망쳐!"

누군가의 말에 따라 일행들은 재빨리 나무를 타고 올라갔다.

"앗, 호랑이가 멈췄다!"

"어? 호랑이 등에 사람이 타고 있잖아?"

"정말 그렇네! 누굴까?"

"양의원이 맞지?"

"맞아, 양의원이야."

"양의원이 호랑이 등에서 내렸어."

"하나도 두려워하는 표정이 아닌데……."

"정말이네."

"믿을 수 없는 일이야!"

"무엇을 찾고 있잖아!"

"양의원이 염낭을 들고 다시 호랑이 등에 탔어!"

"세상에 어떻게 저런 일이……."

사신 일행들이 이렇게 떠들고 있을 때 호랑이는 양예수를 태우고 새끼들이 있는 곳으로 갔다.

"치료하는 순서를 눈여겨 봐 둬."

양예수는 염낭을 끄르고 환약을 꺼내며 호랑이를 향해 말했다.

"이렇게 하는 거야."

환약을 호랑이새끼의 부러진 다리에 바르고, 그 위에 정성스럽게 송진을 발라 주었다.

"알았는가?"

이 말에 호랑이는 고개를 끄덕였다.

"내가 환약을 여기에 놓고 갈 테니까 새끼가 나을 때까지 매일 이렇게 하게나."

염낭에서 환약을 여러 알 꺼내어 편편한 바위 위에 놓았다. 호랑이는 즉시 그 환약을 물고 굴 속으로 들어갔다. 그리고 얼마 후에 나온 호랑이는 검고 작은 돌 하나를 양예수 앞에 놓았다.

"허, 고맙다는 뜻으로 나에게 주는 건가?"

호랑이는 고개를 끄덕였다.

"허허, 고맙네."

양예수는 어처구니가 없어 픽 웃으면서 그 돌을 염낭 속에 넣었다. 하찮은 돌이지만 호랑이의 마음이 가상했던 것이다.

"이제는 다시 나를 데려다 줘야 하지 않겠나?"

호랑이는 즉시 엎드렸다.

"고맙네."

양예수는 호랑이새끼들의 머리를 한번 쓰다듬어 주고 호랑이 등에 올라탔다.

사신 일행은 양예수가 호랑이를 타고 사라진 후 잠을 이루지 못하고 있었다.

"양의원은 어떻게 됐을까?"

"호랑이 밥이 되었겠지!"

"어휴, 끔찍해라 !"

"아냐 ! 뭔가 이상했어……."

"그래, 호랑이와 양의원이 친구처럼 느껴졌어."

"그럴 리가 있나……?"

모닥불 가에 앉아 이런저런 얘기를 하고 있는데, 또다시
호랑이가 바람처럼 나타나 우뚝 멈춰 섰다.

"으악 !"

"헉 !"

"호, 호랑이 !"

호랑이가 너무도 급작스럽고 소리없이 나타났기 때문에
사람들은 피하지도 못했다. 얼굴이 새파랗게 질려 부들부들
떨고만 있었다.

"하하하……. 모두들 겁먹지 마시오."

양예수가 호탕하게 웃으며 호랑이 등에서 내렸다.

"양의원이잖아 !"

"그래, 양의원이야."

"세상에 호랑이를……."

양예수는 여유롭게 손을 들어 호랑이의 등을 쓸면서 말
했다.

"이젠 가게나."

호랑이는 몇 번이나 고개를 숙여 인사를 한 후에 왔던 곳
으로 사라졌다.

"대체 어찌된 영문이오 ?"

"그 호랑이와는 잘 아는 사이요 ?"

"너무 신기하고 놀라운 일이라서 꼭 꿈만 갔소. 얘기 좀
해주시오, 궁금하오."

　일행들이 묻는 말에 양예수는 자초지종을 이야기해 주었다.

　"허, 호랑이도 조선 최고의 명의를 알아봤군요?"

　"양의원이 너무 존경스럽소!"

　"나는 정말 감격했소! 양의원은 정말 신의 경지에 오른 사람이오."

　저마다 입에 침이 마르도록 양예수를 치하했다.

　마침내 사신 일행은 중국에 도착했다. 양예수는 줄곧 호랑이에게서 받은 작고 검은 돌이 궁금했다.

　'예로부터 호랑이는 영물이라고 했다. 나를 데려다가 새끼의 상처를 고치게 한 호랑이가 아무것도 아닌 돌을 줄 까닭은 없을 것이다!'

　이렇게 생각하고 품에 깊이 간직하고 있었다.

　양예수는 좀 한가한 틈을 타서 중국의 번화한 거리를 구경하게 되었다. 보물을 파는 가게가 눈에 띄자 문득 품에 간직하고 있는 돌이 생각났다.

　'그렇지! 무엇인지나 알아보자.'

　보물 가게로 들어가 품 속에서 돌을 꺼내어 주인에게 보였다.

　"어떻소?"

　"허어……!"

　주인의 두 눈이 오리알만큼 커졌다. 그렇게 놀라는 것으로 보아 보통 귀한 보물은 아니라고 양예수는 확신했다.

　"이것이 무엇인지 아시오?"

　양예수는 주인의 안목을 시험하는 듯한 말투를 던졌다.

　"알다 뿐입니까! 주천석(酒泉石)이 아닙니까?"

"그렇소, 주천석이오. 이제 보니 주인의 안목이 보통이 아니구려! 어디 무엇에 쓰는 지도 아시나 봅시다."

"헤헤, 어찌 모르겠습니까? 이 돌을 물에 담그면 그 물이 모조리 향기로운 술로 변하는 보물이 아닙니까?"

"흠, 잘 아시고 있군요. 제대로 맞추셨소."

양예수는 회심의 미소를 지으며 그 돌을 품 속에 넣었다.

"파신다면 값은 얼마든 달라는 대로 드리겠습니다."

"아니오, 팔 것이 아니오. 천만금을 준다한들 이 귀한 보물을 팔 수가 있겠소? 지나가는 길에 보물 가게가 보이기에 특별히 한 번 구경시켜 드린 것이오."

양예수는 숙소로 돌아와 그 돌을 물에 담가 보았다. 과연 물은 향기롭고 맛이 기막히게 좋은 술로 변하여 있었다.

"하하, 내가 호랑이에게 천하에 둘도 없는 보물을 얻었구나!"

양예수는 이 주천석을 고이 간직하였고, 그로 인해 만들어진 술을 칭찬하지 않는 사람이 없었다고 한다.

그런데 이 주천석을 임진왜란이 일어나서 피난을 가는 도중에 서울 근교에서 잃어버렸다고 전한다.

해전은 말한다.

어느 분야에서든지 일가(一家)를 이룬 사람의 일생과 전하는 이야기는 아름답고 흥미롭다. 여기에서 이야기의 진위에 대해서는 크게 문제삼을 필요는 없다.

사후에 아름다운 이야기가 꾸며지는 삶, 가치있는 삶이 아니겠는가!

신통한 예언 ①

선조 때 김지(金智)라는 사람이 있었다. 원래 이름은 '톡톡할 치(緻)'를 써서 '김치'인데, 어감이 좋지 않아 부를 때는 김지로 불렀다.

그는 매우 영특한 사람이었다. 기억력이 뛰어나서 어느 책이라도 두어 번만 읽으면 눈을 감고도 달달 외웠다. 일찍이 벼슬길에 나섰는데, 특히 중국어를 능통하게 잘하여 젊을 때부터 사신의 일원으로 중국을 많이 드나들었다.

선조 3년(1570) 봄, 중국에 갔다가 우연히 왕손청(王孫淸)이라는 점쟁이를 만났다. 그는 중국 최고의 신통(神通)으로 이름난 사람이었다.

왕손청은 김지와 이야기 끝에 불쑥 퇴계 이황(李滉)이 백설이 난무할 때 죽는다고 예언했다.

"허, 그걸 어찌 아시오?"

"영롱히 빛을 발하던 문곡성(文曲星) 하나가 급격히 빛을 잃고 있소이다."

김지는 반신반의하며 자신의 운수를 물었다.

"그렇다면 내 운수는 어떠하겠소?"

왕손청은 조금도 주저하지 않고 일필휘지(一筆揮之)했다.

花山騎牛客 頭戴一枝花

"화산기우객 두대일지화. 꽃핀 산중에 소를 탄 나그네, 머리에 한송이 꽃을 이었도다? 무슨 뜻이오? 이게 나의 운수란 말이오?"

김지가 눈을 동그랗게 뜨고 묻자 왕손청은 빙그레 웃었다.

"그렇소."

"무슨 뜻인지 도무지 모르겠소. 알기 쉽게 설명해 주시오."

"알게 될 날이 올 것이오."

"……."

본국으로 돌아온 김지는 공사다망한 관계로 왕손청의 말을 까맣게 잊고 있었다. 그런데 이해 겨울에 퇴계 이황이 타계를 하자, 불현듯 그 말이 뇌리를 스쳤다.

"대체 무슨 뜻이지?"

그 글귀의 뜻을 알아내고자 무척 노력하였으나 도무지 해독할 수가 없었다.

그 후 김지는 안동부사가 되었다. 어느 날 갑자기 학질을 앓았는데, 매우 고생하다 겨우 나았다.

"어휴, 학을 뗀다고 하더니, 정말 지독하다!"

몇 달이 지나 또 학질을 앓았다.

"어이쿠야, 또!"

이번에도 무진 고생을 하고서야 간신히 나았다. 그런 뒤로부터는 걸핏하면 학질을 앓아서 아주 고질이 되었다.

"이것 참, 보통 일이 아닐세."

김지는 좋다는 약은 다 써보고, 무슨 비방이니 하는 것까지도 했다. 그러나 백방으로 애를 썼으나 허사였다.

관아에 드나드는 사람 중에 장춘근(張春根)이라는 자가 있었다. 그는 서리(胥吏) 한자리나마 얻어볼까 하고 뻔질나게 관아를 찾아와 부사의 눈에 들려고 노력했다.

그가 하루는 학질을 떼는 데 좋은 방법이란 것을 하나 얻어 듣고 부리나케 뛰어왔다.

"사또 나리, 학질을 떼는 데에 기막힌 방법이 있습니다."

"그래?"

하도 많이 실망을 했기에 이제는 탐탁하게 듣지도 않았다. 콩으로 메주를 쑨다고 해도, 메주가 만들어지는 것을 확인해야만 믿을 정도의 불신이 생겼던 것이다.

장춘근은 김지의 안색을 살피며 입을 열었다.

"막곡동에 사는 김진사가 10여 년 동안 학질로 고생을 하다가 이 방법을 쓰고 씻은 듯이 나았다고 하옵니다. 또 봉정사 주지도 오랜 학질로……."

"변죽은 그만 울리고……."

김지는 퉁명스럽게 장춘근의 말허리를 끊었다. 그는 장황하게 비슷한 사례를 늘어놓은 다음에서야 본론을 말하는 버릇이 있었다.

"예, 예! 소를 타고 다니면 학질은 감쪽같이 떨어진다고

하옵니다. 여러 사람이 효험을 보았다는 것은 소인이 직접
확인을 했사옵니다."

"허허……."

김지는 어이가 없어서 피식 웃었다.

"실없는 소리가 아니옵니다. 흔히 소를 타면 학질이 떨어
진다고 하여, 그러는 수가 많습니다. 일설에 의하면 맹사성
(孟思誠) 대감도 심한 학질을 앓다가 소를 타고 다닌 후로
떼었다는 말이 있지 않습니까?"

맹사성이 학질을 앓아 소를 타고 다녔다는 말은 장춘근이
순간적으로 꾸며낸 말이었다. 그는 이름난 사람을 자기의
이야기 속에 끌어다 붙이면 한결 말의 신뢰성이 높아진다고
믿는 사람이었다.

"허허……."

소를 타고 다니면 학질이 떨어진다는 말은 민가에 널리
알려진 말이었다. 김지도 이 말을 들은 적이 있었다.

"많은 사람이 효험을 보았다고 하니 사또 나리께서도 한
번 시험하여 보옵소서."

"그것 재미있겠군 그래!"

김지는 반은 농으로 대답하였다.

"또 운치도 있지 않겠사옵니까?"

장춘근은 장단을 맞추었다.

"운치……?"

"그러하옵니다. 맹사성 대감도 소를 타고 다니시지 않았
습니까?"

"허허…….

이리하여 김지는 소를 타고 관내의 여러 고을을 순시

했다.

말을 타고 다니는 것보다 풍류가 있어 보였다. 또한 너무
나 학질에 시달렸기 때문에 혹시나 하는 요행을 바라는 마
음도 없지는 않았다. 더구나 때는 꽃들이 만발하는 봄철이
어서, 소를 타고 천천히 구경삼아 가는 것도 그럴 듯했다.

"허, 산이 온통 꽃으로 덮였구나!"

수백 마리의 제비가 떼를 지어 하늘을 날아다니고 있
었다. 그것을 보니 지난 가을에 출가시킨 딸이 문득 생각
났다.

김지는 나직이 시 한 수를 읊었다.

燕燕于飛여 差池其羽로다
之子于歸에 遠送于野라
瞻望弗及이라 泣涕如雨라.

제비가 앞서거니 뒤서거니 날아가고 있네
그 아이 시집가니 멀리 여기 들에서 배웅하네
바라봐도 보이지 않으니 눈물이 비오듯 하네.

김지는 깊은 감상에 젖어 물끄러미 먼 산을 바라보았다.
그러나 소를 타 보아도 소용이 없었다. 김지는 또 심한 학질
에 걸려 풍천 고을에서 쓰러지고 말았다.

이 고을의 원님은 약을 달여 주었고, 기생들을 시켜서 정
성으로 구완하여 주었다.

"어이구, 어이구야……."

며칠을 끙끙 앓았다. 그러다가 어느 날 잠시 혼절을 했다

가 이마가 산뜻하여 눈을 떴다. 머리맡에 한 기생이 쪼그리
고 앉아서 이마를 짚어 보고 있었다.

"좀, 어떠하시옵니까?"

김지는 몽롱한 눈을 떠서 기생을 쳐다보았다. 갸름한 얼
굴에 수심을 띠고 지켜보는 모습이 한 폭의 그림같이 아
름다웠다.

"네가 고생이 많구나."

"별 말씀을 다하시옵니다."

음성도 맑고 부드러웠다. 마치 은쟁반에 옥구슬을 넣고
굴리는 것처럼 들렸다.

"네 나이가 몇이냐?"

"예, 스물이옵니다."

"흠, 좋은 나이로구나."

"……."

김지는 또 기생의 얼굴을 보았다. 눈에 넣어도 아프지 않
을 만큼 고운 계집이었다. 이렇게 아름다운 기생의 정성스
런 병구완을 받으면 쉽게 일어날 수 있을 것만 같았다.

"음……."

김지는 잠시 눈을 감았다.

'소를 타면 학질이 낫는다더니 다 헛말이었군! 애시당초
크게 기대를 하지는 않았지만…….'

김지는 기생의 부드러운 손이 이마에 닿는 것을 느끼며
다시 눈을 떴다. 이마까지 짚어 보는 품이 오래 정이 들은
것처럼 느껴져 마음이 풋풋했다.

'일어나거든 이 기생에게 치사를 단단히 해야겠다.'

이런 생각을 하며 기생의 얼굴을 물끄러미 보았다.

"약을 드시겠습니까?"

"아니, 됐다!"

김지는 고개를 저으며 애써 입가에 미소를 만들었다. 그까짓 효험이 없는 약보다는, 기생이 옆에 앉아 있는 것이 훨씬 더 약이 될 것 같다는 생각이 들었다.

"그래, 네 이름이 무엇이더냐?"

"일지화라 하옵니다."

"뭐, 일지화?"

김지는 정신이 번쩍 들어서 눈을 크게 떴다. 그러자 기생은 곰살궂게 풀이까지 했다.

"예, 한 가지 꽃이라는 뜻이옵니다."

"허……!"

김지는 기가 꽉 막혀서 두 눈을 감아 버렸다. 빠르게 뇌리를 치고 드는 얼굴이 하나 있었다. 젊었을 때 중국에서 만났던 왕손청의 얼굴이었다.

"화산기우객 두대일지화!"

김지는 자기도 모르게 왕손청이 썼던 글귀를 중얼거렸다.

"아아, 그는 내게 오늘과 같은 날이 도래하리라는 것을 꿰뚫고 있었단 말인가……!"

곰곰이 생각해 보니, 과연 자기는 화창한 봄날에 소를 타고 고을 순시에 나섰으니, 꽃동산에 소를 탄 나그네였다. 그리고 일지화라는 이름의 아리따운 기생이 머리맡에 앉아서 이마를 짚어 보고 있으니, 말하자면 머리에 한 가지 꽃을 이고 있는 것이나 다를 바가 없었다.

"휴우, 언젠가 알 날이 올 것이라고 하더니……. 결국 그 글귀는 내가 죽을 날을 예언했던 것이었구나!"

김지는 정신이 아득해지는 것을 느꼈다. 이마에는 주체할
수 없을 정도로 송글송글 땀방울이 맺히고 있었다.

'인명은 재천(在天)이라 했거늘…….'

김지는 객지에서 눈을 감는 것이 약간 한스럽게 생각되었
지만, 다른 여한은 없었다.

"일지화야! 네, 네가 나를 배웅……."

김지는 기생의 손을 잡고 힘없이 중얼거리다가 스르르 눈
을 감았다.

해전은 말한다.

인생은 유한하다. 반드시 삶이 있고 죽음이 있지만, 인간
의 명은 누구도 알지 못한다.

생사에 연연하지 말라. 내일은 아무도 모르는 것이니, 오
늘에 충실하는 삶이 중요하지 않겠는가!

신통한 예언 ②

조선조 초기에 홍계관(洪繼寬)이라는 유명한 점쟁이가 있었다. 그는 무슨 점이건 백발백중이 아닌 게 없었다. 그중에서도 신수점(身數占)을 보는 데는 더욱 현묘신통하여 세인의 감탄과 갈채를 모으곤 했다.

일생 동안의 길흉화복을 마치 거울을 보듯 알아 내는 것은 물론이요, 액운을 떼는 방법까지 알려 주었다. 때문에 그의 집 앞은 많은 사람들이 구름처럼 몰려들어 늘 문전성시를 이루었다.

어느 하루, 건장하고 늠름한 청년이 그를 찾아왔다.

"선생의 소문을 듣고 먼 길을 찾아왔습니다. 평생의 신수를 보아 주십시오."

청년의 얼굴을 한참 동안이나 유심히 살피던 홍계관은 갑자기 낯을 잔뜩 찌푸렸다.

"아니, 왜 그러십니까? 저에게 무슨 흉사(凶事)라도 있겠습니까?"

홍계관의 어두운 표정을 보고 더럭 겁이 난 청년이 다그치듯 물었다. 그러자 그가 조심스럽게 입을 열었다.

"이것 참……! 운명이, 실로 운명이 기구하다고 할 수밖에 없는 일이군……."

홍계관은 여기까지 말하고 나서 입을 다물었다. 그러자 청년은 더욱 조바심이 났다.

"답답합니다. 어서 상세히 말씀해 주십시오."

"당신의 신수는 장차 큰 벼슬을 하고 부귀를 누리며 장수할 팔자이지만……."

"그렇다면 좋은 신수가 아닙니까?"

"그런데 아깝게도 그전에 남을 죽이고 평생토록 옥살이를 할 그런 살액(殺厄)이 끼어 있어. 그것 참, 쯧쯧……."

홍계관은 정녕 안타까운 듯 연신 혀를 챘다. 그런 모습을 지켜보던 청년은 더욱 기가 질려 안색이 흙빛이 되었다.

"그렇다면 선생님, 그 살액을 피할 무슨 좋은 도리가 없겠습니까?"

이 말에 홍계관은 눈을 지그시 감고 나직한 목소리로 입을 열었다.

"사람의 타고난 성정을 인력으로는 어쩔 수가 없는 일이요. 모두가 용맹스런 당신의 성격에서 비롯되는 일이기 때문에……."

홍계관은 말꼬리를 길게 끌다가 눈을 번쩍 뜨고 다음 말을 이었다.

"나에게는 방법이 없소. 그러니 돌아가시오."

"아니, 그게 무슨 말씀이십니까?"

208

청년은 울부짖듯 소리치며 홍계관의 소맷자락을 잡아끌
었다.

"선생님이 고명하시다는 소문을 듣고 일부러 먼 길을 찾
아온 사람입니다. 다른 사람에게는 액을 피할 방법까지 자
세히 일러 주신다는 사실도 알고 있습니다. 제게도 살인을
면할 방법을 가르쳐 주십시오."

"아 글쎄, 나의 힘으로도 어쩔 수 없다잖소!"

홍계관은 청년의 손아귀에 붙잡혀 있던 소맷자락을 잡아
채며 냉정하게 말을 끊었다. 그렇지만 청년도 자기의 목숨
과 관계되는 일인지라 거의 필사적으로 매달렸다.

"선생님, 이 은혜는 죽도록 잊지 않겠습니다. 부디 저에
게 그 방법을 일러 주십시오."

청년이 거듭 머리를 조아리며 애원했지만, 홍계관은 끝내
그 방법을 말하려고 하지 않았다.

불안에 휩싸인 청년은 어찌할 바를 몰라하며 무슨 말이
나오기만을 학수고대했다. 청년은 천하의 신복(神卜) 홍계관
이 살액을 면할 방법을 모른다는 것은 있을 수 없는 일이라
고 생각했다. 필시 좋은 방법이 있는데도 함구하고 있다고
생각하니 더욱 미칠 지경이었다.

"정녕 살액을 면할 방법이 없단 말씀이오?"

청년의 음성은 비장했다. 상처 입은 짐승의 으르렁거림처
럼 분노에 차 있었지만, 홍계관은 냉정하기가 마치 얼음장
과도 같았다.

"그렇소! 어서 돌아가시오."

"흠! 그렇다면 저의 집 재산의 반을 내놓겠소."

"전재산을 준다고 해도 방법은 없소."

홍계관은 칼로 자르듯 말을 끊었다.

"으음……!"

그러자 청년은 무거운 신음을 토해냈다. 그와 동시에 얼굴 가득 노기를 띠고 자리에서 벌떡 일어나 한 손으로 허리춤에 있던 비수를 잽싸게 뽑아 들었다.

"네 이놈!"

벼락을 치듯 호통을 치면서 나머지 한 손으로 홍계관의 멱살을 무섭게 움켜쥐었다.

"네놈이 천하 신복인 것을 알고 이렇게 찾아와 간절히 부탁한 것이다. 그런데, 그런데 왜 그 방법을 나에게 일러 주지 않는단 말이냐? 네놈이 나하고 무슨 원수진 일이라도 있단 말이냐?"

청년의 손에 들린 비수가 금방이라도 홍계관의 목에 꽂힐 것만 같았다. 그런데도 홍계관은 눈썹하나 까딱하지 않았다.

"내가 우려했던 그대로요. 당신의 성미가 이렇게 급하니 정녕 큰일이오."

이 말에 청년은 눈을 부라리며 콧방귀를 뀌었다.

"흥, 말을 똑바로 하시오! 내 성미가 급해서가 아니라 당신이 고의로 가르쳐 주지 않기 때문에 이러는 것이오. 어서, 어서 말하시오! 말하지 않으면 찌르고 말겠소."

엄포가 아니었다. 청년은 조금도 물러날 기색이 엿보이지 않았다. 조금만 더 지체하면 정말 목을 찌를 것이 분명했다. 그것은 청년의 이글이글 타는 눈빛이 증명하고 있었다.

"음, 할 수 없군……."

홍계관은 비로소 청년의 팔을 밀쳐내며 말했다.

"우선 칼을 치우고 멱살을 잡은 손을 놓으시오."

"정말이오?"

"정말이오."

그제서야 청년은 팔을 거두고 한걸음 뒤로 물러났다.

"방법이 없는 것은 아니오. 그러나 당신이 실행할는지가 못내 의문이오."

"일러만 주신다면 기필코 실행하겠습니다."

청년은 비장하게 말했다.

"허허, 당신이 내 말을 들어보지도 않고 실행하겠단 말이오?"

"제 목숨이 달려 있는 일입니다."

"방금의 일만 보더라도 당신의 성미가 얼마나 격한지 알 수 있지 않소?"

"……."

이 말에 청년은 고개를 푹 떨구었다. 그것을 본 홍계관이 나직한 목소리로 다시 말을 이었다.

"면액을 할 방법이란 다름이 아니오. 오직 참고 참는 일이 유일한 방법일 뿐이오. 지극히 평범한 일이지만, 이보다 실행하기 어려운 것도 또 없소. 암, 없고 말고!"

홍계관은 잠시 말을 끊었다가 이렇게 덧붙였다.

"참을 인(忍), 이것 하나만 명심하면 살인을 면할 수 있고, 또 당신의 부귀장수를 내가 보장할 수 있소."

"선생님, 참으로 이 은혜를 잊지 않겠습니다. 한때의 객기를 참지 못하고 무례하게 했던 것을 용서해 주십시오."

청년은 무릎을 꿇고 몸을 엎드려 백배사죄했다. 홍계관은 그런 청년의 등을 부드럽게 어루만지면서 다시 그 말을 강조했다.

"참고 또 참고, 다시 참으시오!"

"명심하겠습니다."

집으로 돌아온 청년은 '참을 인'자를 정성껏 써서 천장, 기둥, 벽 등 집 안의 곳곳에 붙였다. 집 안의 어디를 가도 참을 인자를 볼 수 있었다.

참을 인자를 머리와 가슴에 조각하듯 아로새기며 지낸 탓으로 청년의 호방한 성품은 온유해졌으며, 만사에 신중한 사람이 되었다. 그러나 그는 그래도 마음을 놓지 않고 계속 참을 인자를 외우고 또 외웠다.

많은 세월이 흘렀다. 그 청년도 꽃처럼 고운 규수와 인연이 있어 장가를 갔다.

꿀처럼 달콤한 신혼의 어느 하루, 그는 잔칫집에 들렀다가 친구들과 어울려 권커니 잣거니하다 보니 만취했다. 비틀걸음으로 집에 왔을 때는 자정이 훨씬 넘은 시간이었다.

"어, 취한다! 이 사람은……."

안방으로 들어선 순간, 그의 눈에선 불똥이 튀었다. 순식간에 술이 확 깼다.

"저, 저런 발칙한……!"

심장을 쥐어짜는 듯한 소리가 신음처럼 흘러나왔다.

부인은 세상 모른 채 잠들어 있고, 그 옆에는 상투를 튼 남자가 대담하게 나란히 누워 있는 것이었다.

한밤중에 한 이불을 덮고 나란히 자는 것으로 보아 간부 (姦夫)임을 의심할 여지가 없었다.

그는 격분하여 치를 부르르 떨었다.

'세상에 이럴 수가! 아직 신혼인데, 그것도 남편이 멀리

가지도 않았는데, 대담하게도 간부를 불러들이다니……. 천
하에 몹쓸 년이로다! 찢어 죽여도 시원치 않을 계집이
로다!'

분김에 연놈을 함께 찔러 죽이리라 결심한 그는 안방을
나와 부엌으로 들어갔다. 부엌칼을 찾아 움켜쥐고 부엌문을
나서는데, 바로 눈앞의 기둥에 붙여 있는 참을 인자가 눈에
띄었다.

"음……!"

그 글자를 보고 깜짝 놀라서 한 발자국 주춤 물러섰다. 그
는 잠시 눈을 감고 생각하다가 번쩍 눈을 떴다.

"홍, 참는 것도 한도가 있는 법이다! 계집과 간부가 함께
누워 있는 것을 보고서도 참을 수가 있나."

이렇게 중얼거리는 그의 두 눈은 파르스름한 불길이 타오
르고 있었다. 그는 분심을 못이겨 부들부들 떨면서 안방을
향해 걸음을 옮겼다.

시퍼런 칼날이 다가오는 것도 모르고 두 남녀는 정답게
끌어안고 곤히 자고 있었다.

"나를 원망하지는 말아라."

그는 칼을 높이 치켜올렸다. 그 숨막히는 순간 곳곳에
갖다 붙인 참을 인자가 제각기 너풀거리며 '참아라, 참아
라'하고 소리지르며 달려드는 것 같은 환청과 환각에 사로
잡혔다.

"으음……!"

그는 몇 번이나 터져나오는 신음을 깨물었다. 무엇인가
거대한 힘이 그의 칼을 든 손을 잡고 있는 것처럼 느껴져,
다음 행동을 하지 못하고 쳐들었던 칼을 든 손을 힘없이 내

려뜨렸다.

"으흐흐흑……."

그는 상처 입은 짐승처럼 신음을 토해내며 구슬픈 울음을 터뜨렸다.

이 소리에 잠을 깨었는지, 곤히 자던 부인이 눈을 떴다. 남편의 얼굴을 본 그녀는 곧 곁에 누운 사람을 흔들어 깨웠다.

"애, 애야 어서 일어나! 네 형부가 돌아오셨다."

그 바람에 벌떡 일어나 눈을 비비는 것을 보니, 과연 사내가 아니라 아내의 여동생이었다.

"형부, 이제 돌아오셨어요?"

처제는 잠이 덜깬 소리로 인사를 했다. 다음 순간 형부의 손에 들려 있는 시퍼런 칼을 발견했다.

"으허, 혀, 형부 칼은 왜……."

새파랗게 질려 언니를 붙잡았다. 부인도 기겁을 하여 남편의 얼굴을 바라보고 있었다.

"아, 아무것도 아니니 겁먹지 마시오!"

그의 등골에 식은땀이 죽 흘렀다. 하마터면 무고한 두 사람을 죽일 뻔했던 것이다.

사연인즉슨 이러했다.

그날 언니네 집에 다니러 온 처제는 하도 날씨가 더워 목욕을 하고 머리를 감았다. 젖은 머리가 마를 동안 머리칼을 치켜올려 마치 남성의 상투처럼 하고 언니와 함께 잠이 들었던 것이다.

이튿날, 그가 홍계관에게 가서 이 말을 전하며 감사를 표했다. 홍계관은 껄껄 웃으며 이렇게 말했다.

"하하하……. 당신은 만약 참을 인자가 눈에 띄지 않았더라면 꼼짝없이 살인을 하고 말았을 것이오. 어떻소? 지난날 내가 순순히 살인을 면할 방법을 가르쳐 주었다면, 당신이 받은 인상이 그렇게 심각하고 뚜렷하지 못했을 것이오. 그렇지 않소?"

"그렇습니다. 이 은혜 정말 백골난망이옵니다."

그는 거듭거듭 감사를 드렸다.

그뒤, 그는 홍계관의 예언대로 과거에 급제하고 순조로운 출세 코스를 밟아 재상의 자리에까지 올랐다.

홍계관의 신수점이 신통하다는 소문은 온나라에 퍼져 마침내 임금도 알게 되었고, 한두 번 불러다 본 일까지 있었다. 그러던 어느 날, 홍계관은 무료한 터에 그날의 자기 일수를 점쳐 보았다.

"허!"

점괘를 확인한 순간 그의 얼굴이 파랗게 질렸다.

"죽는다는 점괘가 나오다니……. 이거, 큰일났군!"

부들부들 떨면서 어떻게 살아날 길이 없는가 하여 다시 점을 쳤다. 점괘를 확인한 그는 고개를 갸웃거렸다.

"허어……!"

몇 번이나 고개를 갸우뚱거리던 홍계관은 지그시 눈을 감았다. 살 수 있는 방법이 있기는 한데, 그것이 쉬운 일이 아니었다.

'상감이 앉아 있는 용상 밑에 숨으면 살 수 있는 길이 열릴 수도 있다는 말인데…….'

깊은 생각 끝에 눈을 뜬 홍계관은 지체하지 않고 대궐로 뛰어갔다.

"상감마마를 배알하게 해주십시오."

잘 아는 벼슬아치를 붙잡고 통사정하여 가까스로 임금 앞에 나아갈 수 있었다.

"상감마마! 부디 이 미천한 소인을 살려 주시옵소서."

난데없는 일에 임금은 깜짝 놀라 물었다.

"무슨 일이냐?"

"제발 소인을 살려 주시옵소서."

"네가 무슨 죽을 죄라도 지었단 말이냐?"

"아니옵니다."

"그러면?"

"소인이 오늘 소인의 일수를 점쳐 보았습니다. 그런데 오늘 안에 죽을 점괘가 나왔습니다."

"허, 그래서?"

홍계관의 신수점이 용하다는 것은 임금도 잘 알고 있었다. 그러기에 홍미롭게 생각하여 귀를 기울였다.

"소인이 살 수 있는 방법은 딱 한 가지밖에 없다는 점괘가 나왔사옵니다."

"말하라."

"살려면 오직 용상 밑에 숨어 있어야 한다는 것입니다."

"뭐라고? 용상 밑에?"

"그러하옵니다, 상감마마. 부디 소인을 살려 주시옵소서."

"허, 괴이한 일이로다! 그러나 사람의 목숨이 달려 있는 일이라고 하는데, 어찌 거절할 수 있겠느냐. 어서 용상 밑으로 들어가거라."

"성은이 망극하오이다!"

홍계관은 엉금엉금 기어서 용상 밑으로 들어갔다.

"흠, 세상에 이런 신기한 일도……."

임금으로서는 너무 신기한 일이라서 얼떨떨하기만 했다. 더구나 홍계관의 점이 귀신 같다고 듣고 있는 터였기에 한 번 시험해 보고 싶은 생각이 들었다.

'옳지! 마침 이 기회에…….'

임금은 자그마한 귤을 손에 쥐고서 홍계관을 불렀다.

"과인이 묻는 말에 능히 대답할 수 있겠느냐?"

"무엇이옵니까?"

"지금 과인의 손아귀에 무엇이 들어 있는지를 말해 보도록 하여라."

홍계관은 용상 밑에서 눈을 끔벅거리며 한동안 입 속으로 무엇인가 중얼거렸다.

"상감마마!"

"그래, 알아냈느냐?"

"예, 그것은 아마도 귤일 것입니다."

"허, 그것 참 신통하다!"

임금은 너무나 신기하여 무릎을 탁 쳤다. 과연 소문이 헛되지 않았다고 생각되었다.

"한 가지 더 묻겠는데, 역시 알아내겠느냐?"

"예, 물어 보시옵소서."

임금은 한 가지를 더 묻고자 하였으나 마땅히 물을 것이 없었다. 그래서 두리번거리고 있는데, 마치 쥐가 한 마리 쪼르르 달아나는 것이 보였다.

"지금 막 쥐가 달아났다. 그 쥐가 몇 마리냐?"

"예, 세 마리옵니다."

홍계관은 서슴지 않고 대답했다.

"뭐라고?"

용안이 꿈틀거리고, 옥음이 떨려나왔다.

"세 마리라고 했느냐?"

"그러하옵니다, 상감마마."

"이런 괘씸한……!"

임금은 크게 노하여 자리를 박차고 일어섰다. 쥐가 한 마리 도망가는 것은 스스로가 확인한 사실이었다. 그런데 세 마리라니, 참으로 어처구니없는 말이었다.

"음……!"

임금은 묵직한 신음을 토해내며 여러 가지 생각을 했다..

'이놈이 엉터리가 아닌가?'

'이런 놈이 신복이라고 소문이 나다니…….'

'혹세무민하는 놈!'

'허튼 수작으로 감히 용상 밑으로 들어가다니…….'

'과인을 능멸하는 것이 아닌가?'

'용서할 수 없다.'

임금은 노여움이 치받쳐서 "쾅!"하고 발을 굴렀다.

"여봐라!"

"예이!"

"당장 용상 밑에 있는 놈을 잡아내어라!"

"예이!"

명령이 떨어지자 홍계관은 억센 손에 잡혀 끌려나왔다.

"네놈이 감히 과인을 능멸하고도 살기를 바라느냐?"

임금의 옥음은 대궐을 들썩거리게 했다.

"……."

홍계관은 새파랗게 질려 사시나무처럼 벌벌 떨었다.

"이놈을 끌어내어다가 목을 베어라!"

"예이!"

홍계관은 억센 병사들의 손에 잡혀 대궐 밖으로 끌려나 갔다.

이때는 강을 건너가서 죄인을 처형하는 관습이 있었다.

"죽을 점괘가 나오더니 결국 이렇게……."

배를 타고 처형장으로 끌려가면서 홍계관은 하늘을 보고 탄식했다. 그러다가 다시 점을 쳐 보았는데, 놀랍게도 살 것 이라는 점괘가 나왔다.

"아니?"

몇 번이나 점을 쳐 보았지만, 역시 같은 점괘가 나왔다.

"여보시오!"

홍계관은 자기를 잡아가는 군사들을 향하여 간청했다.

"이왕 죽기는 마찬가지이니 좀 천천히 강을 건넙시다. 지 금 점을 쳐 보니 살 도리가 나타날 것이라는 점괘가 나왔소. 그러니 제발……."

"헛소리 그만 하시오!"

한 병사가 툭 쏘았다.

"강을 건너기만 하면 어명을 받고 죽을 사람이 무슨 수로 살아난단 말이오?"

다른 병사도 빈정거렸다.

"어쨌든, 어쨌든 조금만 천천히 노를 저으시오."

홍계관은 몇 번이고 애걸하며 시간을 끌려고 했다.

한편, 임금은 홍계관의 처형을 명하고서 생각에 잠겼다.

'그래도 나라 안에서 최고의 신복이라고 소문난 자가 아

닌가! 또 손아귀에 들어 있는 귤을 귀신같이 알아맞히기도
했다. 그런 자가 어찌하여…….'

이런 생각에 잠겨 있을 때, 아까 그 쥐가 다시 쪼르르 도
망치고 있는 것이 보였다.

"여봐라! 저 쥐를 잡아라!"

"예이!"

날쌘 군사들이 합세하여 쥐를 산 채로 잡았다. 틀림없는
한 마리였다.

'이상하다! 혹시……?'

임금은 불현듯 떠오르는 생각이 있어 그 쥐를 죽여 배를
가르도록 명했다.

"아아……!"

군사가 쥐의 배를 가른 것을 확인한 임금은 탄성을 자아
냈다. 그 속에 새끼 두 마리가 들어 있었던 것이다.

"홍계관은 과연 신복이로다!"

임금은 곧 어명을 내려 홍계관의 처형을 중지시켰다.

어명을 받은 신하가 급히 말을 달려 강 언덕에 이르렀다.
그런데 강 건너편에서는 막 홍계관을 죽이려 하고 있었다.
절대절명의 순간이었다.

"어이!"

다급해진 신하는 목청껏 소리치며 손을 마구 흔들었다.

그런데 홍계관의 처형에 참여한 사람들은 이 광경을 보고
해석을 잘못했다. 살리라고 손짓하는 것을 오히려 빨리 죽
이라고 재촉하는 것으로 이해한 것이다.

"으아악!"

그리하여 홍계관은 한강 백사장에서 단발마 비명을 남기

고 뎅겅 목이 잘려 죽었다.

이 소식을 들은 임금은 탄식하였다.

"심히 아까운 노릇이다. 살겠다고 과인을 찾아와 용상 밑으로 기어들어가더니……. 이게 무슨 운명의 장난이란 말인가! 죽더라도 용상 밑에서 죽겠다고 하지……."

임금의 탄식처럼 용상 밑에서 죽겠다고 했다면, 홍계관은 살아남을 수 있었을 것이다. 그러나 하늘이 정한 사람의 운명을 누가 막으랴!

그 후 강변의 그 언덕을 가리켜 사람들은 '아차 고개'라고 불렀다. 아차 하는 실수로 죽게 되었다는 뜻에서였다.

해전은 말한다.

사람이 스스로의 운수소관을 알 수만 있다면 얼마나 좋겠는가? 그러나 미래를 예측한다는 것은, 인간의 희망 사항에 지나지 않는다.

인간의 운명은 스스로가 만든다. 그 사람의 어제로 인해 오늘이 생겼듯이, 오늘을 알면 미래는 짐작할 수 있다.

그대의 오늘은 어떠한가?

신장(神將)들의 작폐(作弊)

경주 부산(富山)에 주암사(朱巖寺)라는 절이 있었다. 이 절의 북쪽에 큰 바위 하나가 우뚝 솟아 있는데, 그 모양이 몹시 특이했다. 사방을 깎아지른 듯하여 사람이 쉽게 오를 수 없었다. 그러나 바위 위는 능히 백여 명의 사람이 앉을 정도로 편평했고, 또 한쪽에 커다란 바위 동굴이 있었다.

오래된 옛날, 이 동굴에서 성수(成秀)라는 노인이 30년이 넘도록 열심히 도를 닦았다. 그 결과 신장(神將)들을 자유자재로 부리는 경지에 도달했다.

"이만하면 나도 도를 닦았다고 할 수 있겠지?"

성수 노인은 산을 내려와 세상으로 나왔다. 그런데 궁궐에 있는 아름다운 궁녀들을 보는 순간 마음이 몹시 흔들렸다.

"아아, 나의 도는 아직도 멀었구나!"

크게 자탄한 성수 노인은 다시 동굴로 돌아와 도닦기를 계속하였다.

"내게 있어서 모든 물욕이 뜬구름과 같다. 아무리 아름다운 여자도 풀잎에 맺힌 이슬 같은 것이다. 그것을 뻔히 알면서도 궁녀들의 자태를 보고 마음이 흔들리다니……. 부끄럽고, 부끄럽도다!"

성수 노인은 이렇게 중얼거리며 면벽(面壁)했다.

노인의 곁에는 항상 여러 신장들이 머물고 있었다. 그 신장들은 성수 노인을 지키고, 온갖 심부름을 다했다.

노인이 면벽에 들어가자 신장들이 보초만 남기고 바위 밑으로 내려와 소곤거렸다.

"궁녀라는 것이 뭐지? 대체 궁녀가 뭔데 훌륭한 도사께서 마음이 흔들리셨지……?"

한 신장의 말에 다른 신장이 아는 척하고 나섰다.

"대궐 안에 있는 여인들을 궁녀라고 하지."

"대궐 안의 여인? ……그렇게 아름다운가?"

"그래, 무척 아름답지!"

"선녀만큼?"

"엇슷비슷하지."

"우와! 그렇게 아름다운 인간 여자가 있어?"

"있고 말고. 선녀보다 더 아름다운 여자도 얼마든지 있어."

이 말에 신장들은 모두 놀란 표정을 지으며 군침을 삼켰다.

"대궐은 어디에 있지?"

"여기서 그리 멀지 않아."

"우리 한 번 가서 구경할까?"

"도사님이 찾으면 어쩔려고?"

"괜찮아, 한번 면벽에 들어가면 언제 끝날지 모르잖아!"

"하긴 그래……."

"가자!"

"좋다 가자!"

이리하여 신장들은 허공으로 솟구쳐 바람을 타고 대궐로 갔다. 대궐 안에는 많은 궁녀들이 오가고 있었다. 과연 궁녀들은 한결같이 얼굴이 아름답고 몸매 또한 기막혔다.

"어쩌면 저렇게 고울까!"

"정말로 너무 아름다워……. 나는 간장이 다 녹아내리는 것만 같아."

"나도 그래."

"우리 하나 데려가서 재미를 보면 어떨까?"

"히히, 그것 참 좋은 생각이다."

"좋은 생각이 떠오르면……."

"즉시……."

"실행에 옮기는 것이 좋아!"

"그것이 우리들의 신조!"

신장들은 이렇게 시시덕거리다가 느닷없는 짓을 벌였다. 재빨리 회오리바람을 일으켜 궁녀 하나를 휩싸고 올라간 것이다.

궁녀들의 눈에는 신장들이 보이지 않았다. 난데없는 회오리바람이 불어 궁녀 하나를 공중으로 끌어올려 사라져 버렸으니, 청천벽력이 아닐 수 없었다.

"으악! 괴변이다!"

"어떻게 저런 일이……."

"귀신의 소행이 틀림없다!"

"무서워 죽겠네."

궁녀들은 소스라치게 놀라 이렇게 소리치며 발을 동동 굴렸다.

한편 궁녀를 바위 근처로 납치한 신장들은 맘껏 그 궁녀를 희롱하고 있었다. 어떤 놈은 궁녀의 입술에 키스를 하고, 다른 놈은 유방을 주물럭거리고, 또 다른 놈은 치마 속을 더듬기도 했다.

"에구머니나!"

궁녀로서는 기겁할 일이 아닐 수 없었다. 바람에 휩싸여 깊은 산 속 바위 밑에 내려앉은 것도 무섭고 괴이한 일이지만, 눈에 보이지 않는 누군가가 온몸을 마구 만지는 것은 더욱 두려운 일이었다.

"어머나!"

궁녀의 비명소리는 끊이질 않았다.

"으악, 사람 살려!"

"어머나, 나 죽어!"

"으흐흑……. 아파 죽겠네."

궁녀는 십여 차례나 무엇이 은밀한 곳을 찌르고 드는 바람에 거의 초주검이 되었다.

"이히히, 재밌다!"

"이젠 데려다 주자."

"그러자."

신장들은 다시 바람을 타고 날아가 축 늘어진 궁녀를 대궐 뜰 안에다 내려놓았다.

한번 재미를 붙인 신장들의 그런 작폐(作弊)는 날마다 계속되었다. 아침에 없어졌던 궁녀가 저녁에 공중에서 뚝 떨어지는, 이런 일이 무시로 되풀이되었다.

그러나 봉변을 당한 당사자도 어디로 어떻게 납치되어 가는지도 몰랐고, 한번 바위 밑으로 끌려가면 속절없이 몸을 더럽히곤 하였다.

"으흐흐, 너무너무 재밌지?"

"내일 또 데려 오자."

신장들은 흥에 겨웠으나, 궁녀들은 전전긍긍하였다.

그러던 어느 하루, 왕비마저 끌려가서 몸을 엉망으로 더럽히고 돌아왔다. 그리하여 그 괴이한 사건을 임금도 알게 되었다.

"모든 군사를 풀어서라도 당장 그놈을 잡아라!"

임금은 크게 노하여 엄명을 내렸다.

대궐 안팎은 무장한 군사들로 가득했다. 그러나 바람을 타고 허공을 날아오는 신장들을 막을 도리가 없었다.

"으악!"

눈앞에서 궁녀가 비명을 지르며 허공으로 끌려 올라가도 속수무책이었다.

"모두들 눈을 멀거니 뜨고 뭣들 한단 말이냐?"

임금이 아무리 펄펄 뛰어도 소용이 없었다.

"그 죽일 놈을 무슨 수를 써서라도 잡아 요절을 내리라!"

임금은 궁리 끝에 한 꾀를 생각해 냈다.

"그렇지!"

신하에게 명하여 많은 단사(丹砂) 가루를 준비하게 한 후에 모든 궁녀들을 한 곳에 모이게 했다.

"듣거라. 이제부터 너희들은 항상 이 단사 가루를 몸에 지니고 있거라. 그리고 만일 그 요물에게 납치되는 일이 생기거든, 그 장소에다 은밀히 이 가루를 뿌려 두어라."

"예이."

궁녀들은 입을 모아 대답했다.

다음날도 한 궁녀가 오전에 납치되었다가 해질 무렵에 돌아왔다.

"단사 가루를 뿌려 놓았느냐?"

임금이 묻자 궁녀가 아뢰었다.

"그러하옵니다."

"그렇다면 됐다!"

임금은 즉시 신하들에게 명을 내려 단사 가루가 뿌려진 곳을 찾게 하였다. 많은 군사들이 궁궐 안과 밖의 의심스러운 곳을 샅샅이 살폈다. 그러나 며칠이 지나도록 흔적도 찾지 못했다.

"단사 가루가 뿌려진 장소를 찾는 자에게 높은 벼슬과 함께 천금의 상금을 주겠노라!"

이 같은 어명에 따라 모든 백성들도 단사 가루를 찾는 일에 혈안이 되었다.

"찾아라! 단사 가루를 찾으면 팔자를 고친다!"

"엄청난 부자가 되고…….."

"높은 벼슬자리까지 걸려 있는데…….."

"누가 단사 가루를 찾지 않으랴!"

산과 들과 거리에는 단사 가루를 찾는 백성들로 가득했다. 그리하여 한 심마니가 마침내 그 장소를 찾아냈다.

"심 봤다! 아니, 단사 가루 봤다!"

심마니는 뛸 듯이 기뻐하며 산을 뛰어내려와 관가에 알렸다.

임금에게 급히 보고가 들어갔다.

"상감마마, 그 장소를 찾아냈습니다."

"그래? 그곳이 어디냐?"

"예, 부산 기슭의 어느 바위 근처라고 하옵니다."

"그 요물은 보았다더냐?"

"요물은 없고 그 바위 위에 있는 동굴에 한 노인이 살고 있다 하옵니다."

"노인? 음, 그 늙은이가 바로 요물일 것이다."

임금은 빠드득 이를 갈며 불끈 쥔 두 주먹을 부르르 떨었다. 무엄한 짓을 저지른 요물을 찢어 죽이고 말겠다는 생각으로 친히 수 천의 군사를 거느리고 부산으로 떠났다. 과연 부산의 어느 바위 밑을 보니 수많은 단사 가루가 뿌려져 있었다.

"쥐새끼 한 마리 빠져나가지 못하도록 철통같이 에워싸라!"

"예이!"

수 천의 군사가 그 바위를 수십 겹으로 에워쌌다. 임금의 군사들은 정말 물샐틈없는 포위망을 구축하고 있었다.

"당장 용맹스럽고 날쌘 군사를 뽑아 바위 위의 동굴에 있는 늙은이를 잡아 끌어내려라!"

"예이!"

곧 십여 명의 군사들이 선발되어 깎아지른 듯한 바위를 기어오르기 시작했다.

이때까지 동굴 속에서 면벽을 하고 있던 성수 노인은 군사들의 웅성거림에 번쩍 눈을 떴다.

'왜 이리 소란스럽지?'

천천히 걸음을 옮겨 바위 가장자리로 가서 주변을 둘러보았다. 까맣게 몰려와 있는 군사들을 본 노인의 얼굴에 깊은 그늘이 드리워졌다.

"무슨 일로……."

불현듯 스치는 생각이 있어 급히 신장들을 집합시켰다.

"네놈들의 짓이렷다!"

성수 노인의 호령에 신장들은 벌벌 떨고만 있었다.

이때 군사 몇 명이 바위 위로 올라와서 외쳤다.

"어명이다!"

"꼼짝 말고 포박을 받아라!"

군사들이 칼과 창을 들고 포위망을 좁혀오자, 노인은 두 손을 합장하며 무슨 주문을 외웠다. 그러자 군사들은 그 자리에서 돌처럼 굳어 버렸다.

"수리수리 마하수리……."

노인이 계속 주문을 외우자 때아닌 바람이 일었다. 그와 동시에 바위 가장자리에 관우나 장비와 흡사하게 생긴 장수들이 수없이 생겨나 떡 버티고 섰다.

"허!"

바위 위를 바라보고 있던 임금은 난데없이 생겨난 군사들의 위용에 흠칫 놀랐다. 번쩍이는 투구는 이세상 것으로 보이지 않았고, 칼과 창 또한 무섭게 번쩍거렸다.

그뿐이 아니었다. 얼굴들은 이글이글 타오르는 듯하였고, 눈에서는 번쩍번쩍 불을 뿜어내는 듯하였다.

"어, 어허!"

임금은 너무 놀랍고 두려워서 오금이 저렸다. 그 장수들은 각자가 능히 천 명의 군사를 해치울 것만 같았다.

"모두 철수하라!"

임금은 황망히 명령을 내리고, 군사들을 거두어 산을 내려갔다. 승산없는 싸움에 아까운 군사들의 목숨을 잃게 하는 것을 저어했기 때문이었다.

대궐로 돌아온 임금은 곧 중신 몇몇과 고승들을 뽑아서 산으로 보냈다. 예를 갖추어 정중히 대궐로 모셔 오려는 것이었다.

한편 신장들을 엄중히 문책하고 있는 성수 노인은 화가 머리끝까지 올라 있었다. 궁녀들을 데려다 몹쓸 짓을 한 신장들의 작폐가 낱낱이 드러난 것이다.

"괘씸한 놈들! 도저히 용서할 수 없다."

성수 노인은 바위 한복판에 유황불 감옥을 만들어 신장들을 가두었다. 신장들은 활활 타는 불 속에서 울부짖으며 살려달라고 애원했다. 그렇지만 인간의 눈에는 그 광경이 보이지 않고, 그 울부짖음도 들리지 않았다.

성수 노인은 어명을 받고 산을 찾아온 중신과 고승들을 따라 대궐로 가서 임금께 사죄를 했다.

"소승이 신장들을 잘 다스리지 못하여 큰 물의를 빚었습니다. 소승이 도닦기에 여념이 없는 사이에 신장들이 소승의 눈을 속여 저지른 일이오니 너그럽게 용서하여 주십시오. 그 신장들을 크게 벌주었으니 앞으로는 다시 그런 일은 없을 것입니다."

"하하, 알겠소."

임금은 호탕하게 웃으며 계속 말을 이었다.

"스님께서는 도가 뛰어난 분이시니, 나라와 과인을 위하여 국사(國師)가 되어 주시오."

"황공무지로소이다."

그 후부터 궁녀들이 납치되어 가는 일은 일어나지 않았다.

해전은 말한다.

사람들은 여러 가지 유혹의 기회에 직면한다. 그중에서도 미색(美色)의 유혹만큼 사람의 마음을 뒤흔드는 것도 드물 것이다.

귀신들마저 빠져들기 쉽다는 미색의 유혹, 경계하고 또 경계할 일이다.

산신(山神)과 혼인한 사나이

어느 해 눈내리는 겨울, 송악(松嶽) 부소산(扶蘇山) 기슭에 기골이 장대한 한 사나이가 나타났다. 삼십 전후의 그는 6척 장신에 얼굴마저 시원스럽게 잘생겼다.

'흠, 탐나는 사람이로다!'

마을의 최고 실력자 최대림(崔大林)은 그 사나이를 보자마자 사윗감으로 점찍었다. 그에게는 혼기에 접어든 인설이라는 외동딸이 있었다.

최대림은 그 사나이를 집으로 초대하여 술과 음식을 대접하고, 이런저런 이야기를 나누었다.

그는 백두산에서 온 호경(虎景)이란 사람이었는데, 스스로 성골(聖骨)장군이라고 했다. 신라가 망하자 여러 산천을 두루 돌아다니다가 그곳에 들른 것이었다.

최대림의 집에서 겨울을 나게 된 호경은, 자연스럽게 그 집 딸 인설과 눈이 맞아 이듬해 봄에 혼례를 치루었다.

그러나 가정을 꾸린 지 몇 해가 지나도록 슬하에 자녀가 없었다. 호경의 부인 인실은 명산 대찰을 찾아다니며 정성껏 공을 들였지만, 어찌된 일인지 아기가 들어서지 않았다.

"너무 마음 쓰지 마오. 아이가 생기고 안 생기고는 모두 하늘의 뜻이오."

호탕한 호경은 이렇게 아내를 위로했다.

성골장군 호경은 칼을 잘 쓰고 활을 잘 쏘았다. 날아가는 새도 쏘아 떨어뜨렸다. 그래서 사람들은 신궁(神弓)이라 일컬었다.

하루는 동네 사람 아홉 명과 함께 평나산(平那山)으로 사냥을 나갔다. 호경은 유감없이 활솜씨를 발휘했다.

"앗, 멧돼지다!"

누군가가 이렇게 말하는 순간, 무섭게 돌진하고 있던 멧돼지가 앞으로 힘없이 푹 고꾸라졌다. 호경이 쏜 화살 두 개가 멧돼지의 두 눈을 관통한 것이다.

"어, 노루!" 하면 노루가 쓰러졌고,

"이크, 산토끼다!" 하면 산토끼가 여지없이 쓰러졌다.

사냥에 취한 사람들은 날이 저무는 것도 몰랐다.

"어이쿠, 벌써 날이 저물었네!"

"허, 이 많은 짐승들을 가지고 마을로 돌아갈 수도 없고……."

"돌아가기는 이미 틀렸어. 빨리 쉴 곳을 찾는 것이 상책이야."

"우리가 밤을 지샐 만한 곳이 있을까?"

"찾으면 있겠지."

모두들 이리저리 서성거리며 쉴 장소를 찾았다. 그러다가 큼직한 굴을 하나 발견했다.

"허허, 하늘이 무너져도 솟아날 구멍이 있다더니 여기에 이런 굴이 있었구먼 그래?"

"정말 하룻밤 지내기에 안성맞춤이군!"

굴 속은 제법 널찍했다. 일행 열 사람이 눕고도 남을 정도로 넉넉했다. 사람들은 마른잎을 주워다 바닥에 깔고, 가운데에 모닥불을 살랐다.

"토끼나 몇 마리 구워 요기를 하세."

"그러세. 꿩도 두어 마리 굽고."

일행은 토끼와 꿩을 구워 요기를 한 다음 곤한 몸을 눕혔다. 종일 험한 산을 쏘다녔기 때문에 눕자마자 코를 고는 사람도 있었다.

"어어흥! 어어흥······!"

모두가 어렴풋이 잠이 들 무렵, 굴 밖에서 호랑이가 사납게 으르렁대는 소리가 들렸다.

"호, 호랑이가 왔어!"

"여기가 호랑이 굴이었나 보군!"

"이를 어쩌지······?"

"꼼짝없이 호랑이 밥이 되게 생겼어."

일행은 겁을 먹고 놀라서 수군거렸다.

"어어흥! 어어흥······!"

밖에서는 호랑이의 으르렁대는 소리가 한층 높아졌다.

"호랑이가 곧 들어오겠어! 앉아서 잡혀 먹을 수는 없는 노릇이니 우리 중 누군가가 먼저 나가서 싸워야 하지 않겠어?"

"그야 그렇지만······. 근데 누가 나가지?"

　서로가 얼굴을 바라만 보고 있을 뿐이었다. 이때 가장 연장자가 말했다.
　"이렇게 하세."
　모두가 연장자의 입에 시선을 집중했다.
　"우리들의 벙거지를 벗어서 호랑이에게 던져 보세. 그래서 호랑이가 무는 벙거지의 임자가 나가서 싸우는 거야."
　"음, 그 방법이 좋겠군."
　"모두 그렇게 합시다."
　"좋소!"
　이리하여 일행은 일제히 벙거지를 벗어 호랑이에게 던졌다. 그랬더니 호랑이는 서슴지 않고 호경의 벙거지를 덥석 물었다.
　"성골장군의 벙거지가 맞지?"
　"그래, 호경의 것이야."
　"약속을 했으니……."
　사람들은 속으로 안도의 숨을 내쉬며 호경을 보았다.
　"하하, 호랑이 녀석이 나와 싸우고 싶단 말이군!"
　호경은 호탕하게 말하며 태연히 활을 집어들었다. 사실 그로서는 호랑이와 싸우는 것쯤은 두려울 것이 없었다. 그가 백두산에 있을 때, 집채만한 호랑이와 맨손으로 맞붙은 일이 있었다. 그 싸움에서 호랑이는 죽도록 얻어맞고 간신히 도망을 쳤는데, 그때부터 호랑이들은 오히려 그를 피해 다녔던 것이다.
　"이놈아! 너는 아직 성골장군의 명성을 못 들은 모양이구나?"
　호경은 이렇게 소리치며 굴 밖으로 천천히 걸어나왔다.

"어어홍! 어어홍……!"

그런데 호랑이는 선뜻 달려들지 않고 뒷걸음질을 쳤다.

"이놈아, 어서 덤벼라!"

호경은 호랑이를 쏘아보며 호통을 쳤다. 그래도 호랑이는
자꾸 뒷걸음질을 치며 굴에서 한참이나 멀어졌다.

"이놈, 네놈이 감히 성골장군을 놀리고 있구나? 용서치
않겠다!"

호경은 등에 메고 있던 화살통에서 화살을 뽑아 활에 먹
였다. 활시위를 막 당기는 순간 호랑이가 펄쩍 뛰었다. 그리
고는 비호같이 어디론가 사라져 버렸다.

"아니, 저놈이!"

호경은 호랑이가 사라진 쪽을 바라보았다. 그쪽은 숲이
우거져 칠흑같이 어두웠다.

"흠, 그놈이 나를 알아봤나? 어이없이 도망치고 말았
어."

호경은 갑자기 맥이 풀려 활을 당기던 손을 늘어뜨리며
중얼거렸다. 하늘을 쳐다보니 뿌유스름한 달무리가 서 있
었다.

"쳇, 괜히 잠만 설쳤군!"

호경은 이렇게 투덜거리며 굴이 있는 쪽으로 걸음을 옮
겼다. 막 한 걸음을 떼어 놓았을 때였다.

"와르르르, 와르르르 쾅!"

갑자기 천지가 진동하는 듯한 요란한 소리가 났다.

"엉? 이게 무슨 소리?"

호경은 산이 진동하는 바람에 애써 몸의 중심을 잡으며
소리가 나는 쪽을 바라보았다. 분명 그 소리는 일행이 머물

고 있는 굴 쪽에서 나는 소리였다.

"설마……!"

문득 불길한 예감을 느낀 호경은 급히 굴로 달려갔다.

"세상에……!"

호경은 놀라서 벌린 입을 한동안 다물 수가 없었다. 굴이 있던 산기슭 전체가 허물어졌고, 그 굴은 흔적조차 없이 사라져 버린 것이었다.

"저렇게 굴이 무너져 내렸으니 모두 죽음을 면치 못했으리라!"

참으로 허무하면서도 기가 찰 노릇이었다. 자기는 호랑이와 싸우기 위하여 굴에서 나왔기에 화를 면하게 된 것이었다.

"허, 그것 참 괴이한 일이로다!"

호경은 급히 마을로 내려와서 사람들에게 이 놀라운 사실을 전했다. 일순간에 온 마을은 울음 바다로 변했다.

이튿날, 죽은 아홉 사람의 가족들과 마을 사람들은 굴이 무너졌다는 곳으로 갔다.

"저 흙더미 속에 굴이 있었지요."

호경이 손가락으로 가리킨 곳은 산사태로 인하여 온통 흙과 돌로 뒤덮여 있었다.

"비도 오지 않았는데 산사태가 나다니……!"

"이건 예삿일이 아니야."

"산신령이 노해서 저렇게 엄청난 산사태가 일어난 것이 틀림없어!"

"산신령이 노했다고? ……그럼 어떻게 하지?"

"장사를 지내기에 앞서 먼저 산신령께 제사를 지내야지."

"오오! 그래야 할 것 같군."

이리하여 마을 사람들은 부랴부랴 제수를 장만하여 무너져 내린 굴 앞에 제상(祭床)을 차렸다.

"모두 절을 합시다."

제관을 맡은 마을 어른의 말에 따라 모두 절을 하기 시작했다. 바로 이때, 갑자기 제상 주위에 안개가 끼며 향기가 진동하더니 위엄 있게 생긴 사람이 나타났다.

"나는 이 산에 있는 산신이노라!"

처렁처렁 울리는 여자의 목소리였다.

마을 사람들은 엉겁결에 땅에 엎드려 고개를 숙이고 감히 쳐다보지를 못했다.

"내 그대들에게 전할 말이 있노라."

"예, 예……!"

모두들 부들부들 떨기만 하였다.

"나는 이제까지 홀몸으로 이 산을 다스리고 있었노라. 그러던 중 오늘에 와서야 성골장군 같은 대장부를 만나게 되어 기쁘기 한량없노라. 이제 나는 성골장군과 부부가 되어 이 산을 다스릴까 하노라."

이 말을 들은 호경은 고개를 들어 산신을 바라보았다. 안개 속에 아련히 보이는 산신은 틀림없는 여인의 모습이었다.

"내 성골장군을 유인하기 위해서 어젯밤의 일을 꾸민 것이니라. 그리고 아홉 사람의 명은 이미 하늘이 정한 것이니 너무 안타깝게 생각하지 말라!"

"예, 예!"

사람들은 여전히 엎드린 채로 벌벌 떨고만 있었다.

'음, 그래서 그런 일이…….'

호경은 빤히 산신을 바라보았다. 안개 속에 어렴풋이 보이는 산신의 모습은 아름답고도 신비하기 이를 데 없었다.

산신의 말은 계속 이어졌다.

"이제부터 그대들은 성골장군을 이 산의 대왕으로 알고 잘 받들어 모시도록 하여라."

"예, 예!"

마을 사람들은 이구동성으로 대답했다.

"휘이윙……!"

갑자기 세찬 회오리바람이 불고 지나갔다. 그런데 바람이 완전히 그친 후에 보니, 산신과 함께 성골장군의 모습도 보이지 않았다.

"정말 꿈 같은 일일세 그려?"

"과부 산신께서 성골장군을 데려 가셨나?"

"그랬겠지."

"성골장군이 보통 비범하지 않더니 결국 산신의 배필이 되었군. 그러면 최씨 부인은 어떻게 하지?"

"졸지에 과부가 된 것이지 뭐."

"불쌍하게 되었군. 쯧쯧……."

"쉿! 그런 소릴 함부로 했다간 산신께서 노하시겠네."

"그래, 모두들 입조심하게. 그리고 산신의 당부대로 사당을 세워 성골장군을 받들세."

마을 사람들은 서둘러 사당을 세우고, 성골장군을 그 산의 대왕으로 받들어 모셨다.

산신의 궁전은 산 정상에 있었다. 그러나 사람의 눈으로는 볼 수도, 찾을 수도 없었다.

깎아지른 듯한 절벽의 바위 벽을 그대로 통과하면, 이루 형용할 수 없을 만큼 아름다운 산신의 궁전이 있었다. 그곳에는 온갖 기화요초가 피어 있고, 은은하고도 좋은 향기가 물씬물씬 풍기고 있었다.

성골장군은 호랑이를 베고 누워 생각에 잠겼다.

'나는 지금 아무런 불평도 없다. 뜻하지 않게 아름다운 산신의 남편이 되어 신의 대열에 끼었으니 더 바랄 것이 없다. 그러나 속세에 두고온 아내에게 대를 이을 자식이 없으니…….'

이렇게 생각한 성골장군은 신통력을 발휘하여 속세의 아내를 찾아갔다.

졸지에 홀로 된 호경의 아내 인설은 깊은 슬픔에 겨워 잠을 이루지 못하고 있었다. 그런데 난데없이 오색 영롱한 안개와 향기가 문틈으로 스며들더니 사람의 형상으로 변했다.

"여, 여보!"

인설의 두 눈은 탱자 열매처럼 커졌고, 목소리는 떨리고 있었다.

"내가 왔소."

안개가 변하여 된 사람은 분명 남편의 모습 그대로였다.

"나는 이미 산신과 더불어 산을 다스리는 몸이 되었소. 그러나 옛정을 잊기 어렵고, 또 대를 이을 자식이 없음을 안타깝게 생각하여 이렇게 찾아온 것이오."

"흐흑……!"

인설은 설움과 함께 복잡한 감정이 뒤엉켜 왈카 울음을 터뜨렸다.

"너무 슬퍼하지 마오."

　성골장군은 평시와 조금도 다름없이 아내를 위로하고 잠자리를 같이했다. 그 후 인설은 태기가 있어 열달 후에 아들을 낳았다.

　그 아들의 이름이 강충(康忠)이며, 강충의 아들이 보육(寶育)이다. 보육의 손자가 금성태수(金城太守) 융(隆)이고, 융의 아들이 고려의 태조 왕건(王建)이라고 전한다.

가축을 오래 기르지 않는 까닭

옛날, 전라도 강진(康津)의 어느 해변마을에 설수(雪秀)라는 이름을 가진 사람이 살았다. 일찍이 상처한 그는 어린 자식을 기르며 외롭게 살고 있었다.

설수는 짐승 치는 것을 낙으로 삼고 소와 돼지, 닭을 많이 쳤다.

어느 늦은 봄날의 깊은 밤이었다. 아직도 젊은 설수는 춘정에 겨워 죽은 아내를 생각하며 몸을 뒤척이고 있었다.

"저어……."

이때 문밖에서 인기척이 들렸다.

"이 밤중에 누굴까?"

방 문을 연 설수의 눈은 왕방울만큼 커졌다.

"다, 당신은 누, 누……."

문밖에 서 있는 사람은 여자였다. 그것도 젊은, 그림처럼 아리따운 여자였다.

"아무것도 묻지 마옵소서."

여인은 이상하게 뚝뚝 끊어지는 소리를 내며 소리없이 웃었다. 그 웃음은 너무 황홀했다.

"어, 어떻게 우리집에……."

설수는 가슴이 울렁거려 떨리는 목소리로 간신히 물었다.

"오래 전부터 당신을 사모하고 있었습니다."

정말 뜻밖의 말이었다. 설수는 숨이 탁 막히는 것만 같았다. 절색의 미녀가 자기를 사모하고 있었다는 말이 도저히 믿기지가 않았다.

여인은 매혹적인 미소를 흘리며 선뜻 방안으로 들어왔다.

'이게 꿈인가 생시인가?'

설수는 꿈이 아닌가 하여 자기의 뺨을 때렸다. 얼얼했다. 그래도 현실감이 느껴지지 않아서 다시 한 번 세차게 때렸다. 정신이 아찔할 만큼 아팠다.

"호호호……."

그것을 보고 여인이 교태롭게 웃었다.

이리하여 설수는 생각지도 못한 미인과 뼈와 살이 타는 하룻밤을 보냈다. 너무 열렬하게 사랑을 했기 때문에 검붉은 코피를 한 사발이나 쏟았지만, 설수는 개의치 않았다.

이튿날, 늘어지게 자고 일어난 설수는 옆자리를 살폈다. 그런데 여인은 어디로 갔는지 보이지 않았다.

"엉? 어딜 갔지?"

부리나케 옷을 입고 밖으로 나와 집안을 둘러보았다. 부엌에도 뒤뜰에도 측간에도 없었다.

'이상하다, 정말…….'

설수는 무엇에 홀린 사람처럼 멍한 상태로 하루를 보

냈다. 지난밤을 함께 지냈던 아리따운 여자의 얼굴, 그리고
달콤했던 순간들이 그의 눈앞에서 잠시도 떠나지 않고 마음
을 안타깝게 만들었다.

"어디에서 사는 누구인가 정도는 알아둘 것을……."

몇 번이나 가슴을 치며 후회했다. 말없이 사라진 여인이
다시 나타날 것같지 않았지만, 그래도 혹시나 하는 심정에
서 밤을 기다렸다.

그런데 밤이 깊었을 때, 그 여인은 거짓말처럼 다시 설수
를 찾아왔다.

"대체 어디를 갔다가 이제야 오는 게요?"

설수가 반가운 마음에서 덥석 여인의 손을 잡고 물었지
만, 여인은 말없이 웃기만 했다.

"어디에 사는 뉘신지……."

"……."

무슨 말을 물어도 여인은 그저 웃음만 흘리고 있을 뿐이
었다.

여인은 매일 밤 설수를 찾아와 잠자리를 같이 했다. 그러나
설수가 잠에서 깨어났을 때는 바람처럼 사라지고 없었다.

여인과의 동침이 한 달쯤 계속되자 설수의 몸은 몰라보게
여위였다. 얼굴은 오랜 병을 앓는 사람처럼 창백했다. 그것
도 무리는 아닐 것이었다. 이상하게도 여인과 정사를 끝내
면, 코피를 한 사발씩 쏟는 것이었다.

'오늘은 꼭 뒤를 밟아 보리라.'

이날도 설수는 엄청난 코피를 쏟았다. 한번 코피를 쏟고
나면 머리가 어찔어찔하여 정신을 차릴 수가 없었다. 덜컥
겁을 먹은 설수는 여인의 뒤를 밟아 보겠다고 굳게 결심

244

했다.

　그동안 여인의 뒤를 밟아 정체를 밝혀내겠다는 생각을 안
했던 것은 아니다. 그러나 매번 정사가 끝나면 자기도 모르
게 깊은 잠에 빠지고 말았기에 계획은 실행조차 못했던 것
이었다.

　"드르릉, 푸푸! 드르릉……."

　설수는 거짓으로 코를 우렁차게 골며, 줄기차게 밀려드는
잠과 필사적으로 싸웠다.

　아직 첫닭도 울지 않은 꼭두새벽이었다. 부스럭거리는 소
리가 들리더니 여인이 자리에서 일어났다.

　"쿡쿡……!"

　여인은 설수의 잠든 모습을 확인한 후에 괴이한 소리를
내며 문을 열고 밖으로 나갔다.

　'옳지!'

　설수는 재빨리 문틈으로 마당을 살폈다.

　"으헉!"

　설수는 자기의 눈을 의심했다. 마당에서 여인이 재주를
세 번 넘더니, 순식간에 암탉으로 변해 버리는 것이었다.

　'그렇다면 내가 지금까지 암탉과…….'

　화가 머리끝까지 치민 설수는 당장에 문을 박차고 밖으로
뛰어나갔다. 그러자 암탉은 황급히 밖으로 도망가 버렸다.

　설수가 재빨리 뒤를 쫓아가니 암탉은 뒷산으로 급히 올라
가고 있었다.

　"정체를 알았으니 잡기만 하면 통닭을…….."

　이렇게 중얼거리며 조심스럽게 암탉의 뒤를 쫓았다.

　암탉은 뒷산 골짜기의 어느 으슥한 굴 앞에서 재주를 세

번 넘더니 여자로 둔갑했다.

'저 요망한…….'

설수는 바위 뒤에 몸을 숨기고 암탉이 둔갑한 여자가 무슨 짓을 하는가를 유심히 살펴 보았다.

잠시 후 굴 속에서 백여우 한 마리가 나왔다.

"무슨 일로 왔니?"

여우의 말에 둔갑한 여자가 말했다.

"오늘밤 내가 살던 집으로 가서 세 번만 울어줘."

"왜?"

"오늘 주인에게 정체를 들켜서 내쫓겼어. 그 원한을 갚으려고 그래."

"그 청은 어렵지 않지만……, 내가 울 적에 붉은 팥잎을 절구에 찧어 내 귀에 넣으면 어떡해?"

여우는 걱정스런 소리로 계속 말을 이었다.

"그렇게 하면 나는 꼼짝없이 죽는단 말야."

"그걸 우리 주인이 어떻게 알겠어?"

"하기야……. 알았어, 우린 서로 돕고 사는 관계이니……."

이 말을 엿듣고 집으로 돌아온 설수는, 붉은 팥잎을 많이 구해다가 절구에 잔뜩 찧어놓고 밤이 되기를 기다렸다.

밤이 되자, 아니나 다를까 여우가 예쁜 여자로 둔갑해 가지고 와서 수작을 붙였다.

"흥!"

설수는 감나무 옆에 미리 준비해 둔 작대기로 사정없이 여자의 머리를 내리쳤다.

"깨깽!"

여자는 여우 비명소리를 내며 힘없이 바닥에 쓰러졌다. 그러나 목을 길게 빼고 울려고 했다.

"흥!"

설수는 콧방귀를 뀌며 재빨리 붉은 팥잎을 여우의 양쪽 귀에 넘치도록 꽉꽉 넣었다.

"깨깨깽……!"

여우는 처절한 비명을 토해내며 단숨에 죽고 말았다.

'이번에는…….'

비호처럼 대문 밖으로 뛰어나갔다. 역시 여자로 둔갑한 암탉은 소스라치게 놀라 저만큼 달아나고 있었다.

설수는 단숨에 뛰어가 여자의 뒷덜미를 잡고 길가 바위에 내동댕이쳤다.

"퍽!"

여자는 본모습인 암탉으로 변하여 머리가 깨져 죽었다.

이런 일이 있은 후로 가축을 오래 기르지 말라는 말이 나왔다. 전통사회 우리 나라 사람들은 가축을 10년 이상 오래 기르면 사람으로 둔갑한다고 믿었다.

귀신이 쌓은 제방

　조선 중엽, 임실현(任實縣) 오원 땅에 마미(馬微)라는 사람
이 살았다. 그는 재산이 풍족하고 욕심이 없는 사람이었기
때문에 항상 여유로운 마음으로 생활을 즐겼다.

　"오늘은 기필코 월척을 낚아오리라."

　마미가 낚시 도구를 챙기며 이렇게 말하자 아내가 까르르
웃었다.

　"호호호……, 당신이 월척을 낚아오겠다는 날은 허탕입
니다. 오늘도 보나마나 빈손으로 오겠구료 그려?"

　"천만에! 오늘은 꼭 뭔가를 보여 주겠어."

　마미는 이렇게 장담하고 마을 앞을 휘감아 흐르는 냇가로
나갔다. 그러나 하루 종일 냇가에 낚싯대를 드리우고 앉아
있어도 고기 한 마리 잡히지 않았다.

　"이놈의 고기들이 다 어디로 이사 갔나? 에잇, 마누라한
테 큰소리 뻥뻥 치고 나왔는데……."

그는 다시 한 번 낚싯줄을 늘어뜨리고 수면을 바라보 았다. 이번에도 잡히는 것이 없으면 그냥 돌아가려던 참이 었다.

"제발 한 마리만 큼직한 놈으로 걸려라!"

마미는 실없이 고함을 한바탕 치고 나서 천천히 낚시 도 구를 정리하기 시작했다. 그런데 바로 이때 찌가 갑자기 크 게 흔들리며 물속으로 들어갔다.

"옳지!"

그는 재빨리 낚싯대를 잡아챘다.

"허! 저게 뭐야?"

낚싯바늘에 걸려 나온 것은 고기가 아니었다. 다만 알 수 없는 것이 주렁주렁 걸려 있었다.

"쳇, 걸리라는 고기는 안 걸리고……."

마미는 투덜거리며 무엇인가 살펴보았다. 그것은 작은 돌 이었는데, 한 개도 아닌 다섯 개가 마치 포도송이처럼 금실 에 달려 있었다.

"허, 보통 물건은 아닌 것 같군!"

그는 다섯 개의 작은 돌을 손바닥에 들고 유심히 살폈다. 돌마다 영롱한 빛을 발하여 오색찬란했다.

"이건 분명 예사 돌이 아니야. 이렇게 오색으로 빛나는 것 을 보면……, 무슨 귀한 보물인지도 모르지. 아무튼 오늘은 뜻하지 않게 신기한 것을 얻었군 그래!"

마미는 그 돌들을 품안에 간직하고 집으로 돌아왔다.

"월척은 잡았나요?"

아내가 남편을 맞이하며 물었다.

"잡기는 잡았는데……, 불쌍해서 놓아줬지. 방생했다는

셈치고 말씀이야.”

마미의 이런 너스레에 아내는 새하얀 이를 드러내며 웃었다.

“놓아준 고기는 엄청 컸겠지요?”

“물론이지!”

두 부부는 이런 말을 주고받다가 터지는 웃음을 참지 못했다.

“하하하…….”

“호호호…….”

이날 밤, 마미는 대청에 앉아서 뜰을 바라보고 있었다. 앞으로 탁 트인 넓은 뜰에는 달빛이 훤히 비치고 있었다.

“그게 무슨 보물일까?”

그는 품에 품고 있는 돌을 꺼내어 지그시 만져 보며 혼자 중얼거렸다. 그러자 갑자기 키가 훌쩍하니 큰 사람이 바람처럼 나타나서는 마미 앞에 무릎을 꿇었다.

“누구요?”

마미는 얼떨결에 물으며 그 사람의 얼굴을 살폈다. 눈과 코와 귀와 입이 모두 괴상망측하게 생긴 괴기한 얼굴이었다.

“헉!”

마미는 갑자기 무서움증이 밀려들어 등골이 오싹했다.

그런데 그 괴기한 사람은 한 사람만이 아니었다. 여기저기서 자꾸만 나타나 꿇어 엎드리니, 넓은 뜰에 가득 차고도 넘쳤다.

마미는 몹시 겁이 났지만, 태연을 가장하고 이렇게 물었다.

“대체 당신들은 누구요? 내, 내게 무슨 볼일이 있어서 이렇게 떼를 지어 왔소?”

“우리는 귀신들이오.”

그중의 하나가 대답했다.

순간 마미는 정신이 아찔했다. 이렇게 많은 귀신들이 한꺼번에 몰려왔으니, 보통일이 아닌 것 같았다.

‘그런데 왜들 무릎을 꿇고 있지?’

마미는 두려움에 떨면서도 귀신들이 무릎을 꿇고 있는 이유가 이상했다. 자기에게 해코지를 하려고 왔다면 당장에 행패를 부리거나 무슨 일을 냈을 텐데, 공손히 무릎을 꿇고 있는 것을 보니 그런 것은 아닌 것 같기도 했다.

“대체 무슨 일로 왔소?”

마미가 용기를 내어 이렇게 묻자, 귀신들은 일제히 대답했다.

“제발 저희들을 살려 주십시오.”

그러면서 연신 고개를 조아렸다.

“살려달라고……요?”

“그렇습니다. 제발 살려 주십시오.”

마미는 점점 영문을 몰라 고개를 갸우뚱거렸다.

“내가 어떻게 당신들을 살려 준단 말이오? 보시다시피 나는 힘이 없는 일개 농부일 뿐이오.”

“귀왕부(鬼王符)를 돌려 주십시오.”

“귀왕부? 그것은 또 뭐요?”

“당신이 오늘 낚시질을 하다가 얻은 것이 있지요?”

“그렇소만.”

“그것이 바로 귀왕부입니다. 오늘 저희들의 불찰로 그것을 잃었기에 이렇게 찾아온 것입니다."

"흠!"

마미는 그제서야 그 다섯 개의 돌이 무엇이라는 것을 알
았다. 그러나 그러한 내력을 듣고 보니 돌려주고 싶은 생각
이 싹 없어져 버렸다.

'귀왕부라고 했으니……, 귀신 왕의 상징물이 아닌가?
그렇다면…….'

이렇게 생각한 마미는 귀왕부의 위력을 실험해 보고 싶
었다. 그래서 귀왕부를 조심스럽게 만지며 말했다.

"모두 일어서라!"

어 말이 떨어지기가 무섭게 귀신들은 재빨리 자리에서 일
어섰다.

"뒤로 돌앗!"

귀신들은 일제히 뒤로 돌았다.

"앉았다 일어서기를 열 번씩 하라!"

귀신들은 군소리 하나 없이 앉았다 일어섰다를 했다.

'허허, 이것 참 신통한 물건이네.'

마미는 자기의 말에 따라 귀신들이 일사분란하게 움직이
는 것을 보고, 더욱 그것을 돌려주고 싶지 않았다.

"제발 돌려주십시오."

"흥……!"

마미는 콧방귀를 뀌며 휘영청 밝은 달을 보았다.

"저희들을 살려 주십시오."

"제발 부탁합니다."

"이렇게 빌겠습니다."

"은혜는 잊지 않겠습니다."

252

귀신들은 저마다 한마디씩 하며 돌려주기를 간청했다.

"부탁을 들어 주는 것은 어렵지 않지만……, 어디 그게 맨 입으로 되겠나?"

마미는 슬쩍 이런 말을 했다. 그러자 맨 앞에 있는 귀신이 재빨리 말했다.

"그것만 돌려주신다면, 무엇이든 하라시는 대로 하겠습 니다."

"하라는 대로 하겠다고?"

"예, 어서 분부만 내려 주십시오."

마미는 적이 당황했다. 이렇게 되면 결국 귀왕부를 돌려 주지 않을 수 있는 재간이 없었다.

'저놈들이 처리하기 힘든 문제를 내자.'

마미는 곰곰이 생각하다가 한 가지 문제를 냈다.

"오천(梧川)에다 돌로써 큰 제방을 만들어 주면 귀왕부를 주겠네. 만들어 줄 수 있겠나?"

"예, 쉬운 일입니다."

"쉬운 일이라고?"

"그렇습니다."

마미는 너무 싱겁다는 생각이 들었기 때문에 여기에 단서 를 붙였다.

"그러나 하룻밤 사이에 그것을 쌓아야 하네."

"예, 알았습니다. 정말 감사합니다."

귀신들은 무수히 절을 하고는 어디론가 사라져 버렸다.

마미는 너무나 놀랍고 신기했기 때문에 잠을 자지 못하고 뜬눈으로 밤을 새웠다.

밤이 가고 아침이 되었다. 마미는 혹시나 하고 오천으로

나갔다가 눈이 휘둥그레지도록 놀랐다. 거기에는 어제까지
만 해도 없던 큰 제방이 튼튼하게 쌓아져 있었던 것이다.

"세상에 이럴 수가!"

마미는 도저히 믿을 수가 없어서 제방을 쌓아 놓은 돌들
을 손으로 직접 만져 보았다. 돌인 것은 분명했다.

"정말 놀라운 일이다! 이렇게 큰 제방을 어찌 하룻밤 사
이에 쌓을 수 있단 말인가?"

마미는 너무 놀라워서 벌린 입을 다물지 못했다. 이때 수
많은 귀신들이 바람처럼 그 앞에 나타났다.

"어떻습니까?"

귀신이 묻는 말에 마미는 신음하듯 대답했다.

"놀랍소!"

"마음에 드십니까?"

"마음에 듭니다."

"그러시면 약속대로 귀왕부를 주십시오."

"알겠소."

마미는 품 속에서 귀왕부를 꺼내 주었다.

"고맙습니다! 정말 고맙습니다!"

귀신들은 여러 번 절을 하고는 사라지려 하였다.

"잠깐!"

마미는 급히 손짓을 하며 외쳤다.

"여러분들이 큰 일을 했으니 내가 보답을 하겠소. 곧 맛있
는 음식을 준비하여 대접하겠으니 드시고들 가시오."

이 말에 귀신들은 고개를 가로저었다.

"우리는 인간들처럼 음식을 먹지 않습니다. 그러나 은인
께서 주신다니 거절하지는 않겠습니다. 꼭 우리에게 음식을

대접하시겠다면, 누런 콩이나 한 되 삶아 주십시오."

"누런 콩? 고작 그것이오?"

"그것이면 족합니다."

"알았소."

마미는 급히 누런 콩을 한 되 삶아서 귀신들에게 주었다.

"자, 모두들 이리 와서 콩을 한 알씩 먹고 가세."

귀신들은 앞을 다투어 콩 한 알씩을 먹었다. 그런데 마지막 귀신 하나는 콩이 떨어져 먹지를 못했다.

"저런! 콩이 부족하군요. 내가 다시 콩을 삶겠으니 잠시만 기다리시오."

마미의 이 말에 그 귀신은 고개를 저었다.

"아닙니다. 우리는 시간이 없어서 그냥 가봐야 합니다."

"그러나 서운해서……."

"그러면 이렇게 하면 어떨까요?"

"어떻게?"

"내가 쌓은 곳을 허물겠습니다. 그러면 나에게 콩을 주지 못한 것이 서운하지는 않겠지요?"

"허, 계산이 그렇게 되나?"

"그럼, 그렇게 하고 가겠습니다."

이 말을 남기고 귀신들은 홀연히 어디론가 사라져 버렸다.

"정말 귀신이 곡할 노릇이군 그래?"

마미는 이렇게 혼자 중얼거리며 제방을 살펴보았다. 그런데 가운데 한 곳이 몇 자 넓이로 돌이 빠져 있었다.

"허허……, 콩 한 알 때문에 이곳이 뻥 뚫렸군."

마미는 사람을 시켜 그곳을 고쳤다. 이 제방 덕에 임실과

남원 땅의 논에는 넉넉히 물을 댈 수 있어서 농사에 큰 도움이 되었다.

그 제방은 매우 견고하여 아무리 큰 장마가 져도 끄떡없었다. 하지만 돌이 빠져 사람이 고친 곳은 큰 홍수가 날 때마다 허물어졌다. 그렇기 때문에 사람들이 말하기를, 사람의 재주와 귀신의 재주는 엄연히 다르다고 했다.

마미는 후에 부원군(府院君)이 되었다고 전하는데, 귀신들이 쌓은 이 제방은 임실 오원 땅에 아직도 건재하고 있다.

3
사화정담
史話情談

공중에서 울리는 귀신의 목소리

조선 제8대 왕 예종(睿宗) 때, 양주(楊州) 땅에 정학길(鄭學吉)이라는 선비가 살았다.

이 집에 명금이라는 이름의 계집종이 있었는데, 어느 날부터인가 그녀는 세상사를 꿰뚫는 말을 하게 되었다.

"명금이는 모르는 것이 없다!"

"귀신에 씌운 것이 분명해!"

사람들은 그녀가 귀신에 씌웠다고 수군거렸다.

아닌게 아니라 그녀가 말하는 화복(禍福)과 길흉(吉凶)은 한 번도 틀린 적이 없었고, 잃어버린 물건도 쪽집게처럼 찾아내었다.

"당신 명이 다했어. 내일 염라대왕을 만나겠어."

그녀가 이렇게 말하면 아무리 건강한 사람도 어김없이 죽었다.

이래서 사람들은 모두 그녀를 두려워하였으며, 누구 하나 그녀의 말을 믿지 않는 사람도 없었다.

명금이에게 붙은 귀신은 목소리가 몹시 맑았다. 마치 젊은 꾀꼬리 같았는데, 낮에는 공중에 떠 있고 밤에는 대들보 위에 머물렀다. 또 정씨 집에 대하여는 아무런 해도 끼치지 않았다.

무엇이나 물으면 들어맞았기에, 이웃에서 답답한 일이 있으면 그녀를 찾아와 물었다.

정씨 집의 이웃에 명문 대갓집이 있었다. 고을 원도 아침마다 문안 인사를 드릴만큼 쟁쟁한 집이었다. 몇 개월 전 주인은 어명을 받들어 중국 사신으로 떠났고, 여주인이 하인들을 거느리고 집을 지키고 있었다.

그러던 어느 하루, 그집 여주인이 몹시 아끼는 비녀를 잃고 숙현이라는 계집종을 의심했다.

"네 요년! 네년이 비녀를 훔친 것이 분명하다. 썩 내놓지 못할까!"

여주인은 그 계집종의 소행이라고 단정하고 무수히 때렸다.

"마님, 전 모르는 일이에요. 정말 제가 훔치지 않았어요."

"요년아, 모르긴 뭘 몰라? 네년 짓이 아니면 누구의 짓이란 말이냐? 어디 네년이 이기나 내가 이기나 한번 해보자."

여주인은 성품이 표독하여 닥치는 대로 계집종을 때리고, 꼬집고, 물어뜯고, 발로 차고, 머리채를 뜯었다.

"어이쿠, 마님! 제발 절 좀 살려 주십시오. 제가 아닙니다. 어이쿠야! 하늘에 맹세할 수 있습니다. 아얏! 으흐흑, 마님 제발······!"

계집종은 죽는다고 비명을 지르고 울며 애원했지만, 여주

인은 인정사정을 두지 않았다. 한번 시작하면 계집종이 까
무러칠 때까지 계속했다.

'이러다간 맞아 죽고 말겠다!'

숙현은 매를 참다 못하여 밖으로 도망쳤다.

"네 이년, 이리 오지 못할까!"

숙현은 들은 척도 않고 앞만 보고 뛰었다. 얼마쯤 뛰다 보
니 냇가 빨래터가 나왔는데, 거기에서 명금이가 빨래를 하
고 있었다.

"참, 내 정신 좀 봐! 여태 명금이를 생각하지 못했어."

숙현은 급히 명금에게로 가서 자초지종을 하소연했다. 그
러자 공중에서 이런 소리가 들렸다.

"비녀가 있는 곳을 알고 있다. 그러나 너에게 말하기는 곤
란하다. 너의 안주인이 오면 말해 주겠다."

숙현은 곧 집으로 돌아와서 여주인에게 그 말을 전했다.
그래서 여주인은 친히 숙현을 앞세우고 정씨 집으로 갔다.

"비녀가 어디에 있나 말해 봐라. 감춘 것이 요 앙큼한 년
이라는 것은 뻔한 노릇이지만, 대체 어디에다 숨겼는지 냉
큼 말해라!"

"……."

명금은 입을 딱 붙이고 무섭게 여주인을 쏘아보았다.

"허!"

여주인은 순간 그 눈빛에 기가 질렸다.

'내가 반말을 했다고 저런 눈빛을 보내는 것일까?'

상대가 종인지라 반말을 하는 것은 당연하지만, 귀신 붙
은 아이라는 사실 때문에 두려웠다. 그래서 어정쩡하게 말
을 높였다.

"어서 비녀가 있는 곳을 말해, 아니 말씀해……. 그러면 후하게 사례를 하겠다……요."

잠시 후 공중에서 귀신의 목소리가 들렸다. 그런데 그 목소리는 마지못해서 하는 것처럼 언짢은 감정이 묻어 있었다.

"나는 비녀가 있는 곳을 알고는 있으나 차마 말하지 못하겠다. 내가 그 장소를 말하면 그대는 몹시 난처해지리라."

"내가 난처해진다고……요?"

"그렇다!"

"나는 괜찮으니 어서 있는 장소나 말씀해 보시오."

"허허, 그대가 난처해진다니까!"

"내가 괜찮다고 했잖소!"

"모르는 것이 약일 텐데……."

귀신이 자꾸 대답을 회피하자 여주인은 화를 내며 빈정댔다.

"홍, 모르는군 그래? 모르니까 말을 못하지 알면 왜 말을 못해! 뭐든지 알아맞힌다는 말은 모두 헛소리였어."

여주인은 이렇게 말한 후에 숙현이의 머리를 사정없이 쥐어박았다.

"요년아, 어서 훔친 네년이 말해!"

"아이쿠! 머리야!"

숙현은 눈물을 찔끔거리며 귀신에게 빌었다.

"비나이다 비나이다, 신령님께 비나이다. 제발 비녀가 있는 곳을 가르쳐 주옵소서. 그래야 불쌍한 이년이 누명을 벗을 수가 있습니다."

"에……."

귀신은 한참 동안 망설이다가 다시 여주인에게 물었다.

"내가 말을 해도 좋겠느냐?"

"말을 하시오."

"후회하지 않겠느냐?"

"후회하지 않겠소."

그 자리에는 어느 틈에 많은 사람들이 모여 있었다.

"그렇다면 하는 수 없다. 내가 그 장소를 가르쳐 줄 테니 잘 들어라."

사람들은 숨소리를 죽이고 공중의 소리에 귀를 기울였다.

"이레 전의 달밤에 너는 뒷마을 박선달과 함께 남의 눈을 피해 닥나무 밭에 들어간 일이 있지? 그때 머리가 나뭇가지에 걸리는 바람에 비녀가 빠져서 아직도 그곳에 걸려 있다. 어떠냐, 그 사실을 말하기가 얼마나 수월한지 알겠느냐?"

이 말이 떨어지자 여주인은 얼굴을 잘 익은 사과처럼 붉히며 몸둘 바를 몰라했다. 실은 그녀는 뒷마을 박선달과 은근히 정을 통하고 있었고, 그날도 같이 닥나무 밭에 가서 뜨겁게 몸부림을 쳤던 것이다.

"어머머머, 세상에! 그래놓곤 나에게……."

도둑의 누명을 썼던 숙현은 좋아라고 날뛰었고, 옆에 있던 동리 사람들은 우르르 몰려 닥나무 밭으로 갔다. 과연 말도 많고 탈도 많았던 문제의 비녀는 그곳의 나뭇가지에 걸려 있었다.

"어쩌면!"

"용하기도 해라!"

"세상에 비밀이 없다더니……."

"콧대 높은 대갓집 마님께서……."

"얌전한 고양이가 어쩐다더니!"

동리 사람들은 모두들 이렇게 수군거렸다.

그리하여 그 여주인은 얼굴을 들고 살 수가 없게 되었다.

"어휴, 이럴 줄 알았으면……."

아무리 방바닥을 치며 후회를 했지만 이미 엎질러진 물이었다.

그런 일이 있은 후로 얼마쯤 지나 앞마을에 도둑이 들었다. 그 집 주인이 와서 도둑의 행방을 물었을 때, 명금은 망설이지도 않고 이렇게 말했다.

"등잔 밑이 어둡다!"

"등잔 밑이 어둡다니요?"

"너희 집 종 억쇠의 소행이다."

"뭐라구요? 억쇠가 틀림없습니까?"

"그렇다."

억쇠는 성품이 고약하고 힘이 센 청년이었다. 주인이 도둑으로 지명하자 길길이 뛰면서 잡아뗐다.

"그 요망한 것이 생사람을 잡아도 유분수지. 내 그냥 두지 않겠소! 당장 그년을 잡아와 다시 한 번 말을 물어 봅시다."

억쇠는 코를 식식 불면서 정씨 집으로 달려갔다.

"이년아! 왜 죄없는 사람을 무고하여 도둑놈으로 만드느냐? 진실을 말하지 않으면 죽여 버리겠다!"

억쇠가 무섭게 으르릉거렸다. 그러자 공중에서 차가운 목소리가 들렸다.

"도둑놈이 오히려 큰 소리치기는."

"뭐라구? 용서하지 않겠다!"

억쇠는 다짜고짜 명금에게 달려들며 주먹을 날렸다.

"어이쿠야!"

귀청을 찢을 듯한 비명이 마을의 지붕을 다 들썩이게 했다. 그러나 비명을 지르며 쓰러진 것은 명금이 아니라 주먹을 휘두르던 억쇠였다.

사람들은 이 돌연한 사태에 넋이 다 빠져버린 것 같았다.

"세상에!"

"어쩌면……."

"저런 일이."

한참이 지난 후에 게거품을 뿜고 기절해 있던 억쇠가 깨어났다.

"휴우―."

억쇠는 거친 한숨을 몰아 쉬며 몸을 부르르 떨었다.

"왜 갑자기 그래?"

누군가가 묻자 억쇠는 겁먹은 눈으로 사방을 두리번거리다가 입을 열었다.

"어디 갔지?"

"무엇이?"

"붉은 수염이 난 괴한."

"괴한이 어디에 있다고 그래?"

"있었어, 분명히! 내가 달려드는 순간 그 괴한이 갑자기 나타나 주먹으로 내 얼굴을 갈겼어. 그래서 비명을 지르며 쓰러진 게야."

이 말에 사람들은 서로서로 얼굴을 보고 눈이 휘둥그레졌다. 아무도 붉은 수염의 괴한을 본 사람이 없었던 것이다.

"어이구야, 무서워라!"

"귀신이 분명하지?"

"귀신이 아니고서야 어떻게……."

사람들은 모두 두려워 떨면서 그 자리를 떴다.

그때까지 집 안에서는 귀신이 아무 해도 끼치지 않았기에 그저 그러려니 여겼다. 그러나 억쇠가 당한 일이 있고부터 무섬증이 생겼다.

"몸이 으시시하여 살 수가 있나!"

"그러게 말일세."

"귀신이 무서워서 명금이를 쫓아낼 수도 없고."

"무슨 방법이 없을까?"

"……."

귀신을 쫓아낼 방법은 없었다. 그래서 주인이고 하인이고 할 것 없이 두려움에 잠겨 살아야 했다.

이 집 주인 정학길의 문중에 정상국(鄭相國)이라는 사람이 있었다. 그는 학문이 깊고 높았는데, 특히 주역(周易)에 밝았다.

정학길의 당숙(堂叔)뻘 되는 정상국은 가끔 그 집에 들렀다. 그런데 이상한 것은 그가 나타나면 귀신은 자취를 감추는 듯 그 목소리가 들리지 않았다.

그래서 집안 식구들이 의논하여 상국에게 귀신을 쫓아 달라고 당부하기에 이르렀다.

"귀신 때문에 저희 집 식구들이 도저히 견딜 수가 없습니다. 이젠 정말 지긋지긋합니다. 제발 어떻게 좀 쫓아 주십시오."

정학길의 부탁을 받은 정상국은 눈을 지그시 감고 뭔가

깊은 생각에 잠겨 있다가 한참 후에 번쩍 눈을 떴다.

"흠, 알았다!"

정상국은 곧 정학길의 집으로 가서 귀신 붙은 계집종 명금이를 불렀다. 명금이는 넋나간 사람처럼 정상국 앞에 무릎을 꿇고 있었는데, 과연 귀신의 목소리는 들리지 않았다.

"듣거라! 너는 나를 싫어하는 모양이로다. 그러나 오늘은 내가 너에게 긴히 할말이 있으니 피하지 말고 이리로 와서 대답하여라."

정상국이 점잖게 말했다. 그러자 얼마 안 있어 공중에서 귀신의 목소리가 들렸다.

"무슨 일이십니까?"

"피하지 않고 와줘서 고맙다. 이제부터 내가 하는 말을 잘 듣거라. 자고로 사람과 귀신은 각기 그 있는 곳이 다른 법이다. 그런데 너는 어이하여 이 집에 이다지도 오래 머무르고 있느냐? 내가 간곡히 타이르니, 어서 네 갈 곳으로 가도록 하여라."

이 말이 끝나자 귀신의 슬픈 목소리가 들려왔다.

"제가 이 집에 머문 지 벌써 오랩니다. 또 이 집의 복을 더하면 더했지 한 번도 해를 끼친 적도 없습니다. 그런데 물러가라니요?"

"으흠!"

정상국은 크게 헛기침을 하고 목청을 높였다.

"허허, 그게 무슨 소린고? 사람과 귀신은 각기 있는 곳이 다르므로 가라는데, 웬 말이 그리 많으냐? 어서 물러가거라!"

"야속합니다. 하지만 정 그러시다면 물러가겠습니다. 정말 야속합니다. 으흐흑…….”

귀신의 목소리는 한바탕 구슬프게 울고는 갑자기 사라져 버렸다. 그 후 정학길의 집 안에서 귀신의 목소리는 들리지 않았다.

반딧불 이야기

옛날 충청도 어느 두메 산골에 아담한 마을이 있었다. 산기슭에 십여 호의 초가집이 어깨를 겨룻하고 옹기종기 앉아 있는 평화스런 마을이었다.

백서방과 천서방은 서로 앞뒷집에 살았는데, 너나없이 지내는 형제 같은 사이였다.

어느 해, 앞집 백서방이 아들을 낳아 수동이라 이름지었다. 이듬해 천서방은 딸을 낳아 은녀라고 했다.

백서방과 천서방은 일찍이 아이들이 성장하면 혼인을 시키기로 굳게 약조하였다.

미래의 신랑 신부 수동이와 은녀는 오누이처럼 오손도손 정답게 지냈다. 잠자는 시간을 빼고는, 아침부터 저녁까지 항상 붙어다녔다.

유수 같은 세월이 훌쩍 흘렀다. 어느덧 수동이는 늠름한 청년으로, 은녀는 아리따운 처녀로 성장했다.

"올가을 추수가 끝나면 혼례를 올려 주세."

"그러세. 더 이상 미룰 필요가 뭐 있겠나."

백서방과 천서방은 모내기를 하면서 자녀들의 혼인을 결정하였다. 이로써 수동이와 은녀의 혼인은 기정사실이 되었다.

"벼가 익으면……."

"우리는 부부가 되겠지?"

수동이와 은녀는 아직 푸르기만한 논을 바라보며 벼가 익기만을 학수고대했다.

벼가 익어갈 무렵의 어느 날, 수동이는 혼자서 산으로 나무하러 갔다. 그런데 웬일인지 해가 지고, 날이 샐 때까지 돌아오지 않았다.

"큰 변을 당한 것이 아닐까?"

"그러지 않고야……."

"우리가 찾아보세."

"그래야지."

수동이 아버지를 비롯한 마을 사람들이 인근의 산을 이잡듯이 샅샅이 뒤졌지만, 흔적조차 찾을 수가 없었다.

하루가 지나고 이틀이 지났다. 그리고 몇 날이 더 지나도록 수동이는 돌아올 줄 몰랐다. 수동이 어머니는 너무 큰 충격에 자리를 보전하고 누웠고, 아버지는 반쯤 넋이 빠져 있었다.

"호랑이에게 물려간 것은 아닐까?"

"그럴 지도 모르지."

"너무 안 됐군. 혼인을 코 앞에 두고……."

"그나저나 은녀가 너무 안 됐어. 날마다 수동이를 찾겠다고 온산을 미친듯이 헤매고 있으니 말이야."

"쯧쯧……."

마을 사람들은 이런 말을 주고받으며 안타까워했다.

"수동씨는 죽지 않았어 !"

은녀는 수동이가 죽었다는 사실을 믿을 수 없었다. 그래서 낮이고 밤이고를 가리지 않고 산을 헤맸다. 그러나 며칠 몇 밤을 계속하여 수동이를 찾던 은녀는 그만 지쳐서 죽고 말았다.

죽어서도 수동이를 잊지 못한 은녀의 영혼은 반딧불이 되었다. 지금도 여름밤이면 은녀가 불을 켜들고 들로 산으로 수동이를 찾아다니고 있다.

귀신과의 동침

　원주(原州) 남대봉(南臺峰) 동쪽 기슭 마을에 노(盧)가 성을 가진 과부가 어린 아들을 데리고 외롭게 살아가고 있었다.

　노씨의 남편은 최(崔)가 성을 가진 대장장이였는데, 젊은 나이에 복상사(腹上死)를 했다. 그래서 마을 사람들은 그녀를 '남편을 잡아먹은 색녀'라며 백안시했다.

　노씨의 얼굴은 시골 아낙답지 않게 희고 깨끗했다. 게다가 눈매가 야릇하고 입술이 붉을 뿐만 아니라, 몸매 또한 흠잡을 데가 없을 만큼 잘 빠졌다.

　"가까이 해서는 큰일날 계집이다."

　"암, 죽을려고 환장을 하지 않는 이상 누가 그런 계집을 가까이 하겠어."

　남자들은 겉으로는 이렇게 말했지만, 속으로는 은근히 욕심을 품고 있었다. 모르기는 해도 만약 기회가 주어진다면,

당장 죽는 한이 있더라도 마다하지 않을 사내들이 줄을 설
것이 분명했다.

　아무튼 노씨는 빼어난 미모 때문에 마을 사람들로부터 몹
시 따돌림을 당하고 있었다. 여자들은 혹시 자기의 남편이
노씨의 미모에 혹하여 엉뚱한 생각을 품을까 봐서, 또 남편
들은 아내의 눈이 무서워서 필요 이상으로 노씨를 경계하고
있는 것이었다.

　그렇지 않아도 가난한 살림인데, 누가 바느질품도 쉽게
시켜주지 않아 더욱 곤궁했다. 그나마 다행인 것은 집 앞에
조막만한 밭뙈기가 있어, 그것을 부쳐 근근이 입에 풀칠할
정도는 된다는 것이 유일한 위안이었다.

　귀뚜라미가 사무치게 울어대는 어느 가을밤이었다. 달마
저 구름 속에 숨어 어둡기가 그지없었다.

　노씨가 문득 잠을 깨니 아직도 날은 밝지 않았고, 게딱지
같은 창 너머로 총총한 별이 보였다.

　“휴우…….”

　노씨는 이미 버릇이 된 긴 한숨을 몰아쉬고 돌아누웠다.
순간 윗옷을 벗어제치고 망치질을 해대던 죽은 남편의 환영
이 눈 앞에 떠올랐다.

　대장간 일로 단련된 남편의 몸은 근육이 보기 좋게 살아
있었다. 그리고 힘이 넘치고 정력이 왕성하여 하룻밤도 그
냥 넘어가지 않았다.

　“휴우…….”

　노씨는 까닭 모를 안타까움에 몸을 뒤척였다.

　“덜컥, 덜컥!”

　바로 이때 누가 방 문을 잡아당기는 소리가 들렸다.

'이 밤중에 누가……?'

깜짝 놀란 노씨는 몸을 움츠리며 방 문을 쏘아보았다.

"덜컥, 덜컥, 덜컥!"

방 문을 잡아당기는 소리는 더욱 거세게 들렸다. 방 문을
안에서 단단히 걸어 잠갔기 때문에, 부수지 않는 한 들어올
수가 없었다.

"덜컥!"

그런데 방 문이 와락 열렸다. 그와 동시에 시커먼 것이 방
으로 쑥 들어왔다.

"헉!"

노씨는 숨이 콱 막히면서도 본능적으로 치마 허리를 꽉
움켜잡았다.

"누, 누구요?"

소리를 쳐도 어둠 속의 육중한 물체는 대답이 없었다.

"소, 소리 치겠어요!"

그래도 막무가내였다. 억센 손이 노씨의 옷을 마구 벗
겼다.

"이, 이러지 마세……."

필사적으로 저항을 했지만, 옷은 하나씩 하나씩 힘없이
벗겨져 나갔다. 노씨는 손톱을 세워 자기를 덮치는 사내를
마구 할퀴었다. 그래도 사내는 말소리 하나 내지 않았다.

"으헉!"

정말 속수무책이었다. 낮에는 종일 힘든 밭일을 하였고,
또 어린 아들을 돌보느라고 피곤에 지친 몸으로 억센 사내
의 힘을 당해 낼 도리가 없었다. 육중한 몸에 짓눌려 팔다리
를 허우적거릴 따름이었다.

몸이 자유로워졌을 때는 이미 겁탈을 당한 뒤였고, 그 사나이는 어디론지 사라진 후였다.

"세상에 어떻게 이런 일이……."

노씨는 어이없게 욕을 당한 일이 어처구니없어 한숨만 푹푹 내쉬었다. 홀아비나 나이 많은 총각이 과부보쌈을 해가는 일은 종종 있었다. 그러나 이렇게 무턱대고 침입하여 욕만 보이고 사라진다는 것은 더욱 음흉하고 고약한 일이 아닐 수 없었다.

"누굴까?"

이런 일을 저지를 만한 사내를 생각해 보았다. 여러 십 명의 얼굴이 번갈아 떠올랐지만, 딱 꼬집어 누구라고 속단할 수는 없었다.

"누구였을까?"

아무리 '누구였을까'를 되뇌여 봐도 짐작이 가지 않았다. 그런데 이상한 것은 그 사내의 몸이 얼음장같이 차가웠다는 것이었다.

"어휴! 생각만 해도 소름이 끼쳐."

몸이 으시시 떨렸다. 그 사내가 몸을 짓누를 때, 마치 거대한 얼음덩어리가 누르는 듯한 착각이 들었다. 뼛속까지 스며드는 냉기와 아픔에 노씨는 입이 딱딱 벌어졌었다.

"기괴한 일이다!"

겁탈당한 것이 원통하기보다는 그 알 수 없는 수수께끼가 마음을 혼란스럽게 했다.

'참, 내가 그의 얼굴을 할퀴었지!'

다음날 노씨는 일삼아 마을을 돌아다니며, 안 보는 척하면서도 사내들의 얼굴을 살폈다. 그런데 누구 하나 상처를 입은 사람이 없었다.

'이상하다!'

밤이 되자 노씨는 더욱 문단속을 철저히 하고 잠자리에
들었다. 그러나 철저한 문단속도 소용이 없었다. 이날 밤에
도 정체 모를 사나이는 또다시 나타나 욕심을 채우고 돌아
갔다. 역시 어제와 다름없이 노씨는 뼛속까지 스며드는 듯
한 냉기와 아픔을 겪었다.

"허!"

그저 기가 막힐 따름이었다.

아침이 되어 일어나 보니 방 한쪽 구석에 비단 한 필이 놓
여 있었다. 노씨로서는 이제까지 구경도 하지 못한 귀하고
값진 비단이었다.

"어머나!"

너무나 놀랍고 기뻐서 노씨는 겁탈당한 일도 잊고 탄성을
올렸다. 밭일에 거칠어진 자기 손으로는 만지기만 하여도
흠이 갈 것 같은 고운 비단이었다.

"이 귀한 비단이 왜? ……혹시……!"

노씨는 그 정체 모를 사나이가 놓고 간 것이라고 생각
했다.

"대체 누군데 과부를 겁탈하고 이런 비단을 준단 말인
가?"

어쨌든 노씨는 그 비단을 장롱 깊숙이 넣었다.

그 정체 모를 사나이는 매일 밤 노씨 집을 드나들었다. 아
무리 문단속을 철저히 해도 소용이 없었고, 문에 쾅쾅 못질
을 해놓아도 소용이 없었다.

사나이는 바람처럼 왔다가 거리낌없이 방으로 들어왔다.

그리고 막무가내로 노씨의 옷을 벗기고 겁탈을 한 후에 훌쩍 사라졌다. 이상하고 신기한 일은, 그럴 때마다 비단이나 금은보화를 놓고 간다는 사실이었다.

하루하루가 지남에 따라 비단과 금은보화는 장롱에 가득 찼고, 드디어는 광에도 가득 차기 시작했다.

"도적일까?"

노씨는 고개를 갸우뚱거렸다.

"혹시……?"

노씨는 그 사나이가 귀신이나 도깨비가 아닐까 하는 생각이 들었다. 더구나 잠자리를 같이할 때마다 느끼는, 뼛속까지 스며드는 냉기와 아픔을 생각해 보니 꼭 그런 것 같았다.

'오늘은 확인해 보리라!'

노씨는 굳게 결심하고 그 사나이가 오기를 기다렸다. 방에는 환하게 등불까지 밝혀 두었다.

밤이 깊었다. 갑자기 바람이 불어와 등불을 꺼버렸다. 그와 함께 사나이가 방 문을 열고 안으로 들어왔다.

"대체 당신은 누구세요?"

"……."

노씨가 물어도 사나이는 묵묵부답이었다.

"사람인가요, 귀신인가요?"

"……."

이 말에도 대답이 없었다. 오직 노씨의 옷을 벗기고 열심히 그 일만을 하는 것이었다.

"분명 사람은 아니시죠?"

"허허……."

노씨가 아픔을 참으며 물었을 때, 그 정체 모를 사나이는 처음으로 웃었다.

"내 말이 맞죠?"

"그래."

이 말에 노씨는 소스라치게 놀랐다. 어느 정도 짐작은 하고 있었지만, 막상 당사자로부터 귀신이라는 소리를 듣고 보니 머리털이 쭈뼛쭈뼛 서고, 등골이 오싹거려 견딜 수가 없었다.

"그렇다면 세상에 무서울 것이 없겠네요?"

애써 두려움을 감추고 물었다.

"그렇지도 않아."

한번 말문을 연 귀신 사나이는 쉽게 대답을 했다.

"그렇지도 않다구요?"

"그래."

"그럼, 무엇을 두려워하시는 데요?"

"나는 무엇이나 누런빛이 싫어. 누런빛만 보면 견딜 수가 없어. 그래서 피부가 백옥같이 흰 당신을 찾아온 게야."

"오……!"

노씨는 귀기울여 듣고 이 말을 가슴속에 고이 간직하였다.

귀신 사나이가 떠나간 후에 노씨는 곰곰이 생각했다. 그로 인해 부자가 된 것은 고마운 일이었다. 또 잠자리를 같이할 때 느끼는 냉기와 아픔도 이제는 만성이 되어 참을만 했다. 그러나 사람이 아닌 귀신과 접촉을 계속 한다는 것은 아무리 생각해도 길하지 못한 일이었다.

"이제는…….."

노씨는 어금니를 지그시 깨물며 결심을 했다.

"그만 그를 받아드리리라 !"

날이 밝자 노씨는 이리저리 다니며 누런 옷감과 물감을 잔뜩 구해왔다. 그리고 집을 온통 누렇게 만들어 놓았다.

밤이 되자 얼굴과 몸에도 누런 물감을 칠하고, 마음을 졸이며 귀신 사나이가 나타나기를 기다렸다.

밤이 깊자 역시 그 사나이는 바람처럼 나타났다. 서슴지 않고 쑥 들어서려다가 크게 놀라 물러섰다.

"으헉 ! 이게 웬일인가 ?"

노씨는 차마 귀신 사나이의 얼굴을 마주보지 못했다. 등골에 식은땀이 주체할 수 없을 만큼 흘렀고, 몸은 오들오들 떨렸다.

"허어…… !"

귀신 사나이는 멀찌감치 서서 탄식을 하다가 말을 이었다.

"이제 내가 싫어진 모양이로군 그래 ? 당신의 마음을 알았으니 다시는 나타나지 않으리라 !"

귀신 사나이의 슬픈 음성에 노씨는 마음이 아팠다.

"미안해요."

간신히 이 말을 했다.

"미안하게 생각할 것은 없소. 내가 이제까지 가져다 준 재물을 가지고도 풍족한 생활을 할 수 있을 것이니, 부디 잘사시오."

귀신 사나이는 부드러운 목소리로 너그럽게 말하고는 홀연히 사라져 버렸다.

"휴우……."

노씨는 그가 사라지자 한숨을 몰아 쉬었다.

　과연 다음날부터 귀신 사나이는 영원히 노씨를 찾아오지
않았다.

　노씨는 귀신 사나이가 가져다 준 비단과 금은보화를 팔아
인근에서 가장 큰 부자가 되었다. 고래등 같은 집을 짓고,
전답을 많이 사들이니 그녀를 냉대했던 사람들도 우러러 보
지 않을 수 없었다.

사냥꾼과 원앙새 이야기

신라 말엽, 서라벌 낭산(狼山) 동쪽 기슭에 궁가원(弓家源) 이란 이름의 사냥꾼이 있었다. 젊은 시절 그는 청해진 대사 (淸海鎭大吏) 장보고(張保皐)의 휘하에서 명궁으로 이름을 날 렸던 사람이었다.

활을 잘 쏘아 궁복(弓福)이란 이름을 가졌던 장보고도 가 원의 활솜씨에 탄복하여 이름 앞에 궁(弓)을 붙였는데, 그것 이 성씨가 되었다고 전한다.

벼슬에 뜻이 없어 야인(野人)으로 돌아온 궁가원은 낭산 기슭에 오막살이집을 짓고 사냥으로 생계를 유지했다.

단풍이 붉게 타는 어느 가을, 이날도 가원은 서라벌 근처 의 산으로 사냥을 하러 나섰다. 울긋불긋 곱게 물든 가을의 산은 참으로 아름답게 보였다.

"오늘은 호랑이나 한 마리 잡았으면 좋겠는데……."

가원은 활을 잡은 손에 힘을 주며 이렇게 중얼거렸다. 호피(虎皮)는 귀족들에게 아주 비싼 값으로 팔리는 최상급 상품이었다. 때문에 호랑이 한 마리만 잡으면 한 겨울을 나고도 남음이 있을 정도였다.

가원은 사냥꾼 특유의 감각으로 동물이 있을 만한 장소를 찾아 이리저리 산을 뒤졌다. 그런데 어찌된 일인지 도무지 동물을 구경할 수가 없었다. 호랑이나 멧돼지는 고사하고 산토끼나 꿩 같은 새들도 눈에 보이지 않았다.

동이 트기가 무섭게 집을 나와 온 산을 헤맸지만, 해가 서산으로 뉘엿뉘엿 숨을 때까지 한 마리도 찾을 수가 없었다.

"내가 벌써 늙었나? 아니면 재주가 줄었나? 그렇지 않고서야 이토록 아무것도 찾지 못하다니……!"

가원은 이렇게 중얼거리며 쓰게 입맛을 다셨다.

"아니지, 그래도 천하의 궁가원이 허탕을 칠 수는 없지! 적어도 노루 한 마리 정도는 잡아가지고 내려가야 체면이 서지 않겠는가!"

가원은 힘을 내어 골짜기에서 골짜기로 뛰어다녔다. 그러나 소용이 없었다.

"에잇! 정말 재수가 없는 날이군."

가원은 혼자 투덜거리며 산을 내려오기 시작했다.

'나는 신라에서 둘째가라면 서러워할 사냥꾼이 아닌가! 그런데 이렇게 하루종일 새 한 마리 잡지 못하고 산을 내려가고 있다. 참으로 신라 제일이란 명성이 부끄럽다.'

이런 생각을 하면서 산을 내려오던 가원의 뇌리를 문득 스치는 생각이 있었다.

"옳지! 기러기는 이미 날아왔겠지? 안압지에 가서 기러기나 몇 마리 잡아가는 것이 좋겠다."

가원은 포석정을 돌아서 안압지로 향했다.

안압지에는 기러기뿐만 아니라 온갖 물새들이 와서 놀 았다. 항상 물결이 출렁거리는 못이라 서라벌에서 새들이 가장 즐겨 찾는 장소가 안압지였다.

가원은 기러기와 많은 물새들이 한가롭게 놀고 있는 광경 을 상상하며 안압지에 도착했다. 그곳에 도착했을 때는 이 미 날은 완전히 저물어 캄캄한 밤이 되어 있었다.

휘영청 밝은 달이 안압지를 비춰주고 있었다. 물 속에 하 늘에 떠 있는 달이 목욕을 하는듯 그대로 잠겨 있고, 바람결 에 흔들리는 물결로 인하여 잔잔히 흔들거리고 있었다.

"아니, 새들은 모두 어디로 갔지?"

가원은 눈을 크게 뜨고 안압지를 살펴보았다. 평소에 그 많던 새들은 한 마리도 보이지 않았다. 정말 거짓말 같은 일 이 아닐 수 없었다.

"물새 한 마리도 없다니, 그것 참!"

가원은 탄식하면서 안압지에 잠겨 있는 달을 보았다. 그 달 속에 아내의 소박한 얼굴이 해맑게 웃고 있었다.

"웃지 마시오. 당신 남편은 오늘 허탕을 쳤다오."

가원은 이렇게 말한 다음, 혼자 생각해도 실없게 느껴져 서 픽 웃었다.

"가야지, 집으로! 이렇게 있는다고 해서 없는 새가 생기 는 것은 아니니까."

가원은 발걸음을 돌리려고 했다. 바로 이때 연못에서 무 엇이 움직이는 것을 보았다.

"흠, 저게 뭐지?"

가원은 물결의 움직임이 예사롭지 않는 바위쪽을 보았다.

바위 뒤에서 모습을 드러낸 것은 한 쌍의 원앙새였다.

"어? 원앙새잖아!"

가원은 오히려 놀랐다.

'원앙새는 암수의 금실이 좋기로 이름난 새가 아닌가! 저놈들이 왜 하필 이때 나타났지? 그냥 가려고 했는데…….'

가원은 한참 망설였다.

"죽이느냐 살리느냐, 그것이 문제로다!"

가원은 망설임 끝에 활에 화살을 먹였다.

'빈손으로 갈 수는 없는 일이 아닌가! 안 됐지만 내 눈에 뜨인 너희들의 운명이니…….'

가원은 천천히 시위에 화살을 당겨 '휙' 하고 쏘았다.

"쩩!"

짧은 비명 소리와 함께 한 마리의 원앙새가 화살을 맞고 푸드덕거리더니 두 다리를 쭉 뻗고 죽었다.

"왠지 기분이 꺼림칙하군."

가원은 빈손으로 돌아가는 것은 가까스로 면했지만, 기분은 그다지 좋은 것은 아니었다. 그래서 천천히 걸어서 죽은 원앙새를 주으러 갔다.

원앙새를 주으려고 몸을 숙이던 가원은 갑자기 멈칫했다.

"아니, 이게 어찌된 일인가?"

죽은 원앙새는 목이 어디론가 사라지고 없었다.

가원의 화살은 틀림없이 원앙새의 등을 맞췄다. 목을 맞춘 것은 아니었다. 그리고 화살은 어김없이 등에 꽂혀 있었다.

"대체 원앙새의 목은 어디로 갔단 말인가?"

가원은 원앙새를 손에 들고 목 부위를 유심히 살펴보았다. 목이 떨어진 곳에는 날카로운 이빨 자국이 있었다.

"내가 죽은 원앙새를 쐈을 리는 없는데……."

가원은 하는 수 없이 목없는 원앙새를 들고 집으로 돌아왔다. 밥을 먹으면서도 목이 달아난 원앙새가 자꾸 눈에 어른거려서 입맛이 떨어졌다.

"에잇, 괜히 잡았어!"

가원은 밥을 절반도 먹지 못하고 수저를 놓았다.

"쳇, 잠이나 자자!"

몸도 피곤하고 마음이 뒤숭숭해서 일찍 잠자리에 들었다. 몹시 몸을 뒤척이다가 어슴푸레 잠이 들었을 때, 꿈결처럼 이런 소리가 들렸다.

"당신은 어쩌면 그렇게 무정한 짓을 하셨나요? 나는 그이가 없으면 살 수가 없답니다."

그것은 여자의 목소리가 분명했는데, 매우 구슬프게 들렸다.

가원이 벌떡 일어나 소리가 나는 쪽을 보았다. 바로 머리맡에 한 젊은 여자가 서서 울고 있었다.

"누구요? 대체 당신은 뉘길래 이 밤중에 남의 방에 들어와 그러고 있는 게요?"

여자는 슬픔이 뚝뚝 떨어지는 소리로 말했다.

"내 남편이 오늘 당신이 쏜 화살에 맞아 죽었습니다. 우리는 금실좋기로 소문난……."

여기까지 들은 가원은 빽 소리를 지르며 그녀의 말허리를 끊었다.

"무슨 엉뚱한 소리를 하는 게요? 나는 오늘 토끼 한 마리 잡은 적이 없소. 그런데 뭐 사람을 죽였다고?"

가원이 눈에 불을 켜고 마구 화를 내자 여자가 목멘 소리로 입을 열었다.

"나는 사람이 아닙니다. 당신이 오늘 안압지에서 활로 쏘아 죽인 원앙새의 아내입니다."

"원앙새의 아내라고?"

"그렇습니다. 우리는 금실좋기로 소문난 부부였습니다. 남편이 화살을 맞아 죽는 순간 급히 남편의 목을 잘라 내 품에 간직했습니다. 남편없이 나는 단 하루도 살 수 없는 몸입니다. 그러니 당신께서 차라리 저도 죽여 주십시오. 꼭 부탁합니다. 내일 아침 안압지로 나오시면 남편이 죽은 그 바위앞에서 울고 있겠으니, 부디 당신의 활로 쏘아 주십시오."

가원은 귀신에 홀린 것만 같은 느낌이 들어 화를 벌컥 내며 자리에서 벌떡 일어섰다.

"이 요망한 것! 어디서 감히 장부를 놀리느냐?"

이렇게 소리치며 사정없이 따귀를 갈겼다. 그러나 가원의 손은 이상하게 헛손질을 하면서 몸의 중심을 잃고 앞으로 고꾸라졌다.

"아차차!"

가원은 이렇게 소리를 치다 번쩍 눈을 떴다. 꿈이었다.

"꿈 한번 더럽군!"

가원은 자리끼를 한 모금 마시고 창문을 열었다. 어둔 하늘에 별들이 총총 떠서 영롱하게 반짝이고 있었다.

가원은 목 없는 원앙새와 꿈이 걸려 도무지 마음이 가라앉지 않았다. 그래서 다시 잠들지 못하고 뜬눈으로 밤을 지샜다.

'꿈속에 나타난 여인이 정말 그 원앙새의 암컷일까?'

'정말 수컷의 목을 암컷이 떼어 갔을까?'

'세상에 그런 일도 있을 수 있을까?'

'믿을 수 없지만……, 그렇다고 안 믿을 수도…….'

이런 생각을 하며 밤을 하얗게 지새운 가원은 아침 일찍 안압지로 나갔다. 궁금증을 풀지 않고는 도저히 견딜 수 없었던 것이다.

안압지에 도착한 가원은 꿈속의 여인이 말한 장소를 보았다. 과연 그 바위 곁에는 짝 잃은 원앙새 한 마리가 슬피 울고 있었다.

"아아……!".

가원은 자신도 모르게 까닭 모를 감탄사를 토해내며 몸을 비틀거렸다. 비틀걸음으로 그 바위 쪽으로 가깝게 다가갔다. 그런데도 원앙새는 날아가지 않았다. 놀라 날아가기는 커녕 원망스러운 듯 빤히 쏘아보고 있었다.

가원은 등골이 오싹해지는 것을 느끼면서 걸음을 멈추었다. 순간 꿈속의 일이 현실처럼 생생하게 머리에 떠올랐다.

"죽여 달라고 했지?"

가원은 이렇게 중얼거리면서 활을 당겼다. "퍽"하는 소리와 함께 원앙새가 활을 맞고 쓰러졌다.

"참 기분 한번 더럽군."

가원은 투덜거리면서 원앙새를 번쩍 들었다. 그러자 무엇이 땅에 툭 떨어졌다. 그것은 꿈속의 여자가 품에 간직했던 원앙새의 머리였다.

"아아, 이럴 수가……!"

 가원은 수없이 많은 짐승을 잡아 온 대담한 사냥꾼이었지만, 그것을 본 순간 온몸에 소름이 끼쳤다. 양심의 가책을 느낀 가원은 원앙새 한 쌍을 양지바른 곳에 묻어 주었다.

 그 후 가원은 이때의 일이 자꾸 머리에 떠올라 도저히 사냥을 할 수가 없었다. 그래서 깊은 생각끝에 출가했다. 머리를 깎고 스님이 된 그는 자기 때문에 생명을 빼앗긴 짐승들의 넋을 위로하며 열심히 불도를 닦았다.

정성껏 무덤을 만들고 보존하는 까닭

소금장수가 있었다. 그는 지게에 소금가마를 잔뜩 지고 이 마을 저 마을 다니며 소금을 팔아 생계를 유지하는 떠돌이였다.

어느 무더운 여름날, 소금장수는 땀을 뻘뻘 흘리며 산길을 걷고 있었다.

"아따, 날씨 한번 환장하게 덥네!"

그는 나무 그늘 아래서 지게를 내려놓고 흐르는 땀을 식히고 있었다. 그런데 갑자기 뒤가 급했다.

주위를 둘러보았다. 인적 하나 없는 산길이었다. 아무 데서나 뒤를 봐도 누가 볼 사람은 없지만, 혹시나 해서 큰 바위 뒤에 숨어서 볼일을 시원하게 봤다.

"아뿔싸, 이 일을 어찌 한담!"

너무 급한 나머지 밑을 닦을 것을 준비하지 못했다. 아무리 주위를 두리번거려도 밑을 닦을 마땅한 것이 없었다.

"엉?"

그런데 바로 옆에 하얀 뼈다귀가 하나 있었다. 생긴 모양으로 보아 사람의 뼈가 분명했다.

"에라이 모르겠다."

소금장수는 급한 김에 그 뼈다귀로 밑을 닦았다. 그렇지만 미안한 생각이 가시지 않아, 뼈다귀를 보고 싱겁게 중얼거렸다.

"내 똥이 구리냐?"

그러자 대뜸 뼈다귀가 잔뜩 화난 음성으로 대꾸했다.

"구리다, 이놈아!"

"헉!"

소스라치게 놀란 소금장수는 허겁지겁 소금지게를 지고 줄행랑을 쳤다.

"서라, 이놈!"

뼈다귀는 공중에 '일(1)'자로 떠서 춤추듯 이리저리 흔들리며 소금장수의 뒤를 쫓아오고 있었다.

혼비백산한 소금장수는 단숨에 산을 넘고 물을 건넜다. 숨이 턱에 닿을 때까지 앞만 보고 달리던 그가 슬쩍 뒤를 돌아보니 뼈다귀는 따라오지 않았다.

"휴우, 십년 감수했네."

털썩 길가에 주저앉으며 가쁜 숨을 돌렸다.

"세상에 뼈다귀가 말을 다 하다니……. 그런 거짓말 같은 경우가 어디에 있어."

이렇게 투덜거리며 아무렇게나 길가에 콩 태(太)자로 누웠다. 푸르고 맑은 하늘에 구름이 여러 가지 모양을 만들어 떠 있었다.

긴장이 풀린 탓인지, 일순간에 졸음이 무더기로 몰려들어 스르르르 눈을 감았다.

"맴맴……."

매미가 자장가까지 불러주었다.

잠을 달게 자고 깨어나 보니 어느덧 날은 저물어 있었다. 사방이 한치 앞을 분간할 수 없을 만큼 캄캄했다.

"어이쿠, 여기가 어디야?"

놀란 소금장수는 이러저리 두리번거렸다. 저만치에 불빛 하나가 가물거리고 있었다.

"휴우, 다행히 사람 사는 집이 있구나!"

소금지게를 지고 그 불빛을 따라 급히 걸음을 옮겼다. 생각했던 것보다 훨씬 먼 거리였다. 어깨가 뻐근하고 다리에 힘이 많이 빠질 때까지 걷자 비로소 그 집 앞에 당도할 수 있었다.

"계십니까? 주인장 계십니까?"

소금장수가 주인을 부르자, 한참 뒤에 머리가 허옇게 센 노파가 나왔다.

"누구요?"

"예, 지나가는 사람인데 날이 저물어 하룻밤 묵어갈까 하고 찾아왔습니다."

"뭐라고?"

노파는 귀가 먹었는지, 몇 번이나 말을 해도 알아듣지 못했다. 그래서 소금장수는 목이 쉴만큼 악을 써서 말했다. 말하는 자신의 귀청이 먹먹할 정도였다.

"우리집에서 하룻밤 쉬어 가겠단 말이지?"

그제서야 노파는 알아듣는 모양이었다.

"예, 할머니!"

진이 빠진 목소리는 힘이 없었다.

"뭐라고?"

할머니의 이 말에 소금장수는 정신이 번쩍 들어 젖먹던 힘까지 내어 큰 소리로 대답했다.

"예, 할머니! 하룻밤 쉬어 가게 해주세요!"

어찌나 소리를 질렀던지 눈물이 다 찔끔거려졌다.

"왜 그렇게 소릴 질러?"

"할머니께서 알아듣지 못하시잖아요!"

"내가 왜 못 알아들어."

"그럼, 귀가 잡수신 것이 아니란 말씀이세요?"

"뭐라고?"

"아이고, 맙소사!"

소금장수는 노파와 말을 하는 것이 너무 힘이 들었다. 그래서 금방 울음이라도 터뜨릴 듯한 얼굴과 애원하는 눈으로 노파를 바라보고만 있었다.

"왜 힘들어?"

"……."

노파가 이렇게 물어도 소금장수는 대답하지 않았다.

"히히히……."

노파는 괴상 야릇한 소리를 내며 웃다가 이렇게 말했다.

"어서 들어와. 사실 나는 귀가 먹은 것이 아녀. 너무 심심해서 장난 좀 친 게여."

"세상에, 할머니……."

소금장수는 너무 어이가 없어 고개를 마구 흔들었다.

웃기는 노파였다. 아무리 심심하더라도, 그리고 소금장수

가 손자뻘이 된다고 할지라도, 초면에 그런 장난을 하는 것
은 너무 경우에 어긋난 일이 아닐 수 없었다.

소금장수는 몹시 화가 났지만, 그것을 내색할 수도 없
었다. 화를 냈다가는 노파가 팽하니 토라져서 쫓아낼 것만
같았다.

"배 고프지?"

"예, 할머니."

"조금만 기다려. 내 곧 밥상을 차려올 테니까."

"고맙습니다, 할머니."

노파는 부엌에 나가서 밥상을 차려 가지고 왔다. 소금장
수는 시장하던 참이라 얼른 먹어치웠다.

노파는 밥상을 치우고 돌아와서 소금장수에게 재미있는
이야기를 해달라고 청했다.

"할머니, 전 이야기를 할 줄 몰라요."

"아무 얘기라도 괜찮아."

"글쎄, 아무 얘기도 아는 것이 없다니까요."

"정말 없어?"

몇 번 거절을 당한 노파는 파르르 화를 냈다.

"예, 정말 없어요."

"그렇다면 당장 밥값을 내고 내 집에서 나가!"

"아아니, 할머니……."

소금장수는 깜짝 놀라며 말꼬리를 흐렸다.

"이 밤중에 어디로 가라고……."

"그러니까 얘기해줘."

소금장수는 할 수 없이 머리를 굴려 얘기를 생각해 보
았다. 그러나 끝까지 알고 있는 얘기가 한 가지도 없었다.

문득 아까 낮에 있었던 일이 뇌리를 스쳤다.

'그렇지!'

속으로 쾌재를 지르며 뼈다귀에게 쫓긴 사연을 낱낱이 이야기하였다.

"어때요? 재미있었습니까?"

이야기를 마치고 소금장수가 노파에게 물었다. 그런데 노파의 두 눈은 분노로 활활 타오르고 있었다.

"할머니 왜……."

분노에 찬 노파의 눈을 본 소금장수는 소름이 끼쳐 뒷말을 잇지 못했다.

"이놈!"

마치 저승에서 들려오는 듯한 노파의 음성은 소금장수의 몸과 마음을 꽁꽁 얼어붙게 만들었다.

"네놈이 더럽게 밑을 닦은 뼈다귀가 바로 나다!"

노파는 말을 다 끝내지도 않고 와락 소금장수에게 달려들어 그의 목을 조였다.

"으악!"

소금장수는 기겁을 하고 노파를 밀어내려고 하였다. 그러나 노파의 힘은 믿기지 않으리만큼 강했다.

"컥! 컥……!"

소금장수는 처절하게 발버둥치다가 숨이 끊어지고 말았다.

이때부터 사람의 뼈를 함부로 해서는 안 된다는 말이 생겼고, 정성껏 무덤을 만들고 가꾸는 풍습이 생겼다고 한다.

여색에 범연하여 절세가인을 얻은 사나이

유정현(柳廷顯)은 태종(太宗) 때 영의정을 지낸 사람으로,
학식과 인품이 높은 사람이었다.

일인지하 만인지상(一人之下萬人之上)의 자리에 올랐으니,
벼슬로써는 더 바랄 나위 없었다. 그러나 애지중지하던 자
식이 장성하여 요절했기 때문에, 그 한(恨)을 가슴에 묻고
살았다.

다행히 늘그막에 아들이 생겨 대(代)를 이을 걱정을 덜었
지만, 귀엽게 자란 탓에 버릇이 없었다.

'굽은 나뭇가지는 어릴 때 바로잡지 않으면 안 되는 법!'

유정승은 어린 아들의 훈육을 위하여 널리 독선생(獨先生)
을 구했다. 자격은 학식도 물론 중요했다. 그러나 그보다도
더욱 중요한 것은 자기 관리에 엄격한 사람이라야 했다.

수소문 끝에 찾아낸 이가 송반(宋盤)이라는 사람이었다.
그는 인물이 훤칠해서 장부답게 생겼는데, 근엄하기로 유명

했다. 특히 여색에 있어서는 수도하는 승려처럼 범연했다.

유정승은 송반의 인품을 믿고, 또 죽은 아들이 살아돌아온 것처럼 그를 사랑했다. 송반 역시 유정승을 친부나 다름없이 섬기었다.

그런데 유정승의 집에는 천하절색의 청상과부가 있었다. 그녀는 죽은 아들의 처였다.

한집에서 한솥밥을 먹고 살면서도 내외(內外)가 엄한 때라, 송반은 과부의 얼굴은커녕 그림자조차 본 일이 없었다.

그러나 과부쪽에서는 은밀히 송반의 모습을 훔쳐 보고 가슴을 태우고 있었다.

세월이 흘러, 송반이 그 집에서 기거한 지도 벌써 1년이 지났다. 때는 마침 온갖 꽃이 흐드러지게 피어나는 춘삼월의 좋은 밤이었다.

달빛은 교교하고 어디선가 풍겨오는 꽃향기는 감미롭기 그지없었다. 송반은 워낙 근엄한 성격이었지만, 인간인 이상 목석일 수는 없었다.

"흠!"

송반은 까닭도 없는 헛기침을 하며 대문을 나왔다. 봄날밤의 한 때가 천금과 같다는 말이 있듯, 향긋한 봄바람이 전해주는 설레임을 송반도 어쩔 수 없었다.

춘정(春情)에 취해 발밤발밤 걷다 보니 어느덧 뒷동산으로 올라가고 있는 자신을 발견했다.

"……?"

그런데 문득 뒤가 이상하다는 느낌이 들어 걸음을 멈추고 돌아다보았다.

"허!"

저만치 뒤에서 걷고 있는 사람도 우뚝 걸음을 멈추었다. 그 사람은 하얀 소복을 입은 젊은 여자였다. 빈틈없이 쪽을 찐 것으로 보아 어느 집 부인이 분명했다.

"아……!"

송반은 자신도 모르게 감탄사를 토해내며 무엇에 취한 듯이 여인의 모습을 바라보았다.

환한 달빛에 드러난 여인의 자태는 월궁항아(月宮姮娥)가 무색할 지경이었다. 다소 야윈 듯한 볼 위로 흐르는 살결은 복사꽃이 부끄러울 정도였고, 살포시 다문 입술은 이슬 머금은 해당화가 얼른 고개 숙일만했다.

그런 여인이 무엇을 간절히 원하는 듯한 고혹적인 눈매로 자기를 응시하고 있는 것이 아닌가!

'허, 내가 지금 무슨…….'

문득 정신을 차린 송반은 어금니를 지그시 깨물었다.

"어흠!"

헛기침을 하고 여인을 외면한 그는 필요 이상으로 걸음을 빨리했다.

"저……."

여인이 머뭇거리는 작은 소리가 천둥소리처럼 크게 송반의 고막을 파고들었다. 순간 송반은 흠칫하며 걸음을 멈췄지만, 고개를 돌리지도 않고 이내 다시 걸음을 옮겼다.

"보셔요!"

여인의 목소리가 크게 들렸지만, 못들은 척하고 더욱 걸음을 재촉했다. 마치 뒤를 돌아보기라도 했다가는 큰일이 나는 사람처럼 그렇게.

그러나 목적지도 없이 무작정 걷고 있는 송반의 뇌리에는 그 여인의 눈부신 자태가 잠시도 떠나질 않고 있었다.

"어허, 물러가라! 물러가래도……."

송반은 실성한 사람처럼 연신 손사랫짓을 치며 중얼거렸다.

그렇게 한참을 걷다보니 숨이 찼다. 그제서야 걸음을 멈추고 뒤를 돌아다보았다. 꼭 따라오는 것만 같았던 여인의 모습은 보이지 않았다.

"누굴까?"

송반은 다소 아쉬운 마음을 느꼈다. 가쁜 숨결을 고르면서 생각해 보니, 그런 여인을 두고 경국지색이라 하는 것 같았다.

"그림의 떡이로다! 부질없는 생각이로다!"

송반은 그 여인의 생각을 지우려고 애를 쓰면서 천천히 산을 내려왔다. 그러다가 어느 곳에 시선이 머물자, 얼어붙은 듯이 걸음을 멈추면서 감탄사를 토해냈다.

"아아……!"

소복을 입은 그 여인, 그 절세가인이 어느 집 후원에 망부석처럼 서서 산을 바라다보고 있었다.

"어……?"

그런데 그 집을 유심히 살펴보니 자기가 머물고 있는 유정승 댁 안채 후원이 아닌가!

'그렇구나! 그 여자는 유정승 댁 미망인 며느리였구나!'

여자의 정체를 알아차린 송반의 가슴에는 알 수 없는 안타까움이 뭉게뭉게 피어오르고 있었다.

"흠!"

송반은 헛기침과 함께 시선을 다른 곳으로 돌리고 황급히
걸음을 옮겼다.

방으로 돌아와 침구를 펴고 막 자리에 들었는데 밖에서
인기척이 들렸다.

"주무시옵니까?"

작고도 여린 계집의 목소리였다.

"으흠!"

송반은 대답대신 기침을 했다. 그러자 살며시 문을 열고
방안을 들여다보는 얼굴은 하녀 춘금이었다.

"웬일이냐?"

"예, 아씨께서 이것을 전해 드리라고 해서요."

춘금은 무엇인가를 놓고 급히 문을 닫고 사라져 버렸다.

"아씨?"

아씨라는 말에 얼굴이 화끈 달아올랐다. 급히 촛불을 켜
고 보니, 그것은 서찰이었다. 거기에는 그린 듯한 섬세한 글
씨로 이런 시(詩)가 적혀 있었다.

　　지난밤 봄바람 가는 비 속에
　　복사꽃 한 떨기 곱게 피었네
　　오늘밤 달 밝은 깊은 밤중에
　　내 그대 사무치게 기다리리라.

이 시를 읽은 송반의 심장은 무엇이 억지로 흔들어 대는
것처럼 두근두근 뛰었다.

그 시는 아무리 해석해도, 월궁에 산다는 선녀 같은 미인
의 괴로운 하소연이었다.

"아아……!"

송반은 서찰을 손에 들고 방안을 서성거렸다.

'청상과부가 얼마나 청춘의 번뇌가 심했으면……, 수치심
도 버리고 이런 글을 보냈단 말인가!'

병아리를 노리는 솔개가 하늘을 맴도는 것처럼 방안을 맴
돌고 있는 송반의 마음도 괴로웠다. 어떻게 해야 할 바를 몰
라 한없이 갈등했다.

"가느냐, 마느냐 이것이 문제로다!"

여인의 절절한 마음을 거절하자니 너무 야속하게 느껴졌
고, 받아들이자니 윤리와 도덕에 어긋나는 일이었다.

"아서라, 길이 아니면 가질 말아라!"

역시 그는 지조가 곧은 남자였다. 삿된 욕망을 냉철한 이
성으로 제어할 수 있는 의지의 사나이였다.

송반은 참으로 어려운 결정을 내리고 자리에 누웠다.

한편 유정승은 혼자 드러누워서 이 생각 저 생각에 전전
반측(轉轉反側)하며 잠을 이루지 못하고 있었다. 이날 따라
가슴에 묻어 둔 아들 생각이 머리를 떠나지 않았다.

"몹쓸 녀석!"

유정승은 이렇게 뇌까리며 자리에서 일어나 밖으로 나
왔다. 모두가 잠든 깊은 밤, 집 안은 고요하기 짝이 없었다.

소피를 보고 뒷간에서 나오던 유정승은 사랑채를 황급히
지나는 사람의 그림자를 보았다.

'이 밤중에 누가?'

고개를 갸우뚱거리다가 눈을 지릅뜨고 그 그림자를 유심
히 살폈다. 키가 작고 몸집이 통통한 것으로 보아 며느리의
몸종이 분명한 것 같았다.

'쟤가 왜……?'

유정승은 호기심에 몸을 숨기고 춘금의 행동을 주시했다.

그런데 춘금은 송반의 방 문 앞에 가서 딱 멈추어 서는 것이 아닌가!

"음……?"

유정승은 숨소리마저 죽이고 눈을 크게 떴다.

"주무시옵니까?"

춘금의 낮은 목소리가 유정승의 귀에도 들렸다.

"훈장님, 주무시옵니까?"

"……."

춘금이 몇 번이나 불렀지만 방에서는 대꾸가 없었다.

"꼭 전할 말씀이 있사옵니다."

춘금은 문고리까지 잡고 흔들며 목청을 돋우었다. 그러다가 스스로 화들짝 놀라 주변을 살펴보고 손으로 입을 가렸다

"문을 열어 보십시오."

이제 춘금의 목소리는 애원에 가까웠다. 그것을 처음부터 지켜보고 있던 유정승은 괘씸한 생각이 들었다.

'저 요망한 계집이 감히 누구에게 꼬리를…….'

당장 붙잡아 혼쭐을 내고 싶었지만, 조금만 더 지켜보기로 했다. 계집의 줄기찬 유혹에도 대꾸조차 안하는 송반의 태도가 한결 믿음직하다는 생각이 들었다.

"훈장님, 아씨께서 꼭 이것을 전하라고 하셨습니다."

이 말에 유정승은 자기의 귀를 의심했다.

'뭐, 아씨라니……?'

유정승은 몸에 엄청난 전율이 흐르는 것을 느끼면서 더욱

귀를 기울였다.

　방안에 죽은 듯이 누워 있는 송반은 잠이 든 것이 아니
었다. 춘금의 소리를 처음부터 듣고 있었다. 그렇지 않아도
그녀 생각으로 마음이 싱숭생숭한데, 밖에서 자꾸 부르고
있으니 견딜 재간이 없었다.

　"왜 그렇게 소란을 피우느냐?"

　송반은 짜증스럽게 소리치며 방 문을 열었다.

　"아씨께서 이것을……."

　춘금은 던지듯이 서찰 한 장을 방안에 놓고 쫓기는 사람
처럼 총총 안쪽으로 사라졌다.

　"휴우……."

　송반은 길게 한숨을 토해내고 촛불을 켰다. 서찰을 읽는
송반의 얼굴이 파랗게 질렸다.

　　그대 만일 내 부탁을 다시 어기면
　　나는 반드시 이 밤으로 자결하리라.

　무서운 내용이 적혀 있는, 협박조의 편지였다.

　"어쩐다?…… 그러나 사람의 목숨이 걸려 있는 일이 아
닌가!"

　송반은 한참 동안 망설이다 결심을 하고 의관을 정제
했다.

　유정승은 이때까지 뒷간에 숨어 송반의 행동을 살피고 있
었다.

　'음, 열 길 물 속은 알아도 한 길 사람 속은 모른다고 하
더니만…….'

부르르 몸을 떨며 빠드득 이를 갈았다.

송반이 안채로 들어가자 유정승은 재빨리 사랑으로 들어가서 대검을 뽑아들고 나왔다. 불륜에 빠져 가문에 먹칠을 한 며느리와 위선에 찬 송반을 도저히 용서할 수 없다는 생각에서였다.

"인륜을 저버리고도 살기를 바랄 수 있겠는가!"

유정승은 비장한 결심을 하고 안채로 들어가 며느리의 방문 앞으로 다가갔다. 창문에 어리는 그림자는 벌써 두 사람이 뒤엉켜 있었다.

"아아, 도련님! 제발 소첩을……."

며느리의 흥분한 소리가 새어나왔다. 며느리의 그림자는 송반의 무릎 위에서 아주 몸부림을 치고 있었다.

"저런, 쳐 죽일……!"

유정승은 무섭게 뇌까리며 칼을 쥔 손에 힘을 주었다. 그리고 막 방 문을 열려고 손을 내미는데, 송반의 차분한 목소리가 들렸다.

"부인, 제발 진정하십시오. 한순간 이성을 잃고 이러시면 평생을 욕되게 살아야 합니다. 그리고 나는 차라리 죽을지언정 이 댁 어르신의 은고를 배반하는 짓은 할 수가 없습니다."

정말 뜻밖이었다. 송반은 온갖 말로 자기의 며느리를 설득하고 있는 것이 아닌가!

"음……!"

유정승은 소리없이 그 자리를 물러나서 사랑으로 나왔다. 송반의 언행이 그렇게 고맙고, 아름다울 수가 없었다.

'그 정도의 고결하고 굳은 인품이라면…….'

유정승은 복잡한 생각으로 잠을 설쳤다.

"그렇다!"

이렇게 중얼거리는 유정승의 얼굴에는 어떤 결심이 어려 있었다. 표정이 어둡지 않은 것으로 보아서 좋지 않은 결심은 아닌 것 같았다.

이튿날 날이 밝자, 유정승은 송반과 며느리를 방으로 불렀다. 그리고 두 사람이 깜짝 놀랄 말을 망설이지도 않고 입 밖으로 냈다.

송반은 눈을 크게 뜨고 유정승의 얼굴을 바라보고만 있었고, 며느리는 사과처럼 얼굴을 붉히고 고개를 푹 떨구었다.

"어떤가? 죽은 내 아들이 되어 주지 않겠는가?"

유정승의 말은 송반을 아들처럼 생각하겠다는 것이었다. 그것은 또 며느리의 남편이 되어 달라는 완곡한 부탁이기도 했다.

"화, 황송하기 이를 데 없는 분부이오나……."

송반은 몇 번 겸양의 말을 했다. 그러나 거절하는 것은 아니었다. 송반으로서는 오히려 불감청이언정 고소원하던 일이었다.

"하하……. 그렇다면 됐네."

유정승은 좋은 날을 택하여 두 사람의 혼례를 올리게 하였다.

그 후 송반은 벼슬이 회양 대도호부사를 거쳐 병조판서에 이르렀고, 부인과는 금슬좋게 백년해로했다.

해전은 말한다.

여색에 탐착(貪着)하는 남자는 끝없는 벼랑길을 걷고 있는 것과 같다. 순간의 쾌락에 허우적거리다가는 반드시라고 할 만큼 절망의 나락(那落)에 빠지게 된다. 그것은 마치 꿀에 취한 호박벌이 꽃 속에 갇혀 죽는 운명과 같다.

　삿된 욕망을 제어할 수 있는 장부야말로 진정으로 멋진 장부가 아니겠는가!

세종대왕과 그 형제들

　세계 역사에서 임금이 백성들을 위해 글자를 창제(創製)한 경우는 조선 왕조의 세종대왕이 유일무이하다.
　세종대왕! 그분은 더 이상 설명이 필요하지 않을 만큼 불세출의 성군(聖君)이시다.
　그러나 우리 역사에 가장 자랑스런 임금이 있게 한 일등 공신은 누구일까? 대왕의 두 형님, 곧 양녕대군과 효령대군이시다.
　조선 왕조 오백년 역사에서 가장 화끈하고 멋진 장부를 꼽으라면, 필자는 주저하지 않고 양녕대군과 효령대군을 꼽는다.
　미련없이 제왕의 자리를 버린 장부의 용단(勇斷), 그것은 참으로 아름답고 흐뭇한, 우리의 역사를 바꾸게 한 감동의 드라마였다.
　역사에는 가정(假定)이 없다고 하지만, 만일 양녕대군의

탁월한 결단이 없었다면, 세종대왕과 같은 성군의 출현도
없었을 것이다.

일찍이 세자로 책봉된 양녕대군은 보기 드문 왕재(王材)
였다. 할아버지 태조 이성계의 용력(勇力)과 아버지 태종의
기상을 고스란히 물려받은 호남아였다. 게다가 문장과 필법
에도 뛰어났고, 두둥실 배를 띄울만큼 아량 또한 넓었다.

효성과 우애가 지극했던 양녕대군은 누구보다 형제들의
재능을 잘 알고 있었다. 동생인 효령대군과 충령대군의 성
장과 정을 눈여겨 보면서, 그들이 보다 적합한 임금의 재목
임을 항상 느끼고 있었다.

태종의 둘째 아들인 효령대군 역시 왕의 재목으로 손색이
없었다. 문무를 겸비한 수재(秀才)였으며, 어려서부터 남달
리 총명함을 보였다.

그는 약관(弱冠)에 이를 무렵, 제자백가(諸子百家)를 두루
꿰뚫고 있었다. 부왕(父王) 태종이 즐겨 효령대군과 더불어
제자백가를 논했는데, 어느 것 하나 막힘이 없어 혀를 내두
를 정도였다.

또 그는 날아가는 새를 활로 쏘아 떨어뜨리는 명궁이
었다. 언젠가 태종을 따라 평강(平康)에서 사냥할 때, 다섯
번 활을 쏘아 다섯 짐승을 맞혀 사람들을 감탄하게 했다.

'그래도 둘째보다는 셋째가……'

양녕대군은 세 살 아래인 충령대군에게 더 높은 점수를
주고 있었다. 셋째인 충령이 나라를 다스린다면, 요순(堯舜)
을 능가하는 태평성대를 이룰 것이라는 믿음을 가지고 있
었다.

그러나 이미 지엄한 국법에 따라 세자로 책봉된 몸이

었다. 보장된 임금의 자리를 양보하겠다는 결심을 내린 것
도 엄청난 인간적 갈등과 결단을 요구하는 일이었지만, 세
자를 바꾸는 일은 더욱 힘든 일이었다.

"아바마마, 소자보다는 충령에게 성군의 자질이 있사옵
니다. 그러니 다음 보위는 마땅히 충령에게 물려주시는 것
이 좋을 것입니다."

"오냐, 네 뜻이 참으로 가상하다. 정녕 네 생각이 그렇다
면, 그렇게 하기로 하자."

이렇게만 순조롭게 풀릴 수 있는 일이라면, 세상에 문제
될 것이 하나도 없다. 그러나 최고 권력의 주변에는 항상 세
력을 형성하고 있는 무리들이 있는 법이다.

양녕대군의 주위를 맴돌며 때를 기다리는 사람들은 세자
교체를 결사적으로 반대할 것이 불을 보듯 뻔한 일이었다.

'폐위를 당할 수밖에 없는 명분을 만들어야…….'

이렇게 생각한 양녕은 궁리 끝에 비장한 결심을 하고, 마
음속으로 쾌재를 질렀다.

'그렇다!'

양녕이 생각한 것은 스스로 미치광이가 되겠다는 것이
었다. 물론 정상적인 사람이 거짓 미치광이 노릇을 하는 것
은 쉬운 일이 아니지만, 그 방법이 가장 효과적일 것이라는
생각에서 선택한 것이었다.

양녕이 세자로 책봉된 뒤, 계성군 이래(李來)가 빈객 겸
세자의 스승으로 동궁에 무상 출입하였다. 그는 고려조 공
민왕 때 국권을 쥐고 흔들던 요승 신돈에게 미관말직으로
분연히 대들었던 이존오의 아들로서, 아버지 못지않게 강직
한 선비였다.

'계성군 이래의 강직한 성품을 활용하면…….'

양녕은 자기의 계획에 이래를 끌어들일 것을 생각하고, 즉시 실행에 옮겼다. 이래가 시강(侍講)을 하러 오자 양녕은 방석에 비스듬히 기대앉아서 미친듯이 개 짖는 시늉을 하였다.

"멍멍! 멍멍멍멍……!"

"아니, 동궁마마!"

이래가 놀라는 것은 무리가 아니었다.

전날까지만 해도 의젓하기가 이를 데 없었던 세자의 행동이 너무 이상했던 것이다.

"대체 왜 이러시옵니까? 체통을……."

"으르릉……."

양녕은 무섭게 이래에게 달려들어 그의 허벅지를 물었다.

"악!"

이래는 기겁을 하고 한발짝 물러서며 비명을 질렀다.

"자, 장난이 너무 지니치옵니다, 동궁마마!"

"월월월월……!"

양녕은 개처럼 기어다니면서 미친듯이 짖어댔다.

"허, 세상에……!"

이래는 쩔쩔매다가 할 수 없이 세자의 몸을 일으켜 세웠다.

"동궁마마! 제발 정신을 차리십시오."

양녕은 한참 동안이나 실실거리며 웃다가 문득 정색을 하고 입을 열었다.

"계성군께서 언제 오셨소?"

"예?"

이래는 눈을 크게 뜨고 양녕의 얼굴을 보았다.

"왜 그렇게 보시오?"

"왜 그런 장난을 하시옵니까?"

"장난? 내가 무슨 장난을 했다고 그러시오?"

양녕은 시치미를 떼었다.

"방금 동궁마마께서 개짖는 흉내를 하시잖았습니까?"

"허, 계성군께서 지금 무슨 소리를 하시는 게요? 멀쩡한 사람을 실성한 사람으로 만들 생각이시오?"

세상에는 진실이 거짓이 되고, 거짓이 진실로 둔갑하는 경우도 왕왕 있는 법이다. 특히 힘을 지닌 사람이 거짓을 진실이라고 우기면, 약한 쪽의 사람은 울며 겨자먹기 식으로 그것을 인정하는 경우가 많다.

양녕이 절대 그런 일이 없다고 잡아떼자 이래는 하는 수 없이 입을 다물었다.

그런데 시강에 임하는 양녕의 태도는 정말 가관이었다. 멍한 표정으로 콧구멍을 열심히 후벼파면서 연신 실실거렸다.

"동궁마마, 대체 왜 이러시는 것이옵니까?"

"뭘?"

"혹시 어디 편치 않으십니까?"

"체, 내가 아픈 것 같소?"

"……?"

실성한 사람의 언행을 계속하는 양녕의 태도를 지켜보는 이래는 정신이 지극히 혼란스러웠다. 어찌보면 정말 실성한 것처럼 보이기도 했고, 또 다르게 보면 딴청을 부리고 있는 것으로 보이기도 했다.

'이상하다!'

이래는 진의를 파악할 수가 없어 며칠을 두고 양녕의 언행을 유심히 살폈다. 그런데 날이 갈수록 그의 언행은 괴상망측하게 변해가고 있었다.

'음, 보통일이 아니로다!'

이래는 태종을 배알하고 세자의 광태(狂態)를 낱낱이 아뢰었다.

"뭐라고? 그게 사실이란 말인가?"

"그러하옵니다, 전하!"

태종은 깜짝 놀라 그 사실을 거듭거듭 확인했다.

"허……, 실로 그런 행동을 했단 말이지?"

"전하, 의관을 보내시어 진맥을 하시는 것이…….."

"알았노라."

태종은 즉시 의관을 보내어 양녕을 진맥하도록 했다. 그러나 의관도 확실한 원인을 진맥해내지 못했다.

이때부터 양녕은 공부는 뒷전이고, 엉뚱한 짓만 일삼았다. 동궁전 뜰에 새덫을 놓고 새잡기에 열중했고, 짓궂은 장난질로 나인들을 골탕먹이는 일을 서슴지 않았다.

"동궁마마가 이상하지?"

"그래, 실성한 사람 같아."

"혹시……, 미친 것은 아닐까?"

이런 소문이 나인들 사이에서 공공연히 떠돌았다.

아무튼 양녕의 광태는 날이 갈수록 더하기만 하였다.

어느 날부터인가는 주색에 푹 빠져 허우적거렸다. 춘방별감을 대동하고 궁궐을 월장하여 장안의 기생집을 전전했다. 또 남의 집 반반한 소실까지 낚아내기도 하였다.

그러던 어느 하루, 누군가로부터 중추원부사(中樞院副使) 곽정의 소실 어리(於里)가 천하절색이란 말을 들었다.

"흠……!"

양녕은 춘방별감에게 명하여 어리를 데려오도록 했다.

누가 감히 세자의 명을 거역할 수 있겠는가? 춘방별감이 부리나케 달려가서 어리를 빼앗듯이 납치하여 양녕 앞에 대령했다.

"허, 고것 참 소문대로 미색이로구나!"

양녕은 주저하지 않고 어리와 잠자리를 같이 했다. 그리고 하룻밤을 보낸 다음 그녀의 미색에 완전히 도취되어 이런 노래까지 지어 불렀다.

사랑 사랑 내 사랑
술과 어리 내 사랑
주야 장천 못올 님
어화 어리 내 사랑.

중추원부사는 종이품(從二品)의 벼슬로, 소위 끗발이 좋은 측에 속했다. 그런 벼슬아치의 소실을 강제로 빼앗아 왔으니, 문제가 안 생길래야 안 생길 수가 없었다.

과연 얼마 후에 이 소문은 궁중에 파다하게 퍼졌다. 태종은 크게 진노했다. 그리하여 어리를 데려온 춘방별감을 곧장 쳐서 공주 관노로 내쫓고, 어리를 동궁으로 들이는데 조력한 사람들을 모두 귀양 보냈다. 어리 또한 멀리 내쫓기었고, 세자 양녕은 송도로 추방되었다.

이러한 소동이 있은 뒤, 그렇지 않아도 물의가 분분하던 세자 폐위 문제가 수면으로 떠올랐다.

영의정 유정현(柳廷顯)을 필두로 하여 많은 신하들이 폐세자할 것을 주청했다. 그러나 반대 의견도 적지 않았다. 특히 당시 이조판서로 있던 황희는 적극 반대하였다.

사실 황희는 사람을 보는 눈이 높았다. 양녕의 사람됨과 재능을 익히 파악하고 있었으며, 그의 광태가 거짓임도 알고 있었다.

폐세자 논의가 한창 열을 뿜을 무렵, 태종의 둘째 아들 효령대군은 속으로 생각했다.

'형님께서 폐세자가 된다면…….'

당연히 세자 자리는 자신에게 돌아온다고 생각했다.

'하늘이 나에게 기회를 허락한다면…….'

부왕의 보위를 물려받아 나라를 잘 다스릴 자신도 충분히 있었다. 그래서 더욱 학행을 부지런히 하였다.

그러던 어느 날, 송도로 추방되었다가 다시 한양으로 돌아온 양녕이 슬며시 찾아왔다.

"아니, 형님께서 어인 일이십니까?"

"하하……. 아우님께선 여전히 책 속에 파묻혀 지내시는구려. 한데 그렇게 공부를 해서 무엇을 하시려고 그러신가?"

"예?"

효령은 자기의 속마음을 들킨 것 같아서 얼굴을 붉혔다. 그러자 양녕의 말이 이어졌다.

"우리 형제들 중에서 그래도 충령이 제일 낫지 않겠는가?"

양녕은 이 말을 남기고 총총히 사라졌다.

"아아! 그래서 형님께서…….”

이렇게 중얼거리는 효령의 얼굴에 감탄과 동시에 비장한 각오가 어리고 있었다. 얼마 후, 효령은 홀연히 양주 회암사로 들어가 삭발하고 승려가 되었다.

효령대군의 이런 결단도 보통 사람으로서는 흉내내기도 힘든 결단이었다. 이렇듯 태종의 아들들은 모두가 인걸(人傑)들이었다.

아들을 아는데 그 아버지보다 더 잘 아는 사람은 없다고 했다. 어쩌면 태종 역시 맏아들 양녕과 둘째 효령의 깊은 뜻을 감지했는지도 모른다.

이조판서 황희와 일부 신하들의 반대에도 불구하고 양녕은 폐세자가 되었다. 효령마저 출가를 했기 때문에 자연스럽게 셋째 충령대군이 세자로 책봉되었다.

1418년 6월에 세자가 된 충령은 그해 8월에 부왕으로부터 보위를 물려받았다.

세종대왕! 그분은 실로 위대한 인격자요, 지도자였다. 국가의 정무에 있어서나 사사로운 면에 있어서나 효우공검(孝友恭儉)하고, 박학다예(博學多藝)하여 추호의 구김새가 없었다.

그는 두 형님이 무엇 때문에 자기에게 선뜻 보위를 양보한 것인지를 너무나도 잘 알고 있었고, 그래서 그 기대에 저버리지 않으려고 더욱 선정에 힘썼다.

삭발을 하고 불문(佛門)에 귀의한 효령대군은, 세상사를 깨끗이 잊고 오직 염불삼매에 몰두하였다.

그리하여 세상에서는 무엇에 푹 빠져서 몰두하면, ‘효령대군 북치듯 한다’는 말이 생겨나게 되었다.

　스스로 지존의 자리를 버린 양녕은 물처럼 바람처럼 자유
롭게 지냈다. 술과 여자와 풍류를 벗삼아 향락주의자의 삶
을 만끽했다.

　하루는 동생 효령으로부터 초청을 받았다. 석존의 열반재
일에 왕림하시어 정회나 풀자는 것이었다.

　"흠, 좋지!"

　양녕은 일부러 이날 함께 어울리던 무리를 거느리고 회암
사 부근으로 가서 크게 사냥을 하였다.

　"자, 잡은 짐승을 모두 굽고 볶아라."

　"어서 술을 대령하여라!"

　"이왕이면 예쁜 기생도 데려오도록 하여라."

　양녕은 기생들까지 불러다가 질탕한 술판을 벌였다.

　효령은 형 양녕의 짓궂은 장난을 전해 듣고 기겁을 하고
뛰어내려왔다.

　"아니, 형님! 청정한 불도량(절)에서 이게 무슨 짓이옵니
까? 제가 공양을 준비하였으니 어서 거두십시오."

　효령의 나무람에 양녕은 호탕하게 껄껄 웃었다.

　"으하하하하……."

　산이 들썩거리도록 웃다가 이렇게 말했다.

　"여보게, 아우! 어떤가, 내 팔자가? 나는 살아서는 왕
의 형이요, 죽어서는 부처의 형일 테니, 이만하면 상팔자가
아닌가?"

　효령도 이러한 형을 끝까지 나무랄 수는 없었다.

　해전은 말한다.

　진정으로 현명한 사람은 무엇을 애써 소유하려 하지 않

고, 부귀영화를 뜬구름처럼 여긴다. 어차피 인생은 일장춘몽(一場春夢)인데, 세상에서 그 무엇을 준다한들 자유와 맞바꿀 수 있겠는가?

청산은 나를 보고 말없이 살라 하고
창공은 나를 보고 티없이 살라 하네
욕심도 벗어 놓고 미움도 벗어 놓고
물같이 바람같이 살다가라 하네.

선조(宣祖)의 명언(名言)

명종(明宗)의 뒤를 이어 왕위에 오른 이는 조선조 제14대 임금 선조(宣祖)이다.

선조는 중종(中宗)의 후궁 안씨(安氏)의 소생인 덕흥군(德興君)의 셋째 아들이다. 명종이 후사없이 승하할 때 하성군(河城君 ; 즉위하기 전의 선조의 작위)을 부르면서 왕위에 세우라고 했으므로, 선조는 방계(傍系)로서 대통을 이었다.

선조는 17세에 등극하였는데, 그의 거동이 매우 진중하고 태도가 엄정하여 인군(仁君)의 기상으로 손색이 없었다.

선조는 타고난 품성이 영명하고 학문을 좋아하여 어진 선비들을 불러 썼다. 퇴계 이황(李滉), 율곡 이이(李珥), 휴암 백인걸(白仁傑) 등의 인재가 조정에 드나들어 맑고 밝은 기운이 조야에 가득했다.

그러나 동서분당(東西分黨)이 생긴 후, 신하들 사이의 계속되는 당쟁으로 인하여 국가 정치를 그르치고, 임진왜란을

겨는 등의 일로 역사에 큰 오점을 남겼다.

《죽창한화竹窓閑話》에 선조의 지혜를 느끼게 하는 다음과 같은 이야기가 실려 있다.

임진왜란을 겪은 선조는 국가의 기강을 바로잡고자 노력했다.

을사년(선조 33, 1605)에 선조가 아침 강론에 참석했다. 이 때 호조참판 신식(申湜)이 아뢰었다.

"전하! 우리 나라 여러 도(道)에는 은이 나는 곳이 많습니다. 오늘처럼 국가의 재정이 곤궁할 때 백성을 시켜 캐내게 하고, 관가에서 세금을 받게 한다면 공사간에 다 유익할 것이오며, 국가의 예산도 넉넉해질 것입니다."

선조는 눈을 지그시 감고 생각에 잠겨 있다가 입을 열었다.

"은이 나는 곳이 실로 많은가?"

이 말에 사간 이덕형(李德泂)이 아뢰었다.

"예로부터 우리 나라의 명산에는 은이 나지 않는 곳이 없다는 말이 전하고 있습니다. 그러나 삼국 때부터 오늘까지 은을 채취한 곳은 단천(端川) 뿐입니다. 이러한 사실을 미루어보아 다른 곳에 은 구덩이가 많다는 말은 의문이 아닐 수 없습니다. 또 고려 말에 중국에서 은을 공물로 바치라고 했는데, 정몽주가 사신으로 들어가 아뢰어 토산물로 대신하게 했다고 합니다. 이는 바쳐야 할 물량을 댈 수가 없어서 그랬을 것입니다.

전하! 은은 지극한 보물입니다. 하늘이 이것을 낼 때에는 반드시 쓸 곳이 있어서 냈을 것입니다. 그러므로 간직해 두기만 하는 것은 매우 애석한 일이라 말하지 않을 수 없습

니다. 만약 은이 나는 곳이 있다면, 백성들이 캐내어 유용하
게 쓰도록 하는 것이 좋을까 하옵니다."

선조는 말없이 고개를 저었다.

다음날 승정원에서 다시 이 문제를 제기했다. 이때 선조
는 비망기(備忘記)에 이런 글을 써서 주었다.

혼돈(混沌)을 파헤치자 혼돈이 죽었다.
은 구덩이를 파헤치면 사람의 마음이 죽는다.

해전은 말한다.

사람의 욕심은 끝이 없다. 도저히 채울 수가 없다.

그런데도 그 욕심을 채우려고 헛되이 안달한다. 인간의
유한한 생에서 부귀영화는 결국 뜬구름에 불과한 것인데…
…, 그것을 얻고자 얼마나 값진 것들을 스스로들 버리고 있
는가. 실로 딱한 일이다!

한국 오백년 야사 (1)

2022년 4월 10일 인쇄
2022년 4월 15일 발행

지은이 | 이 명 수
펴낸이 | 김 용 성
펴낸곳 | 지성문화사
등 록 | 제5-14호 (1976. 10. 21.)
주 소 | 서울시 동대문구 신설동 117-8 예일빌딩
전 화 | (02) 2236-0654
팩 스 | (02) 2236-0655